JN243633

マインド

今野 敏

中央公論新社

マインド

1

警察官が死んだ。

碓氷弘一《うすいこういち》は、その事実を、朝のニュースで知った。

へえ、そうか、と思っただけだった。

四半世紀も警察官をやっていると、いろいろなことがある。また、同業者が亡くなることなど、どの世界でもあることだ。

知り合いが亡くなったというのなら、それなりに驚いたに違いない。だが、ニュースで報じられたのは、まったく知らない警察官だった。

自殺だったと聞いていても、それほど驚かなかったし、特別な感情も湧いてこない。

ただ、それなりに警視庁内は騒がしいだろうな、と思っただけだ。広報室では、マスコミへの対応に追われているだろうし、自殺した警察官が所属していた部署の課長や部長は、情報集めに躍起になっているはずだ。

ニュースでは、所属を発表していなかったが、若い警察官だというから、地域課か交通課だろうと、碓氷は思った。あるいは、警備部の機動隊あたりかもしれない。

いずれにしろ、捜査一課・第三強行犯捜査・殺人犯捜査第五係の碓氷には、直接関係のないことだ。だが、登庁してみて、思ったより出来事の反響が大きいことに、少しばかり驚いた。

同じ係の梨田洋太郎《なしだようたろう》が挨拶もなしに、いきなり話しかけてきた。

「聞きましたか？　自殺の件……」

「ああ、ニュースでな……」

梨田洋太郎は、三十五歳の巡査部長だ。第五係の中では若手だ。みんなからは、「洋梨」と呼ばれている。

背が低く、小太りに見えるが、柔道の腕はなかなかのもので、術科大会ではいつも期待通りの活躍をしてくれる。

「渋谷《しぶや》東署の地域課の巡査だということです」

「やっぱり、地域課だったか」

「知ってる人ですか？」

「いや。若い警察官だと聞いて、そう思っただけだ」

「監察官室や人事二課は、朝からたいへんらしいですよ」

「警視総監や地域部長が、状況を詳しく知りたがるだろうからな」

「若い警察官が自殺した、なんて聞くと、やるせなくなりますね」

「そうだな……」

碓氷は、生返事をした。

実は、少々戸惑っていた。梨田が、「やるせなくなる」などと言ったからだ。

普通は、そう思うものなのだろうか。自分とまったく関わりのない人間が死んだだけだ。そう思っている自分のほうがおかしいのかもしれない。

俺は、自分で思っているより、ずっと冷淡なのではないだろうか。

そんなことを思っていたのだ。

もしかしたら、年齢のせいなのかもしれない。梨田は、三十五歳、碓氷は四十八歳だ。長く生きていれば、それだけいろいろな経験をする。

親しい人や家族の死に直面することだってあった。

だが、どうもそれだけではなさそうだ。周囲の様子を見て、そう思った。

係員たちの表情は暗く、言葉もいつもより少ない。広い捜査一課のフロア全体が、なんだか黒雲に覆われているように感じられる。

海千山千の刑事たちが、こんなことくらいで、本当に衝撃を受けたり悲しんだりするはずがない。碓氷は、そう考えた。

おそらく、世間の常識として、そういう表情を作っておくものなのだと思っているのだろう。

そうすることが無難なのだ。

碓氷は、また少しばかり不安になった。

俺は、そうした常識からもはみ出しているのではないだろうか……。

もし、そうだとしても、たいした問題ではない。人はそれぞれ違うものだ。他人が作った常識に縛られる必要はない。

梨田が言った。

「何か問題を抱えていたんですかね？」

碓氷はこたえた。

「問題があったから、自殺したんだろう」

「カイシャ内の問題じゃなければいいですけどね……」

カイシャというのは、警察官が自分の所属する署や本部を指して言う符丁だ。

そうか。碓氷は、あらためて周囲を見回した。

みんなは、仲間の自殺に衝撃を受けているというより、組織に対する何らかの影響を心配しているのだ。

署内で何かトラブルがあり、それが自殺の原因となったということは、充分に考えられる。

その場合、直属の上司である係長、そしてその上の課長、ひいては署長にも何らかの処分が下るかもしれない。

処分がない場合でも、マスコミの追及は避けられないだろう。そうなれば、責任を取って辞職する者も出るかもしれない。

署の不祥事は、当然警視庁本部にも影響を及ぼす。地域部長は、何らかの責任を問われる恐れもある。

警察は役所だ。何か起きたら、責任の所在をはっきりさせようとする。そういう点は、一般企業よりもずっと厳しい。

碓氷は、梨田に言った。

「そう気にするこたぁねえよ」

梨田は、眉をひそめた。

「そうですかね……」

「人の噂も七十五日ってな」

言いながら、俺はやっぱり冷淡なのだろうかと、碓氷はまた考えていた。

もし、亡くなった地域課係員の友人や遺族が聞いたら腹を立てるに違いない。だが、自分の言っていることは事実だと思った。

遺族にしたって、いつまでも悲嘆に暮れてはいられないだろう。

「そういえば、昨日は都内でもう一件、自殺がありましたよね？」

碓氷は梨田の顔を見た。

「もう一件？　そうだったのか？」

「ええ。これも新聞に載っていました。地域課係員が亡くなったのと、ほぼ同時刻だったようです。偶然でしょうが……」

碓氷はうなずいた。

「どうかな……。警察庁の発表では、国内で年間三万人ほどが自殺している。一日に八十人以上が自殺している計算になる」

「一日に八十人……。都道府県数の四十七で割れば、二人弱……。昨夜、東京都内で二人ということは、統計のとおりということになりますね」

「まあ、そうだな……」

そんな計算に、意味などまったくないことを、碓氷は知っている。

だが、一方、統計が不思議なくらいに事実と一致することも確かだ。例えば、殺人の件数だ。誰が誰を殺害するのかを言い当てることはできない。しかし、一年にどれくらいの殺人事件が起きるかは、かなり正確に言い当てられる。交通事故にしても同様だ。

梨田との会話はそこでいったん途切れた。お互いにやることはたくさんある。

ノートパソコンを立ち上げて、書類仕事を始めた碓氷は、ふと、今の会話が気になって眼を上げた。

もちろん、ほぼ同時刻に二人の人間が自殺したというのは、偶然だろう。だが、刑事は偶然という言葉を嫌う。

偶然に見える出来事に、何か意味があるかもしれないと考えてしまうのだ。

碓氷は、梨田にあらためて尋ねた。

「もう一人の自殺者ってのは、何者なんだ?」

梨田は、虚を衝かれたように顔を上げた。

「え……？」

「ほぼ同時刻に、もう一人自殺者がいたと言っただろう。その人物は何者なんだ？」

「ええと……。たしか中学生だったと思います」

「現場は？」

「自宅マンションの屋上から飛び降りたそうです。住所は、三鷹《みたか》のほうだったと思いますが……。調べてみますか？」

「いや、いい」

「何か、気になるんですか？」

「偶然という言葉が気に入らないだけだ。三鷹か……。渋谷東署ってのは、恵比寿《えびす》のあたりだよな」

「ええ……」

「地域的には関連はないと考えていいだろうな……」

「そうですね。洗ってみますか？」

碓氷は、苦笑を浮かべた。

「その必要はない。やっぱり、偶然と考えるべきだろう」

碓氷は、ノートパソコンに眼を戻して、仕事を再開した。梨田も関心をなくしたらしく、それきり何も言わなかった。

碓氷の第五係は、たまたま当番明けの翌日ということもあり、比較的暇だったのだが、捜査一課全体としては、とんでもない日だったことが、梨田との会話の後、しばらくしてわかった。

「殺人が二件も重なっていたのか……」

それを碓氷に伝えたのは、同じ係の高木隆一《たかぎりゅういち》だった。

高木は四十五歳で、碓氷と同じく警部補だ。三歳しか違わないが、高木は腹も出ていないし、髪も黒々としていて、若々しく見える。

独身だからだろうかと、碓氷は思っていた。

二人の子持ちの自分は、やはり高木に比べるとずいぶん所帯じみている。髪もかなり薄くなってきた。名前が名前だけに、しゃれにならないと思っている。

「ああ。第七係と第八係が、それぞれ担当している」

高木は、年上の碓氷に対して、いつもタメ口だ。彼だとそれが気にならない。

「所轄は?」

「新宿《しんじゅく》署と麻布《あざぶ》署」

「帳場が立つのか?」

帳場は、捜査本部のことを指す符丁だ。

「そこまでは、俺も聞いていない。今日中に被疑者確保ができなければ、殺しなんだから当然、立つだろうな」

「昨日は明け番だったから、俺たちが呼び出されずに済んだというわけだな」

碓氷が言うと、高木が意味ありげな笑みを浮かべた。

「本当は悔しいんじゃないのか？」

碓氷は驚いた。

「悔しい？　何で？」

「あんたは仕事熱心だから、帳場に参加したかったんじゃないかと思ってな……」

「皮肉か、それ」

「皮肉なんかじゃないよ。そうなんだろう？」

自分で仕事熱心だと思ったことはない。

どちらかというと、淡々と仕事をこなすほうだと、自分では思っている。

高木は何か勘違いをしているのかもしれない。毎日のように顔を合わせていても、互いにわからないことはある。

いや、もともと、自分が思っていることと、周囲の評価は違うということだろうか……。

「それで、被害者は？」

「新聞、読んでないのか？」

「テレビのニュースは見たが、例の渋谷東署員の自殺の件で、他のニュースのことは印象に残らなかった」

高木は、少しばかり驚いたような顔になった。

「殺人担当なのに、殺しの報道が印象に残らなかったって言うのか？」

「そんなもんだよ。朝は、ばたばたしていてまともにニュースは見ていないからな」

「新宿署の件の被害者は、五十一歳の男性。不動産会社の管理職だ。麻布署のほうは、私立高校の男性教員、三十八歳」

「被疑者は？」

「知らんよ。俺の担当じゃないしな。気になるなら誰かに訊いてみるが……」

「いや、別にいい」

「不動産会社の管理職の遺体は、会社で契約している駐車場で発見された。ビルの地下にある駐車場だ。守衛が見回りに来て発見し、一一〇番したそうだ。高校教師は、自宅近くの公園で遺体が発見された」

「時刻は？」

「新宿署のほうは、午前零時を回った頃。麻布署のほうは、午前一時頃だ」

「それは、一一〇番通報の時刻だな？」

「そうだ。犯行の時刻については、調べている最中だろう」

碓氷は、うなずいた。

「自殺が二件に、殺人が二件。忙しい一日だったということだ」

「連休明け早々だ。気合い入れて働けってことかね」

「そうか。ゴールデンウィークだったんだな。五日が当直だったんで、実感がなかった」

「土曜日を入れても五連休なんで、比較的短いゴールデンウィークだったしな」

世間では、家族で旅行をしたり、遊園地などに繰り出したりしていたのだろう。うちも、どこかに連れて行ってやればよかったかな……。

碓氷は、ふとそんなことを思った。

子供は二人だ。娘の春菜《はるな》が十二歳、息子の祥一《しょういち》が九歳だ。

だが、どこもかしこも混雑しているというのに、わざわざ出かけて行くのもばかばかしい。家族から、どこかへ行こうと言われたら、碓氷は、きっとそうこたえていたに違いない。

思えば、二人を遊園地などに連れて行ってやったこともない。他の刑事も、おそらく似たようなものだろうと思う。

刑事は、地域課や交通課と違い、日勤だ。土日は基本的に休みとなる。だが、それはたてまえで、事件が起きたら土日だろうが、真夜中だろうが、明け方だろうが呼び出される。当直もある。

捜査本部ができたら、何日も泊まり込みになる。そうなれば、もちろん土日も休日もない。

大げさに言えば、三百六十五日、二十四時間、待機をしているようなものだ。

いや、俺は、それを言い訳にしているのかもしれない。

日本中のすべての刑事が、碓氷と同じかというと、そうではないだろう。忙しい仕事の合間に、ちゃんと家族サービスをしている刑事もいるはずだ。

そういう人々は、要領がいいか、あるいはよほど体力と精神力があるのだ。碓氷には、家族に時間を割く精神的な余裕はない。

刑事として生きていくなら、高木のように結婚をしないという選択もあったかもしれない。少なくとも、子供を持たないという選択肢が……。

今さらそんなことを考えても仕方がない。すでに、高木は会話を切り上げ、自分の仕事に戻っている。碓氷も、仕事に集中することにした。

午後になり、田端守雄《たばたもりお》捜査一課長と第三強行犯捜査担当の池谷陽一《いけたにようい ち》管理官が外出したという話が耳に入った。

捜査員たちは、常に幹部の動きを気にしている。自分たちの仕事に直接関わりがあるからだ。課長と管理官が同時に出かけるということは、事案絡みと見ていい。おそらくは、二件の殺人に関してだろう。

そうなれば、捜査本部ができる可能性が高い。

事案を担当している係は違うが、捜査本部の規模によっては、呼び出しがかかることもある。出かけて行った池谷管理官は、碓氷たち第五係も担当している。助っ人に呼び出されるとしたら、第五係に違いないと、碓氷は思った。

同じ理由で、課長や管理官の動きには、記者クラブに常駐する記者たちも眼を光らせている。記者クラブには、幹部たちの在席・外出・帰宅を表示する掲示板がある。彼らは、それで幹部たちの動向をチェックしている。

幹部たちの動きが、記者たちから捜査員に伝わってくることもあるのだ。このときもそうだった。

廊下で知り合いの記者に会った。東日新報新聞《とうにちしんぽう》のキャップだった。佐古田新介《さこだしんすけ》という名で、年齢は碓氷と同じく四十八歳だ。

「課長と池谷管理官が出かけたようですね」

碓氷は、関心のないふりをする。

「そうなのか？」

「昨夜の殺人ですか？」

「知らない。俺は、担当じゃないんでな……」

「帳場、できるんですかね？」

「だから、俺は何も知らないって言ってるだろう」

佐古田にも、それはわかっているはずだ。彼は「ダメモト」で訊いているだけなのだ。

「自殺が二件に、殺人が二件……。俺たちもてんてこ舞いですよ」

「じゃあ、こんなところで俺と話をしている暇なんてないだろう」

「コミュニケーションは大切ですよ」

佐古田は笑みを浮かべて歩き去ろうとした。碓氷は、ふと思いついて佐古田を呼び止めた。

「記者が課長を追っかけてるんだろう？　行き先がわかったら教えてくれないか」

佐古田は振り向いて言った。

「係長なんかに訊けば、すぐにわかるんじゃないですか？」

「藪蛇《やぶへび》になるのが嫌なんだよ」

「藪蛇……？」

「余計なことを質問すると、仕事を振られるかもしれない」

佐古田は、また、にっと笑った。

「いいですよ。課長の行き先ですね。お安いご用です。でも、記者に何かを頼むってのが、どういうことか、わかってますよね」

一つ借りができるということだ。

「ヤクザみたいなことを言うなよ」

碓氷は佐古田に背を向けて歩き出した。


それから十五分後、碓氷の携帯電話に佐古田から連絡があった。

「課長は、新宿署に到着したようです」

「新宿署か……。管理官もいっしょか？」

「いや、池谷管理官は同行していません。別の事案でしょう」

「わかった」

「帳場が立つんですね？」

念を押すような言い方だった。

「俺は知らないと言ってるだろう」

碓氷は電話を切った。

隣の席の梨田が、好奇心露《あら》わに質問してきた。

「新宿署って、何の話です？」

こたえるべきか、迷っていると、梨田はさらに言った。

「管理官もいっしょかって訊いてましたね。相手は誰です？」

梨田の好奇心にはかなわない。人がよさそうに見えるが、これでなかなかしぶとい。無邪気そうな眼をして、納得するまで何度でも質問を繰り返す。

小柄にもかかわらず、柔道で好成績を収める秘密は、その粘り強い性格にあるのかもしれない。

もちろん、刑事としてもその性格は役に立つ。

碓氷はこたえた。

「課長がどこに行ったのかと思ってな。新宿署に行ったようだ」

「新宿署……？」

二人のやり取りを聞いていたらしい高木が、向かい側の席から声をかけてきた。「殺人だな？」

梨田が高木に言った。

「不動産屋の件ですね」

「帳場が立つな」

碓氷は高木に言った。

「池谷管理官も出かけたが、課長といっしょじゃないそうだ」

「じゃあ、麻布署の件だろう」

梨田が言う。

「高校教師の件ですね。そっちも帳場が立つってことかな……」

三人とも声をひそめて、上体を乗り出すようにして話をしていた。

別にひそひそと話す必要もないのだが、こういう話をするときは、つい声を落としてしまう。

高木が碓氷に言う。

「俺たちも呼ばれると思うか？」

碓氷は、しばらく考えてからこたえた。

「助っ人に呼ばれるとしたら、俺たちだろうな。池谷管理官の下で、手が空いている係は俺たちだけだ」

池谷管理官は、第五係から第八係までを統括している。第七係と第八係が昨夜、あるいは今日未明に起きた二つの殺人をそれぞれ担当している。

第六係は当番明けで休みだ。残るは、碓氷たち第五係だけだ。

碓氷は続けて言った。

「しかし、複雑な事件でもなさそうだし、被害者も一人ということらしいから、本部からは一個班で充分だろう。俺たちが呼ばれることはないいんじゃないのか？」

高木がうなずいた。

「まあ、そういうことだな……」

梨田も、その言葉に納得したようだ。他の係員は、碓氷たちのひそひそ話に関心はなさそうだった。

碓氷は、デスクワークを始めた。

2

その日の夕刻、鈴木《すずき》滋《しげる》係長が、内線電話を受けたと思うと、即座に席を立った。その様子からして、上司に呼ばれたことは間違いない。

担当管理官と課長が外出しているから、おそらく園山圭三《そのやまけいぞう》理事官に呼ばれたのだろう。理事官は、課長の補佐役で、階級は課長と同じく警視だ。

あと少しで終業時間だ。この時刻に、係長が上司に呼ばれたということは、定時には帰れそうにない。

碓氷は、小さく溜め息をついた。

定時に帰れないことなど、珍しくはない。むしろ、終業時間に帰宅できることなど滅多にないと言ったほうがいい。

今日こそは、定時で上がれるのではないかと思っていた。幸い、捜査一課が臨場しなければならないような、新たな強行犯の事案はなかった。

別に、残業や休日出勤をすることに文句はない。それが刑事の仕事だと思っている。

だが、たまには早く帰りたいと思う。それだけのことだ。

当然のことながら、他の係員たちも係長の動向には気づいているだろう。

彼らも俺と同じことを思っているに違いない。

碓氷はそう思った。

係長は、三十分ほどで戻って来た。

それからすぐに、係員たちに集合をかけた。

「今、理事官から話があって、課長が気になることがあると言っているらしい」

係員たちは無言で、鈴木係長の次の言葉を待った。

「新宿署管内の殺人については、すでに知っているな？　被疑者は、部下の男性に絞られている。今、捜査員たちが足取りを追っている。その事案に関連して、課長が、我々に直接話をしたいということだ」

高木が発言した。

「直接話をしたい……？　捜査本部の増員ということではなく？」

鈴木係長が表情を変えずにこたえた。

「殺人の事案自体は、それほど込み入ったもんじゃない。被害者は一人だけだし、目撃情報もあり、被疑者も絞られている」

碓氷は、困惑した。

ならば、どうして俺たちが課長に呼ばれなければならないんだ……。

他の係員たちも、同様のことを考えている様子だ。課長の意図がわからない。

鈴木係長が、あくまでも事務的に言った。

「俺も、理事官から話を聞いただけなので、詳しいことはわからない。ただ、気になることがあるので、調べてほしいということなんだ」

高木が言った。

「そういうことのために、特命捜査係があるんじゃないですか？」

特命捜査第一から第四までの係は、主に未解決事件の継続捜査を担当する。殺人などの公訴時効が廃止されたことを受けて新設された。

だが、担当するのは、未解決事件だけではない。その名のとおり、課長の特命を受けて捜査をするための係なのだ。

鈴木係長が、少しだけ苦い表情になって言った。

「そういうことは、理事官に訊いてくれ。とにかく、第五係が指名されたんだ。これから、新宿署に行く」

課長の命令ならば、嫌とは言えない。

係長と十二人の係員は、すみやかに移動の準備を始めた。

新宿署では、すでに捜査本部の体裁が整っていた。捜査幹部を入れて、四十人規模で、それほど大きな捜査本部ではない。

窓際に無線機を並べ、各テーブルには捜査員たちのノートパソコンが並んでいる。

捜査員席の長テーブルの他に、スチールデスクの島が二つできており、一つは連絡係と庶務係のもの、もう一つは管理官席だった。

部屋の正面には、ひな壇がある。幹部席だ。本来、捜査本部は、刑事部長が招集することになっているので、中央には刑事部長席がある。

だが、その席は空席であることが多い。刑事部長はおそろしく多忙だ。今も、そこは空席だった。

次席は、所轄の署長で、部長席を挟んで逆側の席が捜査一課長だ。これらも、だいたい空席になる。多忙な部長や課長、署長らが捜査本部にかかり切りになることは不可能だ。

そこで実質的に捜査本部を仕切るのが、捜査本部主任ということになるが、それはたいてい、管理官の役目だ。

この捜査本部では、捜査一課の第一強行犯捜査担当の池田《いけだ》厚作《こうさく》管理官が務めていた。

本来ならば、この事案を担当している第七係を統括する池谷管理官がその任に着くべきなのだが、現在、池谷管理官は、別の場所に行っている。

おそらく麻布署だろう。

池田厚作管理官は、強行犯第一、第二係、そして科学捜査係を統括している。強行犯第一係は、いわゆるショムタンで、捜査一課内の庶務を担当している。第二係は、捜査本部の設置や連絡業務を担当している。

ちなみに、池田管理官と池谷管理官の二人は、「イケイケコンビ」などと呼ばれている。この二人がそろうと目覚ましく捜査が進展するというジンクスがある。

ひな壇で、新宿署長と何やら話し込んでいた田端捜査一課長が、鈴木係長に気づいて声をかけた。

「おう、シゲさん。すまねえな。ちょっと話を聞いてくれ」

田端課長は、時折、伝法なべらんめえ調になる。捜査第二課や公安総務課の課長がキャリアであるのに対し、自分は叩き上げだという自負があるのかもしれないと、碓氷は思っていた。

鈴木係長が課長席に向かう。碓氷たち係員もぞろぞろとそのあとに続いた。

碓氷たちが気をつけをして礼をすると、田端課長は、隣の新宿署長に言った。

「どこか、落ち着いて話ができるところはないですか?」

署長は、隣にひかえている新宿署刑事課長に目配せする。

刑事課長が言った。

「どこか会議室を探させましょう」

五分後に、新宿署員が案内したのは、一階下にある会議室だった。エレベーターのボタンを押した新宿署員に向かって、田端課長が言った。

「階段で行こう」

警察官は、階段を使う習慣がある。課長は、その習慣を今も守っているのだろう。

どこの署でも、小会議室の雰囲気はだいたい似通っている。テーブルの周囲に粗末な椅子が並んでいて、奥にはスチール製のロッカーがある。その脇には段ボール箱が積んであった。

一番奥の席に課長が座った。

鈴木係長以下、第五係の全員が立ったままだった。

「突っ立っていたんじゃ話ができない。座ってくれ」

まず、鈴木係長が課長の近くに着席する。それを合図に、係員たちが腰を下ろした。碓氷は、テーブルを挟んで鈴木係長の向かい側に座った。

田端課長が言った。

「詳しいことは、後でイケさんにでも聞いてくれ。時間が惜しいので、俺が気になっていることを話す。いいな?」

イケさんというのは、池田管理官のことだ。イケイケコンビの片割れである池谷管理官のことは、「タニさん」と呼んでいる。

田端課長の説明が続いた。

「昨夜、二件の殺人があった。一件は、ここで捜査している不動産会社社員が殺された件だ。そして、もう一件は、麻布署管内で起きた高校教師殺害の件だ。この二件は、まったく関連のない場所で起きた。被疑者の関連も今のところ見えていない。だがな、ほぼ同じ時刻に起きている」

碓氷は、思わず眉をひそめた。

同じ時刻に二件の殺人があった。一方は、新宿署管内、一方は麻布署管内。同一犯ではあり得ない。

田端課長は、双方の被疑者にも今のところ関連は見られないと言った。

ならば、偶然だろう。

そう思った次の瞬間、今日は偶然かどうかについて考えたのが、二度目だということに気づいた。

「みんな不思議そうな顔をしているな。無理もない。実は、俺もどう説明していいのか迷っている。実は、他の事案のこともあって、ひっかかったんだ。昨夜、都内で二件の自殺があった。一つは、現職警察官が自殺したという事案だ。もう一つは、中学生が自宅マンションの屋上から飛び降りたというもの。実は、この二件は、昨夜の午後十一時頃に起きている」

鈴木係長は、田端課長の言葉が理解できずにいるようだ。碓氷も同様だった。

課長は何が言いたいのだろう……。

田端課長の話が続いた。

「実は、二件の殺人の発生時刻も、昨夜の午後十一時頃なんだ」

係員たちは、無言で互いの顔を見合った。戸惑っている様子だ。

鈴木係長が質問した。

「新宿署の事案は、午前零時頃、麻布署の事案は、午前一時頃と聞いていますが……」

「それは、通報の時刻だ。死亡推定時刻や、目撃情報から、どちらの事案も、昨夜の午後十一時に発生したことが、ほぼ明らかになった」

「二件の殺人と、二件の自殺が、ほぼ同時に起きた。そういうことですか?」

田端課長がうなずいた。

「おう、そういうこった。一つ一つの事案の捜査は、そう難しいもんじゃない。ここの事案も、すでにホシの目星がついている。タニさんに聞いたところでは、向こうでも手がかりがあって、ホシが割れそうだと言っていた。二件の自殺については、疑いようがないそうだ。事故や他殺じゃない。だがな、同じ時刻に、四人の人間が死んだってことに、俺はどうもひっかかるんだ」

鈴木係長は、あくまでも冷静な表情で言った。

「つまり、四つの事案に、何か共通点があるかどうかを調べればいいんですね？」

鈴木係長は、現実的な人だ。田端課長の、奇妙な申し出を、実務的に考えようとしている。

田端課長がこたえた。

「まあ、そういうことだな。まったくの偶然だったというのなら、それでいい。だがな、こんな偶然は、俺はちょっと考えられないんだ。裏に何かあるかもしれない。つい、そう考えてしまう」

「具体的には、どう動けばいいでしょう？」

「捜査本部に組み込まれちまったら、四つの事案を同時に調べるのは難しくなる。別動隊として動いてくれ。課長の特命班だ。本部が必要なら、どこか手配する」

「了解しました。そういうことなら、おっしゃるとおり本部が必要になると思います」

「どこかお望みの場所はあるかい？」

「そうですね……」

鈴木係長は、しばらく考えてから言った。「この部屋が借りられれば申し分ないと思います。

課長が捜査本部にいらした際に、報告や打ち合わせもできます」

「わかった。署長に頼んでみよう。ここを特命捜査本部にする。まずは、電話と無線だな？」

会議室なので、ホワイトボードはあらかじめ置いてある。

「はい。すぐに着手しますか？」

「悪いが、そうしてもらいたい」

「四つの事案について調べるためには、それぞれの担当者たちに、面通しをしておかないと……」

「シゲさんの班の係員が、いつでも調べられるように、俺が手配しておく」

課長直々のお墨付きはありがたい。

行く先々で、「何でおまえたちが調べてるんだ」などと揉めたら面倒臭くてたまらない。

突然、新宿署に詰めることになった。誰も何の準備もしていないが、それで慌てるようなやつはいない。

こんなことは、捜査一課の刑事をやっていれば、日常茶飯事だ。

碓氷も、できれば早く帰宅したいと思ってはいたが、むしろこうして、帰れないことがはっきりすると踏ん切りもつく。

課長が立ち上がった。

「では、済まんが、よろしく頼む」

係員全員が起立して、課長の退出を見送る。

「……ということだ。手分けをしてそれぞれの事案の詳細情報を集めよう」

田端課長が出て行くと、すぐに鈴木係長が言った。

昔は、捜査本部に固定電話と警察電話が引かれ、無線が設置されるまで、何かと不便な思いをしたものだが、今は携帯電話がある。

外回りをしていて、公衆電話を探して歩き回るということも必要なくなった。

便利な世の中になったものだと、碓氷は思う。

鈴木係長が碓氷に言った。

「ウッさんは、本部でデスクの中心にいてくれ。俺を含めて、五人が予備班として常駐する。あとは、それぞれの所轄に飛んで、情報を聞き出してくれ」

「了解」

碓氷はこたえた。

係の中で、碓氷が一番年上だ。こういう役を振られるのは当然だ。実は、鈴木係長よりも三つ年上なのだ。

残りの八名がそれぞれの担当を決めた。二名ずつで四班に分かれる。

彼らは、すぐに調べに出かけた。

高木も梨田も出かけて行った。

碓氷は、係長に言った。

「実は、二件の自殺の話を聞いたとき、俺もちょっとひっかかっていたんです。俺は、どうも偶然という言葉が嫌いでしてね……」

鈴木係長が言った。

「調べてみないことには、何とも言えないが、こういう偶然があってもおかしくはない」

「田端課長も、それぞれに何の関連もなく、偶然だったとはっきりすれば、納得するんでしょうね……」

「そう言ってたな。まあ、こういう仕事もあるってことだ」

「関連がないことを確認するという仕事……」

「そうだ」

それは、うなずける説明だ。

自殺が二件、殺人が二件、同じ日の同じ時刻に起きた。

田端課長が気にするのも理解できる。誰だって、こんな偶然は妙だと思うだろう。

しかし、鈴木係長が言うことももっともだ。時には、こういう偶然も起こり得るのだ。自殺したのが、現職の警察官と、中学生。その二者の間には、今のところ何の関係も見いだせない。

二件の殺人についても同様だ。何の関連も見て取れない。

ともあれ、捜査はこれからだ。

四つの事案に、ほんのわずかでも関連があれば、俺たちは決して見逃さない。

碓氷には、その自信があった。

「やるなら、とことんやりましょう」

碓氷は、鈴木係長に言った。半ば、自分に言い聞かせているようなものだった。

「おい……」

鈴木係長は、無表情のままで言った。「そんなに入れ込むことはない。俺は偶然の公算が大きいと睨んでいる」

「そうですかね……」

碓氷がそう言うと、鈴木は眉をひそめた。

「ウッさんは、そうじゃないと思っているのか?」

「言ったでしょう。二件の自殺の話を聞いたとき、疑問に思ったんですよ。こいつは、偶然なのかって……。いずれにしろ、真相を明らかにしてやりましょう」

碓氷が言うと、係長はうなずき、ただ「そうだな」と言った。

3

八人の係員たちが出かけたのは、午後七時半頃だった。

情報収集は明日からでもよかったのではないかと、碓氷は思っていた。新宿署の捜査本部では、すぐに話が聞けるかもしれないが、麻布署、渋谷東署、三鷹署に行った連中は、何も聞き出せずに戻って来る恐れがある。

移動に三十分以上かかる。各所轄署に到着するのは、午後八時を過ぎてからになるだろう。

自殺を扱っている渋谷東署と三鷹署の担当者は、帰宅している可能性が高い。自宅に戻っていなくても、聞き込みに出て、そのまま直帰というパターンが多い。

新宿署と麻布署には捜査本部があるので、捜査員たちが詰めているはずだが、午後八時という時刻は微妙だ。

捜査員の上がり時刻を午後八時に設定することが多く、それから各捜査員が管理官に報告を上げる。多忙な時間帯なのだ。

捜査会議を開いていることもある。捜査会議は管理官が中心になって進められることが多い。

課長が話を通すと言っていたから、管理官かデスクの者から情報を聞き出せばいいはずだが、そういうわけで、午後八時過ぎというのは、管理官が多忙な時間帯なのだ。

そう思う一方で、鈴木係長の気持ちもわかると、碓氷は思っていた。

課長に、「すぐに着手しますか」と尋ね、「悪いが、そうしてもらいたい」と言われた。そうなれば、課長の要求にこたえないわけにはいかなくなる。

本来なら、部下を早く帰して、明日からの着手にしたかったはずだ。だが、鈴木係長としては、課長に対して「明日からでいいですか」とは訊けない。

それでは、いかにもやる気がないように思われてしまう。鈴木係長だけでなく、第五係全員が課長に睨まれてしまうかもしれない。

鈴木係長は、それを避けたいと考えたに違いない。

いずれにしろ、本格的な活動は明日からだと、碓氷は思っていた。出かけている捜査員たちも、直帰でいいということになるかもしれない。

そうなれば、自分たちも午後九時前後には帰宅できるだろう。碓氷はそう読んだ。

特命班の本部として与えられた小会議室には、係長を含めて五名が残っていた。

一人は、最も若い係員で、彼は連絡係や雑用係として残されたのだ。

あとの二人は、碓氷と同じくらいのキャリアを持つ捜査員たちだ。年齢はいずれも碓氷より下だが、予備班にふさわしい実力を持っている。

予備班というのは、デスクにいて捜査の連絡や整理をする役割を担う。予備班がまごまごしていては、現場の捜査員たちが実力を発揮できないのだ。

高木も、年齢や経歴からすると、外回りではなく、デスク待遇でもおかしくはない。だが、高木は常に現場に足を運びたがる。そして、見かけが若々しいせいもあり、外を飛び回っているのが当然という印象を与えるのだ。

係長も、高木本人が希望するので、外に出して使うことが多いというわけだ。

碓氷は、時計を見た。

もうじき午後八時になろうとしている。おそらく、あと一時間ほどで帰れる。

碓氷がそう思ったとき、係長が携帯電話を取り出した。

「はい、鈴木です」

そう言って、相手の話に耳を傾けていた。話は短かった。電話を切ると、鈴木係長が言った。

「ここの捜査本部からだ。被疑者の身柄が確保されたそうだ」

その瞬間に、おそらく帰りは、先ほどの予想よりずっと遅くなることが判明した。

新宿署の捜査本部に行っていた捜査員たちが戻って来たのは、午後八時半頃だった。

二人のうち、年長のほうが係長に報告した。梅原健治《うめはらけんじ》という名で、四十歳の巡査部長だ。

「被疑者の名前は、佐原順一《さはらじゅんいち》。年齢は二十八歳。現在、無職で、アルバイト生活を送っていますが、かつては、被害者と同じ会社に勤めていました」

鈴木係長が質問した。

「会社を辞めたということか？」

「二年前に辞めています」

「会社を辞めた理由は？」

「そこまでは、まだ……。これから、取り調べでいろいろなことが明らかになると思います」

予備班の一人が言った。

「被害者と何か揉め事があって会社を辞めたということが考えられるな。不当な扱いを受けていたのかもしれない。それを怨《うら》みに思って殺害に及んだ……」

碓氷は言った。

「おいおい、詳しい調べはこれからだ。予断は禁物だ」

「わかってるよ」

報告が続いた。

「被疑者の自宅は、世田谷区《せたがや》梅丘《うめがおか》二丁目にあるアパートです。自宅で身柄確保されました」

鈴木係長が言った。

「殺人事件としては、送検できれば一件落着だが……」

碓氷は、鈴木係長に言った。

「でも、その被疑者が、麻布署の事案の被疑者と、何か関係があるかどうか、調べなければならないということですね……」

「そう。そして、二件の自殺との関連も……」

「関連なんて、本当にあるんですかね」

梅原が、皮肉な口調で言う。死に神のようなやつだと陰口を叩く者もいる。死に神など見たことはないが、言い得て妙だと、碓氷は思っていた。

見た目も陰気だが、皮肉な口調で話すことが多く、性格も陽性とは言い難い。

碓氷は梅原に言った。

「本当にあるかどうかわからないから、調べるんじゃないか」

「そりゃま、そうですけどね……」

梅原は、皮肉な笑いを浮かべる。「課長の気紛《きまぐ》れに付き合わされているだけじゃないんですかね……」

碓氷も笑みを返す。

「それを課長に言ってみろよ」

梅原は、笑いを消し去り、小さく肩をすくめた。

そこに、高木とその相棒が帰ってきた。彼らは、麻布署の殺人捜査本部に行っていた。

碓氷が高木に言った。

「新宿署のほうは、被疑者を確保したぞ。そっちはどうだ?」

「被疑者は、かなり絞り込めているんだが、まだ決め手がないといった状態だな」

それを聞いた鈴木係長が高木に尋ねた。

「有力な容疑者は?」

「教え子だということです」

「教え子……？　高校生ということだな……」

「そういうことになりますね」

「どんな生徒なんだ？　不良なのか？」

「いえ、優等生ですよ」

「それが、何で……」

「被害者に喫煙を見つけられて、停学を食らったことがあるんです。それまでは、学業優秀、品行方正で通っていたのが、周囲の評価が一変したわけです」

それを聞いた梅原が言った。

「それで被害者を怨んでいたというんですか？　完全な逆恨みじゃないですか。ガキのくせに煙草なんぞ吸うから悪いんだ」

高木が、梅原に言った。

「殺人の動機の多くが、逆恨みなんだよ」

「ふん、まあ、それは否定しませんがね……」

鈴木係長が、高木に尋ねた。

「その教え子が、容疑者となった経緯は？」

「捜査本部は、被疑者絞り込みに躍起になってましてね。詳しく話を聞けるような雰囲気じゃないんですよ。被疑者の名前と素性を聞き出すのが精一杯で……」

高木は、悪びれた様子もなくこたえた。

「氏名は？」

「白井《しらい》稔《みのる》。年齢は十七歳で、高校二年生です」

「住所は？」

「渋谷区松濤《しょうとう》一丁目のマンション」

梅原が、ほうと声を洩らした。

「都内で一、二を争う高級住宅街じゃないか」

高木がうなずく。

「まだ実際に見てはいないが、おそらく高級マンションだろうな」

予備班の一人が言う。

「温室育ちの、いいとこの坊っちゃんが、先生に喫煙を発見され、初めて停学という社会的な制裁を受けた。これまで甘えた人生を送っていたので、何をしても許されると思っていたんだろうな……。そんな生活を破壊されたことが許せなかったということか……」

「だからさ」

碓氷は言った。「勝手に想像するんじゃないよ。予断は禁物だと言っただろう」

「でも、筋を読むのは大切なことだ。おそらく、大筋ではそういうことだろう？」

「調べが進まなければ、何も言えない。取り調べの前に作文するようなことはするなよ。検事じゃないんだ」

「おい、ウっさん」

鈴木が言う。「検事じゃないんだ、というのは、一言多いぞ」

「たしかに、そうですね。すいません」

刑事にも、取り調べのときに自分で筋書きを作り、それに合わせて供述を引きだそうとする者は少なくない。

だが、検事よりは罪が軽いと、碓氷は思っている。検事の作文は、そのまま公判に持ち込まれるのだ。

そして、頭のいいやつほど作文をしたがる。刑事に比べ、検事のほうが学歴が高いし、学校時代の成績もよかったはずだ。

「温室育ちの、いいとこの坊っちゃん」という言葉から連想してしまったのだ。

なるほど、予備班の一人が言ったように、私立高校の優等生が世間の荒波に揉まれることなどないだろう。そういう人間は、思い込みの激しい傾向がある。

自分の思い通りにならないと、簡単にキレるのだ。

検事にもそういうやつは多い。検事のほとんどが優等生だからだ。彼らは自信を持っており、たいていのことが思い通りに運ぶと思っている。

だから作文をするのだ。

いかんな……。

碓氷は、反省した。

他人に、予断は禁物だと言っておきながら、碓氷自身が、逆境に出くわして自暴自棄になった優等生を思い描いていた。それが頭の中で、作文をする検事とダブってしまったのだ。

鈴木係長が、話題を変えた。

「不動産会社社員殺害の手口は何だ？」

梅原がこたえた。

「刃物による刺殺です。凶器は、包丁と見られています」

「凶器は押収したのか？」

梅原はかぶりを振った。

「麻布署同様……、いや、被疑者の身柄確保でそれ以上に、新宿署の捜査本部はてんやわんやでしたからね。そのへんのことは、まだ聞けていないんです」

鈴木が、うなずいてから高木に尋ねた。

「そちらの手口は？」

「鈍器による撲殺ですね。おそらく金属バットのようなものだということです」

「被疑者の確保はいつくらいになりそうだ？」

高木は、驚いたように言った。

「そんなこと、俺にはわかりませんよ」

「捜査本部の様子を見れば、だいたい見当がつくだろう」

「まあ、明日にでも白井を任意で引っぱって、話を聞きたいところでしょうが、何せ少年ですからね。ちょっとやっかいなんです」

犯罪少年を扱うときは、少年法に従わなければならない。彼らを大人と同じく刑法で裁くには、家庭裁判所の逆送が必要だ。

少年犯罪は、全件送致《そうち》が原則だ。すべての少年が、いったん家庭裁判所に送られる。そこで処分が言い渡されるが、その際に、刑事処分が相当という判断が下されたら、検察に戻される。これが逆送だ。逆送致とも言われる。

碓氷は言った。

「事情を聞くだけなら、身柄を引っぱるのに問題はないだろう」

高木が言う。

「引っぱったら、吐かせたくなるだろう。それが刑事の性《さが》だ。だから、池谷管理官は慎重になっているんだ」

「慎重も度が過ぎると、好機を逃すぞ」

「俺に言うな。池谷管理官に言えよ」

鈴木係長が言った。

「とにかく、不動産会社社員殺害の被疑者が、何をしゃべるか……。その結果を待とう」

梨田たちが戻ってきたのは、午後九時過ぎだった。

彼らは、渋谷東署に行っていた。

現職の警察官が自殺をするという、最も触れたくない事案を調べてきたのだ。

鈴木係長が二人に尋ねた。

梨田がこたえた。

「いや、どうも……。ＰＳの連中の落ち込み方は、自分たちの想像以上ですね」

ＰＳというのは、ポリスステーションの略で、警察署のことだ。

鈴木係長は、表情を変えずに言った。

「ま、そうだろうな」

「地域課の係長や同僚にも話を聞いてきましたが、皆衝撃を受けた様子でした。亡くなった地域課係員の名は、瀬川一巳《せがわかずみ》。年齢は二十六歳。階級は巡査。渋谷東署内の最上階にある独身寮に住んでいました」

「自殺で間違いないんだな」

「渋谷東署では、そう断定しました」

「遺書はあったのか？」

「いえ、遺書はありませんでしたが、状況から、自殺以外にあり得ないと……」

「どういう状況だったんだ？」

「寮に住む同僚が、部屋を訪ねていって、首を吊っている瀬川を発見したということです」

「検視はしたんだな？」

「はい。死因は頸部《けいぶ》圧迫による窒息と、頸動脈の血流が阻害されて脳に血液が供給されなくなったこと……。縊頸《いけい》、つまり首吊りに間違いないということです」

「何か気になる証言はあったか？」

「特には……。ただ……」

「どうした？」

「なんで警視庁本部が、所轄の警察官の自殺を調べているんだと、皆に訊かれました」

梅原が皮肉な調子で言った。

「ふん、そりゃ、そうだろうな」

鈴木係長は、梅原には取り合わず、梨田に尋ねた。

「それで、何とこたえたんだ？」

「事件性はないか、いちおう洗っておけという課長の指示だと言っておきましたよ」

鈴木係長はうなずいて言った。

「それでいい」

碓氷は、気になって尋ねた。

「死亡した時刻は、午後十一時頃で間違いないんだな？」

「間違いないと思います。発見者の話によると、部屋を訪ねたのは、十一時十五分か二十分頃のことで、そのときはまだ、その……」

梨田が一瞬言い淀んだ。「生々しい状況だったということです」

梨田が言いたいことを、その場にいた全員が理解したはずだ。もちろん碓氷にもわかった。

首を吊ると、舌は長く飛び出し、たいていは糞尿を垂れ流す。それがひどい臭気を放つ。糞尿がまだ放出されたばかりの状態だったということだろう。

梨田がさらに続けた。

「発見者は、そのとき、まだ瀬川の体が温かかったと言っていますし、検視の結果も一致しています」

碓氷は、梅原と高木に尋ねた。

「犯行時刻だが、両方とも午後十一時頃ということで間違いないんだな?」

梅原がこたえた。

「……というより、ほぼ十一時ジャストですね」

碓氷は尋ねた。

「どうしてわかったんだ?」

「事件の現場は、被害者の会社が契約している駐車場です。会社と同じビルの地下にあります。そこの防犯カメラに映っていました」

「犯行が映っていたというのか?」

「被害者と犯人が揉み合い、犯人が逃走するところが映っていました。その映像に記録されていた時刻が、午後十一時でした。不鮮明な映像でしたが、それが被疑者割り出しに、おおいに役に立ちました」

「捜査本部は忙しくて、詳しいことは聞き出せなかったと言ったが、犯行時刻のことは、ちゃんと聞き出していたんだな」

梅原がにやりと笑った。

「課長のこだわりは、時間でしょう？　その点は、抜かりなくやりますよ」

碓氷は、高木に尋ねた。

「そっちはどうなんだ？」

「被害者と同じマンションの住人が、午後十時五十五分頃に、部屋を出る被害者を目撃している。その後、被害者は誰とも接触していない。もちろん、犯人を除いて、だがね……。そして、通報が午前一時頃。つまり、午後十時五十五分から午前一時の間に殺害されたということだが、外出してすぐに殺害されたと考えていいだろう」

「なぜだ？」

「自宅マンションと現場の公園の位置関係だ。公園の側には、コンビニなど商店はない。一方、公園と反対側にはコンビニ、ＤＶＤレンタルショップ、飲食店などがあった。何か用事があるとしたら、当然そちらに行くはずなんだ」

「散歩にでも出かけたんじゃないのか？」

高木は、肩をすくめた。

「そうかもしれん。だが、誰かに呼び出されて人気《ひとけ》のない公園に行ったと考えたほうが、蓋然性《がいぜんせい》が高いんじゃないかと、俺は思う。捜査本部でもそう考えている」

「誰かに呼び出されたというのは、つまりは、犯人ということか？」

「そう。そして、午後十時半に、被害者の携帯電話に、教え子の白井稔から電話があった。着信記録が残っていたんだ」

「なるほど……」

「そして、検視の結果も、この推論を裏付けている。死亡推定時刻は午後十時から十二時。被害者が部屋を出たのが、午後十時五十五分頃だから、犯行は、その後だ」

「なるほど、捜査本部では、白井稔に公園に呼び出され、殺害された、と読んでいるわけだな？だとしたら、犯行時刻は十一時頃と見て間違いないな」

梅原が言った。

「そういう話は、すでに課長のところに行っていると思いますよ。だからこそ、課長は十一時という時刻にこだわったわけですし……」

碓氷は梅原に言った。

「わかってるさ。だが、確認しておきたかったんだ」

「用心深いですね……」

「間抜けな刑事ほど使えないものはないからな」

4

最後に戻って来たのが、三鷹署に行った二人だった。戻って来たのは、午後九時半。さっそく報告を始めた。

「転落死した中学生の名前は、原田悟《はらださとる》。中学三年生です。自宅のマンションの屋上から飛び降りました。八階建てのマンションです。住所は、三鷹市下連雀《しもれんじゃく》一丁目……」

鈴木係長が確認する。

「自殺で間違いないんだな？」

「三鷹署では、そう断定しています。一階の住人が、どすんという大きな物音を聞いて、外の様子を見に行き、遺体を発見しました。救急車を呼びましたが、すでに死亡していたようです。病院で死亡が確認されました」

「それが午後十一時というわけか？」

「そうです。一一九番に電話した時刻が、十一時七分です」

「それで、遺書はあったのか？」

「いえ、ありませんでした」

「それでも、三鷹署は、自殺と断定したのか?」

「マンション内の廊下にある防犯カメラで、十時五十分頃、一人で歩いている原田悟の姿が確認されています。その時刻に、他に映っている者はいません」

「事故という可能性は?」

「屋上に靴が残っていました」

「なるほどな……」

「へえ……」

梨田が感心したように言った。「今時《いまどき》の中学生でも、飛び降り自殺するときに靴を脱ぐ、なんてこと、知ってるんですね……」

高木がそれにこたえる。

「今の若いやつらは、たいていのことは知ってるぞ。インターネットで知識を得るんだ。だが、問題は、それがただの知識であって、知恵ではないということだ」

高木は、なかなか示唆に富んだことを言う。そんなことを思いながら、碓氷は言った。

「遺書がないという点が一致してますね……」

鈴木係長が聞き返した。

「何だって?」

「二件の自殺ですよ。渋谷東署の瀬川巡査も、三鷹の原田悟も、遺書を残していません」

鈴木係長が、しばらく考えてから、碓氷に言った。

「それが、何かを意味していると思うか？」

「わかりません。しかし、共通点であることは間違いありません」

梅原が茶化すように言った。

「すごいじゃないですか。これで、二つも共通点が見つかった」

もう、係の全員が梅原のこうした物言いに慣れているので、誰も何も言わない。碓氷も別に気にならなかった。

ともあれ、外回りの捜査員たちは、碓氷の予想に反して、多くの情報を入手してきたわけだ。たいしたものだと、碓氷は思った。

鈴木係長が時計を見た。

午後十時になろうとしている。

「まだ落ちないのかな……」

鈴木が梅原に確認した。「何か吐いたら、こちらに連絡が来るように手配しているんだろう？」

梅原はうなずいた。

「もちろんです。俺に電話が来るはずです」

碓氷は言った。

「送検される前に、俺たちが話を聞く必要があるな。おそらく本ボシに間違いないんだろう？自供したら、すぐに送検手続きに入るからな……」

梅原が碓氷に言う。

「そのあたりは、課長がうまくやってくれるんじゃないですか？」

「おまえ、課長に、その確認を取ったのか？」

「確認なんて取ってませんよ。捜査本部内で課長に話しかける度胸は、俺にはありませんからね」

鈴木係長が言った。

「逮捕されたからには、四十八時間以内に送検される。落ちたらそのまま起訴だ」

碓氷は係長に言った。

「防犯カメラの映像もあることだし、追及すれば、すぐに落ちますね。自白を拒否する理由がない」

梅原の電話が振動した。

皆は、被疑者が自白したのか、と彼に注目した。

「わかった。わざわざすまんな」

梅原はそう言って電話を切った。

係長が尋ねる。

「自白したのか？」

「いいえ、家宅捜索の結果を知らせてきたんです。自宅に血が付いた包丁と、血まみれの衣類がありました。その包丁が凶器と断定されたそうです」

高木が言う。

「これで、自供なしでも送検・起訴できそうだな」

「ただ、一つ妙なことが……」

梅原が言った。係長が質問した。

「妙なことって、何だ？」

「被疑者は、犯行のことをよく覚えていないと言っているそうです」

高木が言う。

「ただの言い訳だろう」

「そうかもしれませんがね……。なんだか、寝入りばなの夢のような感覚で、自分が本当に犯行に及んだのかどうか、確信が持てないというふうなことをしゃべっているようですね」

高木がふんと鼻で笑う。

「部屋から証拠が見つかっているんだろう。凶器と犯行当時に着ていた衣類だ」

「それが……。隠すでもなく、衣類は部屋に放り出されていたそうです。包丁は台所にありました」

「台所……？」

「あるべき場所にあったということですね」

「台所が凶器のあるべき場所だというのか？」

「だって、包丁ですよ。包丁は台所に置くべきでしょう」

梅原のその言葉を聞いて、碓氷は違和感を抱いた。

かつて同じ会社に勤めていた人物を殺害した。年齢から考えると、被害者は、被疑者の先輩か上司に当たるのだろう。

その凶器に自分の包丁を使った。凶器は、たいていは捨てるものだ。そして、返り血を浴びた衣類も処分する。それが普通の感覚だ。

だが、被疑者の佐原順一は、包丁を持ち帰り、それを台所に戻したのだという。人を殺した凶器を日常の料理に使おうとしたのだろうか。

だとしたら、血をきれいに洗い落とすはずだ。包丁には、血が付いたままだったという。

そして、返り血を浴びた衣類は、部屋の中に放り出されていたのだという。

碓氷は、戸惑いながら言った。

「どうも、普通の感覚じゃないな」

高木が言う。

「たしかに、証拠品を隠そうともせずに、部屋にいるというのは、普通じゃないな。まあ、凶器なのにもかかわらず、包丁は台所にあるべきだという梅原の感覚も普通じゃないが……」

梅原が、にっと笑って言った。

「本気で言ったわけじゃないですよ」

「そういうつまらない冗談を言える感覚が、普通じゃないって言ってるんだよ」

碓氷は、鈴木係長に言った。

「今のうちに、被疑者に話を聞けませんかね?」

「俺も、その必要があるように思う。課長に相談してみよう」

鈴木は、電話をかけようとして、それをやめ、言った。

「捜査本部に行って、直接話をしてこよう」

碓氷が言った。

「俺も行きましょう」

鈴木係長は、うなずいてから立ち上がった。


午後十時を過ぎたが、捜査本部には、多くの捜査員が残っていた。ひな壇には、田端捜査一課長と、新宿署署長の姿もある。

田端課長は、鈴木と碓氷の姿を見ると、言った。

「おう、シゲさんに、ウスやん。どうした？」

捜査員たちが、その声で、碓氷たちのほうに視線を向けた。

鈴木係長は、まっすぐに田端課長の前に進んだ。碓氷もそれについて行った。

鈴木が言った。

「課長、お話があります」

「何だ？」

「被疑者と会わせてもらえませんか？」

それを聞いた捜査員たちが、それぞれの反応を示した。ある者は、戸惑いの表情を浮かべ、ある者は、むっとした顔になった。

碓氷はそれを視界の隅で捉えていた。

課長が鈴木に言う。

「まだ、自供が取れていねえんだよ、シゲさん」

「凶器と、犯行当時に着ていたと思われる衣類が、自宅から出たと聞きました。送検するには、充分な材料だと思います」

「送検はできる。だが、できれば、すっきりと自供を取りたい」

「取り調べを始めてどれくらいですか？」

田端課長は、腕時計を見た。

「八時過ぎに身柄を運んできてから、すぐに取り調べを始めたからな……。二時間以上は経《た》つな」

「取り調べ担当者も、一休みしたいんじゃないですか？」

「シゲさんや、取り調べってのは、刑事の腕の見せ所だ。心理戦でもある。微妙な駆け引きが必要なんだ。それは、あんたにだってわかっているはずだ」

「二件の殺人、そして二件の自殺の関連を調べるためには、どうしても被疑者に会って話を聞く必要があります。送検されたら、関連を調べるために、検事を説得する必要があります」

田端課長は、考え込んだ。

「やるなら、今のうち、ということか……」

そうつぶやいてから、田端課長は、池田管理官に大声で命じた。

「おい、イケさん。取調室のほう、一段落ついたら、シゲさんたちに知らせてくれ。被疑者に会いたいんだとよ」

池田管理官は、当惑したように言った。

「第五係は、いったい何をやっているんですか？」

「俺の特命班だ。気になることがあるんで、ちょっと調べてもらってるんだ」

課長にそう言われて、逆らう者はいない。

池田管理官は、携帯電話を取り出してかけた。しばらく話をした後に、電話を切って、課長に言った。

「そろそろ一休みしようと思っていたらしいです。今の担当者と交代で入ってください」

田端課長が鈴木係長に言った。

「そういうことだ。部屋の前で待機していてくれ」

「了解しました」

鈴木と碓氷は、佐原順一がいる取調室の場所を、新宿署員に尋ね、向かった。

取り調べの担当者は、捜査一課のベテランだった。係は違うが、顔馴染みだ。記録係を新宿署の刑事がつとめていた。

廊下に出て来た彼らに、鈴木係長が声をかけた。

「ごくろう。どんな様子だ？」

ベテラン捜査員がこたえた。

「なんだか妙な感じです」

「妙……？」

「どうしても、殺害した実感がないと言い張るんです」

「言い逃れだろう」

「そういうことですね。証拠も挙がっている。言い逃れなんてできっこないのに……」

「反抗的なのか？」

「いえ、それが……」

「どうした？」

「決して反抗的ではないのですが、肝腎《かんじん》のところになると、はっきりしないと言い出すんです」

「取りあえず、会ってみよう」

「係長が落とせたら、一杯おごりますよ」

「殺人についての取り調べは、君の役目だ。それを奪う気はない」

ベテラン捜査員は、怪訝《けげん》そうに眉間にしわを寄せた。

「じゃあ、どうして会うんです？」

「課長に言われたのさ」

鈴木係長は、そう言うと、その捜査員の前を通って取調室に入った。碓氷がそれに続こうとしたとき、取り調べ担当の捜査員に腕をつかまれた。

「どういうことなんだ？」

碓氷は、小声で言った。

「二件の殺人と、二件の自殺が、ほぼ同時に起きた。課長は、それを気にしているんだ」

「ばかな……。時間がほぼ同じというだけで、場所もばらばら。被害者や当事者に、関連は見られない」

「俺もそう思うけどね……。まあ、課長に言われたら、調べないわけにはいかないだろう」

碓氷は、取調室に入ってドアを閉めた。

すでに、佐原順一と鈴木係長が、スチール製の机を挟んで向かい合っていた。

碓氷は、記録席に腰を下ろした。

佐原順一は、目立たない若者だった。髪は短くもなく、長くもない。どちらかというと小柄で、色白だ。

気弱そうに見える。ただ気弱なだけではない。彼は、恐れていた。

何を恐れているのかはわからない。警察を恐れているのだろうか。この先、自分がどうなるのかわからず、不安なのかもしれない。

恐れ、戸惑っている。それが最初の印象だった。

鈴木係長が尋ねた。

「佐原順一さんですね？」

即座にこたえが返ってきた。

「そうです」

「あなたは、『平成新宿エステート』の峰村竜彦《みねむらたつひこ》さんをご存じでしたね?」

被害者の名前だ。

碓氷は、被害者の名前も、彼が勤めていた会社の名前も、今初めて聞いたような気がした。

書類を読んでいるので、そんなはずはなかったが、どうも記憶になかった。それも、妙な話だと思いながら、鈴木係長と佐原順一のやり取りを聞いていた。

佐原順一が、鈴木係長の質問にこたえた。

「はい、知っていました」

「どうして、峰村さんを殺したのですか?」

佐原順一は、おろおろと顔を上げて、鈴木係長を見た。うろたえているようでもあり、救いを求めているようでもあった。

鈴木係長が、もう一度同じ質問をした。

「どうして、峰村さんを殺害したのですか?」

「あの……」

言葉を探すように、下を向いて、視線を左右に動かした。「本当に、自分が殺したんですね?」

碓氷の位置から、鈴木係長の顔は見えない。だから、どういう表情をしているのかわからなかったが、おそらく、無表情なのだろうと思った。

鈴木係長は、感情が揺さぶられるほど、無表情になっていく。彼が言った。

「証拠品もあります。凶器の包丁と、血が付いた衣類です。そして、駐車場の防犯カメラの映像もあります。疑いようがありません」

「そうなんですね？　さっきの刑事さんも、もう言い逃れはできない、と言っていました」

「峰村さんを怨んでいたのですか？」

この質問に、佐原は溜め息をついた。

「こうこたえると、不利になるんでしょうね……。だけど、本当のことを言います。怨んでいたし、憎んでいました」

「会社で何かあったのですか？」

「自分が会社にいる頃、峰村は営業係長でした。係の成績を上げるためなら、どんなことでもしました。自分ら部下は、それこそ、寝る暇もないくらいに働かされたんです。それで、体を壊したら、もう会社に来るなと言われました」

見るからにひ弱そうなので、無理が続けば体も壊すだろう。

「それでクビというわけではないでしょうね？」

「クビじゃないけど、自分から辞めました。それから、その日暮らしです。バイトで食いつないでいるんです。峰村さえいなければ、自分はまだあの会社で働いていたかもしれない」

「だから、峰村さんを怨んでいた、と……」

「それだけじゃありません。自分は、ずいぶんと嫌がらせをされたんです。モデルルームの前で、寒い冬の日に一日中立たされていたこともあります。他に係員がいたにもかかわらず、交代してもらえなかったんです」

「なるほど……」

「ずいぶん、ひどいことも言われました。それでも、我慢すればいいんだと思って頑張りましたが、体を壊したときに、ああ、もうだめだと思いました。すべて、峰村のせいなんです」

「それが、殺人の動機ということですね?」

今まで饒舌《じょうぜつ》だった佐原順一は、とたんに口をつぐんだ。

鈴木係長が畳みかけるように尋ねる。

「その怨みや憎しみが、峰村さんを殺す動機だったんですね?」

佐原は、視線を落として言った。

「それがわからないんです」

「わからない? 動機がわからないということですか?」

「たしかに、自分は、峰村を怨んでいました。でも、自分が実際に殺すなんて、考えたこともありません」

「殺意はなかったということですか?」

佐原順一は、おどおどと顔を上げて言った。

「あの……。一つ訊いてもいいですか?」

「何ですか?」

「弁護士を呼ぶ権利があるんですよね?」

「さっきの刑事たちに言わなかったのですか?」

「ずっと質問攻めで、言い出すチャンスがありませんでした」

鈴木係長が振り向いて碓氷の顔を見た。

どうすべきか、無言で尋ねているのだ。

碓氷は言った。

「弁護士は呼べる。だが、その前に質問にこたえてくれ」

佐原がうなずいた。

「何でしょう?」

「峰村を殺したことは確かなんだね?」

「それが……」

佐原が、戸惑った様子でこたえた。「あまりよく、覚えていないんです」

碓氷は鈴木係長と顔を見合わせていた。

5

殺したかどうか、よく覚えていない。

これは、単なる言い逃れだろうか。

碓氷は、じっと佐原順一を観察していた。彼は、戸惑った表情のままだ。

自分がやってしまったことの重大さを、今さらながらに実感して、パニックに陥っているのかもしれない。

かっとなって殺した。

はずみで殺した。

揉み合って、気がついたら殺していた。

そう証言する被疑者は、少なくない。そして、それらのほとんどが事実だと、碓氷は思っている。

すべての殺人の中で、明確な殺意をもって人を殺すことのほうが少ないのではないかと、碓氷は考えていた。

そういう場合、殺人は計画的になる。計画的殺人の割合は、意外と少ないのだ。

鈴木係長は、どう考えているだろう。彼は、経験豊富な捜査員だ。田端捜査一課長が、叩き上げのノンキャリアなので、係長にも現場経験の豊富な者をそろえている。

その中でも、鈴木は冷静沈着で、切れ者の評判が高い。これまで、多くの被疑者を取り調べてきた経験がある。

その経験に照らして、佐原が言っていることを、どう考えているのだろう。

碓氷は、鈴木と話がしたかった。だが、それは後でもできる。今は、被疑者から話を聞くことが先決だ。

碓氷と鈴木係長に与えられた時間は少ない。

殺人の取り調べが再開されるかもしれない。それまでの短い時間で、何かを探り出さなければならない。

鈴木が質問を続けた。

「よく覚えていないというのは、どういうことですか?」

「事件が起きたのは、昨日の夜の十一時頃のことですよね? その頃、自分が何をしていたのか、よく覚えていないんです」

「殺したかどうか以前に、その時刻に何をしていたか覚えていないということですか?」

「そうなんです」

「覚えている限りのことを話してください」

佐原は、わずかに身を乗り出した。

「自分が言うことを、信じてくれるのですね？」

「信じるかどうかは、話を聞いた上で判断します」

「自分は、さっきの刑事さんにも本当のことを言ったんです」

「昨日の夜のことを、順を追って話してください」

佐原は、しばらく無言で考えていた。

どこから話すべきか考えているのだろうか。あるいは、今まで自分が話したことと、これから話すことの間に矛盾が生じないように確認をしているのかもしれない。

刑事は、簡単に相手の言うことを信用しない。因果な仕事だと思うこともある。だが、そうでなければ、犯罪者と対峙《たいじ》することはできないのだ。

佐原が話しはじめた。

「昨日は、バイトから帰ってきて、しばらくパソコンでゲームやったり、映像見たりしてました」

「バイトから帰ってきたのは何時頃ですか？」

「午後六時頃です」

「バイトは何を？」

「コンビニの店員です。早番でした」

昔ならば、部屋でくつろぐときは、たいていテレビを見ていた。パソコンでゲーム、というところが、いかにも今時の若者らしいと、碓氷は思った。

なんでも、最近では、テレビを持っていない二十代の若者が多いらしい。時代が変わったのだ。

鈴木係長が質問を続ける。

「パソコンに向かっていたのは、どれくらいの時間ですか？」

「そうですね……。夕食を食べてすぐにベッドの上でゲームを始めましたから、六時半頃から……」

そこまで言って、佐原は戸惑ったように言葉を呑み込んだ。眉間にしわを寄せて何事か考えている。

鈴木係長が尋ねた。

「どうしました？」

「ええと……。その後の記憶がないんです。眠ってしまったのかもしれません」

「眠ってしまった？」

「ええ、寝落ちすることが多いんです」

「寝落ち……？」

「ええ、ネット用語です。チャットやゲームをやっているうちに、疲れてちゃんとログアウトしないで眠ってしまうことをそう言うんです」

「昨日も寝てしまったということですか？」

「記憶がないので、そうとしか思えません」

「じゃあ、意識を取り戻したのは、いつのことですか？」

「今朝のことです。何が何だかわかりませんでした。着ていた服に血が付いていました。包丁にも……。それで、バイトを休んで一日中呆然としていました」

「そこに警察がやってきたというわけですか？」

「はい」

供述と状況は矛盾していない。

だが、納得できる話ではない。

「峰村さんを殺す気はなかったと言いましたね？」

「ええ……」

返事がはっきりとしない。ここは追及のしどころだと、碓氷は思った。同じことを鈴木係長も感じたようだ。

「でも、怨んでいたし、憎んでいたのは確かなんですね？」

「あの……。そういうことは、弁護士が来るまで話さなくてもいいんですよね」

「話さなくてもいいです。弁護士を呼ぶのも、黙秘するのも、あなたの権利です。でも、話したほうがいい」

さすがにうまいなと、碓氷は思った。ここで、恫喝《どうかつ》などすると、相手は萎縮してしまって話す気もなくなるだろう。

鈴木係長は、話したほうが得策だという印象を、佐原に与えようとしたのだ。

佐原は、考え込んだ。鈴木係長は、急《せ》かさなかった。ただ、相手が話しだすのを待っていた。

やがて、佐原が言った。

「実際に殺すことなど考えられなかったということです。こういうことを言うと不利になるのかもしれませんが、殺したいほど憎んでいたのは事実です。その機会があれば、殺したかもしれません。でも、自分からそんなチャンスを作ろうなんて気は、まったくありませんでした。誰だって、殺してやりたいと思うことくらい、あるでしょう。それだけのことなんです」

「それは、殺意と解釈していいんですね？」

佐原は、かぶりを振った。

「実際の殺意とは違うと思います。想像上の殺意です」

「想像上の殺意……？」

「峰村をボコボコにやっつけているところを、よく想像しましたからね。でも、実際に殺そうなんてしていません」

殺人の取り調べに来たわけではない。だが、殺人の被疑者が目の前にいたら、つい追及したくなる。それが刑事というものだ。

だが、時間がない。

鈴木もそれに気づいたようだ。

「殺人については、また別の刑事が質問すると思います。ちょっと、違ったことを質問させてください」

「違ったこと……？」

佐原が怪訝な顔をした。

「白井稔という名前に心当たりはありませんか？」

「シライ・ミノル……。いいえ。知らない名前です」

白井稔は、麻布署管内の殺人の重要参考人の名前だ。

「では、増本力也《ますもとりきや》は……？」

碓氷は、その名前を聞いて、密かに戸惑っていた。

おそらく被害者の高校教師の名だろう。だが、記憶になかったのだ。手もとのルーズリーフに配布された資料がはさんである。それをそっと確認した。

間違いない。被害者の名前だった。

直接自分が担当している殺人事件ではないとはいえ、被害者の名前を記憶していなかったという事実を、碓氷は反省した。

佐原はこたえた。

「いいえ、知りません」

「本当に知らないんですね？　後で何か証拠が出て来てから、証言を変えても遅いですよ」

「本当に両方とも、知らない名前です」

「では、瀬川一巳は？」

「セガワ・カズミ……」

佐原は、そうつぶやいてからこたえた。「いいえ、知りません」

瀬川一巳は、自殺した渋谷東署の警察官だ。

鈴木がさらに尋ねる。

「原田悟は？」

「知らない名前です」

鈴木は、しばらく佐原を見つめていた。こうした質問をするとき、大切なのはこたえの内容ではなく、相手の態度だ。

もし、万が一知っている名前があったら、態度でわかる。

碓氷は、本当に佐原が彼らの名前を知らないと判断した。

「峰村さんが殺害された、同じ日のほぼ同じ時刻に、麻布署管内で殺人があったんです」

鈴木がそう言うと、佐原は、きょとんとした顔になった。

「それは、いったい何の話なんですか？」

「質問しているのは、こっちです。麻布署管内で殺害された人の名前が、増本力也です。本当に、心当たりがないんですね？」

「まさか、そっちの事件の犯人も自分だとか言い出すんじゃないでしょうね。自分は、やってませんよ。峰村についてだって、覚えていないんです。ねえ、弁護士を呼んでください」

そのとき、ドアをノックする音がした。

交代要員が来たのだ。殺人についての取り調べが再開する。時間切れだった。

取調室を出て、捜査本部に向かい、鈴木係長が碓氷に言った。

「妙な感じだな……」

「同感です。他の三つの事案の関係者……。俺は、やつは本当に知らないんだと感じましたが……」

「俺もそうだよ。つまり、佐原は、他の三件とは関係ないということかな……」

碓氷は、ひっかかっていた。簡単に結論を下せない何かを、佐原の態度から感じ取っていた。

「殺したことを覚えていないというのは、言い逃れしようとしているだけなんでしょうか？」

「わからん。それについては、殺人の担当が結論を出してくれるだろう」

「係長は、どう思います？」

「何を、だ？」

「佐原が殺したことを覚えていないと言ったことについてです」

鈴木係長は一瞬、言葉に詰まった。

「物的証拠が上がっている。覚えていないと言ったところで、言い逃れはできないだろう」

「もし、本当に覚えていないのだとしたら……？」

「おい、ウッさん。心神耗弱《しんしんこうじゃく》とか、そういうことを言いたいのか？　それは、弁護士が考えることだぞ」

「どうも、佐原が嘘をついているとは思えないんです。それが気になりまして……」

「佐原が殺《や》ったことは間違いないと思う。もし、自白が取れなかったとしても、物的証拠だけで起訴はできるし、公判も維持できるだろう」

「そうですね」

「俺たちの仕事は、四つの事案の関連を探ることだ。それについては、まったくお手上げだな」

「他の事案の関係者にも直当《じかあ》たりしたいですね」

「当然、そうすることになるだろうな」

捜査本部にやってきて、田端捜査一課長がまだ残っているのを確認した。こうして夜遅くまで残っていても、明日は早朝から本部庁舎に登庁しなければならないはずだ。

田端課長は、おそろしくタフだ。タフでなければ、捜査一課長はつとまらない。

碓氷と鈴木係長は、田端課長に近づいた。

課長がそれに気づいて言った。

「おう、シゲさんにウスやん。どうだった？」

鈴木係長がこたえた。

「佐原は、他の三件の関係者については、知らないと言っています」

「本当に知らないと思うかい？」

「私は、そう思います」

「ウスやんはどうだ？」

「自分もそう感じましたね」

「そうか……」

田端課長が、渋い顔になった。「俺の思い過ごしかもしれんな……」

碓氷は言った。

「結論を出すのは、まだ早いと思います」

田端課長が碓氷に眼を向けた。その眼は充血していた。さすがの捜査一課長にも疲労の色が滲《にじ》んでいる。

「そう思うかい、ウスやん」

「佐原の証言には、妙な点があります」

「どういうふうに妙だと思うんだ？」

「殺したことをよく覚えていないと言うんですが……」

「それは、殺人についての取り調べを担当した捜査員からも報告を受けている。だが、証拠は挙がってるんだ」

「他の事実については、こたえは明確なんです。何時に帰宅した、とか、それから何をしていた、とか……。ただ、殺人をしていたはずの時刻については、記憶がないと、急にこたえが曖昧になる……」

「だから、言い逃れをしようとしているんじゃないのか？」

「本当に記憶がないという可能性もあります」

田端課長が、しかめ面になった。

「薬物使用については、今検査中だ。何かの病気で、意識が飛んでいたという可能性もないわけではないが……」

鈴木係長が言った。

「そうなると、心神耗弱ということで、罪を問えなくなる恐れがあります」

課長が顔をしかめたのは、おそらく同じことを考えたからだ。

「他の事案の関係者にも、直接話を聞きたいんですが……」

鈴木係長が言うと、田端課長がうなずいた。

「当然、そうするべきだな。各署には、俺から話を通しておく」

「お願いします」

「今日は、もうやることはないだろう。帰ったらどうだ?」

「課長は、どうされるのですか?」

「被疑者が落ちるのを待とうかと思ったんだが……」

鈴木係長が言った。

「供述の内容を変えるとは思えませんね」

「そうか……。じゃあ、俺もぼちぼち引きあげることにする」

碓氷と鈴木は、一礼して捜査本部をあとにした。特命班の小部屋に戻ると、高木がすぐに質問してきた。

「どんな感じでした?」

鈴木がこたえた。

「殺したことを覚えてないと言っている」

　高木が怪訝な顔をする。

「そりゃ、どういうことです？」

「俺にもわからんよ。他の三件の関係者については、知らないと言っていて、それは嘘じゃないと思う」

　梅原が皮肉な口調で言う。

「じゃあ、結局何もわからなかったということですね」

　係のみんなは、もう梅原のこういう物言いに慣れてしまっている。

　鈴木係長がうなずいて言った。

「ま、そういうことだな。明日から、他の三件の関係者に直当たりしてもらう。今日は、引きあげよう」

　時計を見ると、十一時を過ぎていた。

　それでも、今日のうちに帰れることをありがたいと、碓氷は思った。


　自宅に戻ると、すでに午前零時を過ぎていた。子供たちはとうに寝ている。

　妻も寝ているかもしれないと思ったが、まだ起きていたので、なんだかほっとしたような、後ろめたいような気持ちになった。

　何年経っても、この気分は変わらない。

寝ていてくれたほうが気が楽なのだが、起きていてくれると、やはりありがたいと思う。

妻の喜子《よしこ》は、碓氷より一つ年下だ。連れ添ってもう二十年近くになる。

子供は二人。長女の春菜は、そろそろ難しい年頃なのだが、幸いなことに、まだ碓氷を毛嫌いしているような様子はない。

弟の祥一は春菜の三歳下だ。

「事件なの？」

喜子が尋ねた。

「ああ。明日も遅いと思う」

「捜査本部ですか？」

「似たようなものだ。課長から特命班をおおせつかったよ」

「何か食べる？」

「いや、腹は減ってない。風呂は？」

「わいてるわよ」

「じゃあ、風呂に入って寝るよ」

何ということはない日常の会話がありがたかった。もし、家庭内に問題を抱えていたら、こうした会話すらできないはずだ。

そんな事態を想像するだけでうんざりする。

仕事でくたくたなので、せめて家庭では体と頭を休めたい。

妻は、それなりに不満はあるのだろうが、何も言わずにいてくれる。刑事の妻であることをいつしか理解してくれたのだと思う。

いや、諦めたと言うべきか……。

碓氷は、早風呂だ。それでも充分に温まったという実感がある。蒲団に入ると、すぐに眠ってしまい、妻が寝室にやってきて就寝したことも知らなかった。

6

翌日から、碓氷たち第五係は、新宿署の特命班室と名付けられた小会議室に出勤することになっていた。

いつもと同じく、八時半には顔をそろえていた。昨日の班分けに従って、捜査員たちが聞き込みに出かける。

碓氷は、予備班として特命班室に残る。係長を含めて、予備班は五名だ。

自分も直接、話を聞きに出かけたいと、碓氷は思っていた。ベテランになれば、デスクをおおせつかることも増えてくる。

捜査本部などでは、予備班の役割が大きい。捜査員たちが集めてくる情報を整理統合して、管理官につなぐ役割を担っている。

捜査員の班分けや、参考人、重要参考人、被疑者の取り調べも、たいていは予備班と呼ばれるデスクの仕事だ。

しかし、他人が聞いてきた情報を、どうも信じ切れないという気がしていた。やはり、自分が直接話を聞いたことしか信じられないのだ。

聞き込みには、さまざまなテクニックやコツがある。そして、独特のニュアンスを捕まえる能力がなくてはいけない。

現場で聞き込みをやるとき、相手が事件の関係者である可能性もあるし、犯人だということもあり得るのだ。

相手の態度に注目することも大切なのだ。そうした能力は、若い頃に職務質問を繰り返すことで得られる。

職務質問を甘く見てはいけない。犯罪を発見し摘発するのに役立つし、犯罪の抑止効果もある。さらに、捜査員の訓練にもなるのだ。

だが、いつまでも、自分の見聞きしたものしか信じないなどとは言っていられない。現場は若い者に任せて、ベテランは徐々に管理に回らなければならないというのが、最近の警視庁の方針のようだ。

出かけて行った捜査員たちは、糸の切れた凧《たこ》だ。何か特別なことがないと、電話連絡もよこさない。

それでも大きな捜査本部になると、絶え間なく電話が鳴り続けるが、この特命班くらいの規模では、ほとんど電話は来ない。

外回りの捜査員たちは、雨の日も、極寒の日も、真夏の炎天下でも歩き回らなければならない。

俺は、こうして楽をさせてもらっているんだ。碓氷は、そう思うことにした。

時間があるので、何度も資料を読み返すことになる。それも重要なことだ。複数の事案の資料を丹念に読み込むことで、新たな発見をすることもある。

残念ながら、まだ特に気づいたことはない。今のところ、四件の事案の共通点は、発生時刻だけだ。

もう一つ、二人の自殺者が遺書を残していない点が、共通点と言えなくもない。

それらの共通点から、何かが見えてくるかというと、今のところ、何もない。

買い物から帰る母親を待つ幼子のような気分だな……。

碓氷はそんなことを思っていた。

早く誰かが、耳寄りな情報を持って帰って来てくれないかと、ただ待つしかないからだ。

午後四時過ぎに、まず梨田たちが帰って来た。彼らは、渋谷東署の自殺の件を調べていた。

梨田は、暗い表情だった。無理もないと、碓氷は思った。

同じ警察官の自殺について調べなければならないのだ。話を聞いているうちに、気分もふさいでくるだろう。

梨田が、鈴木係長に報告した。

「周囲の人間から、直接話を聞いてきました。まずは、直属の上司です。谷川正《たにかわただし》巡査部長、三十六歳。彼が言うには、亡くなった瀬川は、なかなか頑張っていて、周囲の期待も大きかったということです」

鈴木係長が言った。

「亡くなった人については、誰でもそのようなことを言うだろうな」

「実際、勤務態度もよく、何も問題は抱えていなかったように見えたということです」

予備班のベテラン捜査員の一人が言った。

「そういうふうに見えるやつが危ないんだよ。自殺するような人は、必ず何かサインを出していると聞いたことがあるが……」

梨田は、彼のほうを見てうなずき、鈴木係長に視線を戻して報告を続けた。

「寮でいっしょに生活している同僚たちにも話が聞けました。瀬川は、目立たないやつで、特に親しくしている者はいないということでした」

鈴木係長が言った。

「それが問題といえば問題かもな……」

「自分もそう思ったんですよ。でもね、若い連中に聞くと、寮でもつるんでいるようなやつらは少ないんだそうですね。みんな、たいていは自分の部屋に閉じこもっているんだそうです。まあ、今時の若者の付き合い方っていうのは、そういうものなのかもしれませんね」

「助けを求めるサインのようなものに、気づいた者はいなかったということか？」

「そういう話は聞きませんでしたね。ただ……」

「何だ？」

「最近、非番の日によく外出するようになったと証言した同僚がいました」

「それまでは、あまり外出しなかったということか？」

「そうらしいです」

「どこに出かけていたのか、知っている者は？」

「いや、それとなく尋ねたけれども、はっきりとこたえなかったらしいです」

碓氷はつぶやいた。

「女かな……」

鈴木が碓氷のほうを見た。

「ウっさん。予断は禁物と言ったのは、あんただぞ」

「そうでしたね……。でも、その線はあると思います」

梨田が碓氷に言った。

「どうでしょう。彼女ができたなら、周囲に話すんじゃないですかね？　そういう話を聞いたという者はいませんでした」

「話しづらい相手ということもある」

碓氷が言うと、鈴木が苦笑した。

「おいおい、それこそ根拠のない想像だろう」

碓氷は、鈴木に言った。

「少なくとも、それまで外出しなかった者が、頻繁に出かけるようになったというのは、自殺と関連がある気がします」

鈴木は、梨田とその相棒に言った。

「瀬川がどこに出かけていたか、あるいは誰に会っていたか、探ってみてくれ」

梨田がうなずいた。

「了解しました。聞き込みの範囲を少し広げてみます」

梨田は、簡単そうに言ったが、二人だけで聞き込みの範囲を広げるのは、なかなかたいへんなことだ。

だが、人数が限られているので、やってもらうしかない。

次に戻って来たのは、梅原とその相棒だった。彼らが戻って来たのは、午後五時近くのことだった。

梅原が言った。

「いやはや、被害者の峰村ってのは、えらく評判が悪いですね。普通、周囲の人々は、被害者のことは悪く言わないもんですけどね」

碓氷は梅原に言った。

「質問するやつにもよるんじゃないのか？」

梅原は平然と言い返してきた。

「それって、俺が尋問者として優秀だってことですか？　相手の本音を引き出したってことですからね」

「まあ、そういうことにしておこう」

鈴木係長が、梅原に尋ねた。

「峰村は、ずいぶんと佐原に厳しかったようだが、他の部下や後輩にもそうだったのか？」

「人の好き嫌いが激しかったようですね。佐原がいじめられていたというのは、社内でも有名な話だったらしいです。ほとんど、佐原一人がターゲットになっていたようです。佐原が会社を辞めてから、別の人物がターゲットにされたということですが、その人物も会社を辞めていますね。セクハラ、パワハラの話もあります。まあ、誰も口に出しては言いませんが、会社の連中は、いなくなってよかったと思っている様子でしたよ」

「他の事案との関連は？」

「それについては、何も情報はありませんね」

鈴木係長は、渋い表情でうなずいた。

午後五時半頃、高木たちが戻って来た。

高木が、鈴木係長に報告する。

「重要参考人の白井が、身柄を引っぱられたので、捜査本部に詰めていました。白井の供述なんですが、どうも、佐原と似ているところがあるんです」

「佐原の供述と……？」

「ええ、事件の夜のことを、よく覚えていないと言っているようなんです」

「直接話を聞いたわけじゃないんだな？」

「まだ、逮捕されたわけじゃないので、捜査本部は慎重なんです。少年ですしね」

碓氷は、鈴木係長の顔を見ていた。鈴木も碓氷のほうを見た。

碓氷は、高木に尋ねた。

「自供したわけじゃないんだな？」

「覚えていないと言っているだけだそうだ」

梅原が言った。

「それも、ただの言い訳でしょう」

鈴木係長が言った。

「しかし、二人がそろって同じような言い訳をするか？」

梅原は、肩をすくめた。

「別に不思議はないですね。覚えていないというのは、一番簡単な言い訳ですからね」

碓氷は、梅原に言った。

「俺は、佐原の様子を見て、嘘を言っているとは思えなかった」

「それ、ウッさんの印象でしょう？」

「そうだ」

「つまり、証明されたわけじゃないんですよね」

「証明はされていない」

鈴木が、碓氷と梅原のやり取りに終止符を打つように、高木に質問した。

「それで、麻布署の捜査本部では、今後白井をどうするつもりだ？」

「おそらく、自供が得られたら、即逮捕でしょうね。自供がなくても、このまま逮捕する可能性もあります」

「家裁に送る前に、話を聞けるだろうか……」

「何とかなるでしょう。田端課長からも話が行っているはずですし……」

「逮捕・勾留《こうりゅう》が決まり次第教えてくれ。俺とウっさんで話を聞きに行く」

「了解」

たしかに、気になった。

梅原が言うとおり、「覚えていない」というのは、もっとも簡単な言い訳なので、誰が言ってもおかしくはない。

だが、佐原の様子は、普通ではないように感じられた。本当に戸惑っている印象があった。

同じ時刻に起きた殺人の被疑者と重要参考人が、まったく同じような供述をしている。そこに何か意味があるかもしれないと思ってしまう。

鈴木係長が、白井本人から話を聞きたいと思うのは当然だと、碓氷は思った。碓氷自身も直当たりしてみたい。

午後六時過ぎに、三鷹署の件を調べていた二人が戻ってきた。

檜山宗弘《ひやまむねひろ》とその相棒だ。檜山は、四十二歳の巡査部長だ。すらりとした体格で、大学の講師か何かのようなインテリ面をしている。

檜山が言った。

「亡くなった原田悟は、学校でいじめにあっていたようですね」

鈴木係長が、小さく溜め息をついた。

「いじめか。よくある話と言ってしまえばそれまでだが、聞くたびにやるせない気持ちになるな……」

「両親から話を聞いた限りでは、他の三件との関連は見えてきませんでしたね」

「学校のほうはどうだ？」

「先生は、自分たちの責任を追及されるのを恐れて、完全に腰が退《ひ》けてましたね。そちらからも、他の三件と関連する事実は見つかっていません」

「三鷹署の捜査員たちからは何か聞き出せなかったのか？」

「いじめを苦にした自殺。それで事案は幕引きです。誰だって、余計な仕事を増やしたくありませんからね」

「遺書はなかったんだったな？」

「ええ、そうです」

「今時の中学生なら、パソコンやスマホでどこかに書き込みをしているんじゃないのか？」

「いじめというのは、ＳＮＳなんかにも影響するんです。クラスで孤立している者は、ＳＮＳでも孤立します。ですから、クラスの誰かと連絡を取ったということもなさそうでした」

「クラスの誰か、とは限らない」

梅原が言った。

鈴木係長が梅原に尋ねた。

「それは、どういうことだ？」

「性別も年齢も関係ないのがネットの特徴の一つです。ＳＮＳでは、個人を特定できる場合が多いですが、ネットの掲示板などで、匿名で誰かと関わっていた可能性もありますよ」

梅原のしたり顔は鼻持ちならないが、言っていることは間違いないと、碓氷は思った。

鈴木係長が言った。

「じゃあ、渋谷東署の瀬川一巳も、ネット上のどこかに書き込みをしていた可能性が高いな」

「調べてみる価値はあると思いますね」

「原田悟と瀬川一巳のパソコンを入手したいな……」

鈴木係長がつぶやくように言った。

それにこたえて、梨田が言う。

「令状、下りますかね？　俺たちがパソコンを押収する理由を、判事に納得させなきゃなりませんよ」

「課長の特命だと言えば、判事も考えてくれるだろう」

「四件の事案が、ほぼ同じ時刻に発生しているというだけで、納得してくれますかね……？」

「四件の事案の関連については、説明する必要はない。自殺は大きな社会問題だ。遺書かそれに類する書き込みを探すためだと言えば、判事だって考えてくれるはずだ」

「わかりました」

予備班のベテランが言った。「手配しておきます」

「頼む」

鈴木係長がそう言ったとき、固定電話が鳴った。

電話を受けた係員が告げた。

「田端課長です。係長とウっさんに、来て欲しいと……」

鈴木係長はこたえた。

「わかった。すぐに行くと伝えてくれ」

碓氷は、鈴木に言った。

「佐原が落ちたんでしょうか?」

「とにかく、行ってみよう」


「おう、シゲさんにウスやん」

田端課長は、二人を見ると、いつものように呼びかけた。

鈴木係長が尋ねた。

「落ちたんですか?」

「いや、それはまだだ。相変わらず、よく覚えていないと言っている。弁護士が来て、今佐原と話をしている。そのことで来てもらったんじゃない」

鈴木と碓氷は、無言で田端課長の話の続きを待った。

「藤森紗英《ふじもりさえ》を覚えているか?」

意外な名前を聞かされたと感じた。碓氷はこたえた。

「もちろん、覚えています」

藤森紗英は、警察庁の心理調査官だ。警察官ではなく、科学警察研究所の職員などと同様の専門職だ。

心理学の専門家で、プロファイリングなど、捜査の助言をするのが役割だ。かつて、連続通り魔事件を捜査した際に、碓氷と組んだことがある。

田端課長が言った。

「俺は、ウスやんが言ったとおり、佐原の供述がどうも腑《ふ》に落ちねえんで、藤森さんのことを思い出して、連絡してみた。どう思うか訊いてみたかったんだ。そしたら、思いも寄らないこたえが返ってきたよ」

鈴木係長が尋ねた。

「どんなこたえです?」

「藤森さんも、今回の事案に注目してたんだとさ」

「四件の事案に、ですか?」

「実は、都内で同じ日のほぼ同じ時刻に起きた事件は、他にもあったんだそうだ。強姦未遂が二件、盗撮事件が一件」

「強姦未遂に盗撮……」

「強姦については、どちらも未遂だったし、盗撮は、言ってみれば微罪の範疇《はんちゅう》なんで、あまり取り沙汰されなかった。それで、俺も見過ごしていたんだろうな……」

「二日前、つまり、五月六日の午後十一時に起きた事案が、合計で七件だったということですか?」

「偶然というには、これはちょっと不自然な気がする。藤森さんも、そう感じていたそうだ。俺は、佐原の供述が妙なんで、それについての意見を聞きたかったんだが、瓢簞《ひょうたん》から駒って気分だよ」

「それで、私たちを呼ばれたのは……?」

「藤森さんが、特命班に参加したいと言っている。それについて、どう思うか聞きたくてな……」

鈴木係長が戸惑ったように言った。

「どう思うと言われましても……。課長がそのように決定されるのなら、私はそれに従うだけです」

「ウスやんはどうだ?」

「あの人は、優秀な人です。助けになると思います」

それは本音だった。

「じゃあ、決まりだ。前回同様に、ウスやんと組んでもらおうと思うが、それでいいな?」

「はあ……」

碓氷が曖昧な返事をすると、鈴木係長が言った。

「藤森さんにとっても、それが一番いいと思います」

田端課長は、満足げにうなずいた。

「彼女は、明日九時から特命班に参加する。じゃあ、そういうことで、よろしく頼む」

鈴木と碓氷は礼をして退出した。

同じ日の、ほぼ同じ時刻に、都内で七件の事件が……。いったい、何が起きているというのだろう。

それについて、藤森の考えを、一刻も早く聞きたい。

碓氷は、そう考えていた。

7

藤森紗英は、九時きっかりに、特命班室にやってきた。

黒いタイトスカートのスーツを着ている。ブラウスは白だ。

このような服装の私服警察官は多い。だが、碓氷は、まるでリクルートスーツのようだと感じていた。

彼女は、三十二歳だということだが、実年齢よりもずっと若く見える。幼く見えると言ったほうが正しいかもしれない。

だから、まるで学生のように思えてしまうのだ。

碓氷は、ふと梨田のことが気になった。かつて、藤森紗英と仕事をしたとき、梨田は彼女に惚れてしまったようなのだ。

そのために、少しばかり自分を見失ったようなところがあった。また、そのときの気持ちが再燃するのではないかと心配になったのだ。

梨田をちらりと見たが、彼はいつもと変わらない様子だった。心穏やかではないが、そういう態度でいようとつとめているのか、あるいは、本当に吹っ切れたのか……。

碓氷には判断がつかなかった。

「ご無沙汰しております」

紗英が、戸口でぺこりと頭を下げて言った。

鈴木係長が言った。

「よく来てくれました。さっそく、お話をうかがいたい。掛けてください」

「はい」

紗英は、出入り口に一番近い席に腰を下ろした。

梅原が言った。

「警察庁からいらしたお客さんなんです。そんなところじゃなくて、上座に来てくださいよ」

からかうような口調だった。紗英が困るところを見たいのかもしれない。

碓氷が梅原に言った。

「本人が座りたいところでいい。彼女はお客さんなんかじゃないからな」

梅原は、小さく肩をすくめた。

結局紗英は、席を移動しなかった。鈴木係長が言った。

「田端課長から話を聞きました。七件もの事件が、同日のほぼ同時刻に起きており、あなたは、それについて関心を持たれているそうですね？」

「警察庁では、犯罪の分析のために、事件の発生日時や場所、犯人の特性などをデータベース化しています。あるレポートのために、それを検索していて気がついたのです。偶然とは思えませんでした」

「田端課長も、同様に感じたので、我々に調べるように指示したのです」

「正しい対応だと思います」

紗英の受けこたえは落ち着いていた。言葉の端々に自信がうかがえる。

彼女は少し変わったと、碓氷は感じた。前に会ったときは、他人に過剰に気をつかっているようなところがあった。

なんでも、かつて対人恐怖症だったことがあり、その名残があったのだそうだ。

恐怖症は、簡単に払拭《ふっしょく》できるものではない。今でもその気はあるのだろうが、仕事において自信を深めたことが大きいのではないかと、碓氷は思った。

鈴木係長が言った。

「我々は、二件の自殺と二件の殺人について、その関連を調べています。だが、今のところ、関連は見られません」

「直接、被疑者にお会いになりましたか？」

「新宿署管内で起きた、不動産会社社員殺害の被疑者については、私と碓氷が直接話を聞きました」

紗英は、碓氷を見て会釈した。

「その節はお世話になりました」

碓氷はうなずいた。

「またいっしょに仕事をすることになったな」

「被疑者から、どんな印象を受けましたか？」

その質問に、まず鈴木係長がこたえた。

「戸惑っているような感じでした。犯行をよく覚えていないと供述しています」

補足するように、梅原が言った。

「よく覚えていないというのは、よくある言い逃れなんですよ」

紗英は、その言葉にうなずいてから、鈴木係長に尋ねた。

「言い逃れしているようでしたか？」

「それが……」

鈴木係長は、一瞬言い淀んだ。「私には、言い逃れしているようには感じられませんでした。妙な話ですが、もしかしたら被疑者が、本当に犯行時のことを覚えていないのかもしれないと思ってしまったのです」

「碓氷さんは、どうお感じになりましたか？」

碓氷は、しばらく考えてからこたえた。

「実は俺も、係長と同じように感じたんだ。被疑者は、明らかに戸惑っていた。自分がどうして捕まったのか、理解できていない様子だった。ただ、彼の部屋で凶器と思われる包丁と、血まみれの衣類が発見されたのは事実だから、彼の犯行であることは、ほぼ間違いない」

「どういう状況で身柄確保されたのですか？」

鈴木係長がこたえた。

「自宅にいるところを、捜査員に身柄確保されました。彼は呆然としていたそうです。証拠品である包丁と血まみれの衣類を隠そうともせずに……」

梅原が、皮肉な笑いを浮かべる。

「包丁は、台所にあったそうです。凶器を台所に戻しておくなんて、ブラックユーモアですよね」

紗英は、生真面目な口調で言った。

「凶器をもとあった場所に戻すというのは、心理的には重要な要素を含んでいる場合があります」

碓氷は眉をひそめた。

「どういうことだね?」

「何かの理由で、顕在意識が遮断されたような場合、人は潜在意識に従って行動します」

「よくわからん……」

「通常、人は、周囲の状況や、それにいたる経緯を意識し、考えながら行動しています。しかし、そうした明確な意識が何かの理由で失われたら、人は無意識のうちにパターン化された行動を取ったりするのです」

「つまり、台所に包丁を置くという、日常でパターン化された行動を、という意味だな?」

「そうです。顕在意識は、意識全体の一割ほどに過ぎず、残りの九割が潜在意識だといわれています。人は、知らず知らずのうちに、潜在意識に動かされているともいわれています」

鈴木係長が尋ねた。

「それでは、犯行時に被疑者の顕在意識が失われていた可能性があるということでしょうか？」

「そうだと断言しているわけではありません。でも、台所に置かれた包丁というのは、そういう意味合いがあるように思えます」

「顕在意識が失われる要因としては、どのようなことが考えられます？」

「さまざまなことがあります。アルコールや薬物によっても、意識が朦朧《もうろう》となる場合がありますよね。あれは、顕在意識が遮断されて、潜在意識のかなりの部分が浮上してきているような状態です。物理的衝撃を受けて、意識が朦朧となる場合もあります。あるいは、極度の疲労……。ボクサーが、半ば意識を失ったような状態で戦い続けることがあるというのをご存じだと思います」

「その点においては、俺たちもある程度経験がありますよ」

梅原が言った。「警視庁の術科は半端じゃないですからね。ふらふらになって何も考えられないような状態で、柔道や剣道、逮捕術の稽古を続けたことがあります」

鈴木係長が紗英に言った。

「被疑者の薬物使用については、今検査結果を待っているところです。尿検査でアルコールについてもわかるでしょう。物理的な衝撃については、あらためて調べる必要があると思います」

「ある種の病気によって顕在意識の働きが阻害される場合もあります」

「精神的な障害ですか?」

「……というより、脳器質の障害が原因ですね。外傷、腫瘍、感染症、血栓、病変などの理由による脳神経へのダメージで、意識障害が起きます」

鈴木係長は複雑な表情で、碓氷を見た。碓氷はその意図を理解した。

佐原に会った直後に話題になった、心神耗弱について懸念しているのだ。

紗英に視線を戻すと、鈴木係長は言った。

「もう一件の殺人については、重要参考人が身柄確保されています」

「まだ逮捕されてはいないのですか?」

「重要参考人は、少年なので、扱いに注意しなければなりません。もちろん、検察に逆送されれば通常の殺人事件と変わらずに捜査を進めます」

「少年ですか……」

「こちらも、新宿署の事案と同様に、殺したことをよく覚えていないと言っているらしいのです」

紗英は、しばらく無言で考えている様子だった。

鈴木がさらに言った。

「新宿署の事案の被疑者は、佐原順一、もう一件は麻布署の事案ですが、そちらの重要参考人は、白井稔といいます。二人とも、犯行についてだけでなく、その前後の記憶も曖昧だと供述しています」

「具体的には、どのくらいの時間の記憶が曖昧なのでしょう？」

「佐原のほうは、六時半頃までの記憶はあるようです。ベッドの上でゲームを始めたそうです。しかし、その後の記憶がないと言っています。本人は、眠ってしまったのかもしれないと供述しています。白井のほうは、まだ逮捕前なので、我々は直接話を聞けずにいます」

「わかりました」

「二件の自殺については、ほとんど手がかりがありません。亡くなった人から話を聞くわけにはいきませんから……。ただ、二人とも遺書を残していません。だから、今二人のパソコンを押収して調べようということになっています」

「実は、二件の強姦未遂と盗撮についても、同様の供述が得られています」

「犯行を覚えていない、と……？」

「正確に言うと、どうして自分がそんなことをしてしまったのか、まったく覚えていない、と……。それを聞いた当初は、私も単なる言い逃れに過ぎないのではないかと思っていました」

「しかし、そうではないと考えるようになったということですね？」

「性犯罪については、女性とはまったく違った感覚を持っている男性がいることも事実です」

「女性とまったく違った感覚？」

「単純化して言えば、遊び感覚ということでしょうか。罪悪感よりも衝動が勝ってしまうのです。ですから、シリアルケースになることが多いのです」

「つまり、常習性があるということですね？」

「性的な衝動を抑えきれず、犯行を繰り返すのです。これは、強姦についても、盗撮や痴漢といった犯罪についても同様です。しかし、五月六日の午後十一時に起きた二件の強姦未遂と、盗撮事件は、いずれも初犯だったことが明らかになったんです」

鈴木係長が、眉をひそめる。

「それは、珍しいことではないでしょう」

「たしかに、どんな常習犯も、初犯のときがあると考えれば、別に特別なこととは言えないでしょう。しかし、性犯罪の特性を考えたとき、ほぼ同時に起きた三件の性犯罪が、すべて初犯だったというのは、注目する必要があると、私は感じました」

「なるほど……」

「さらに、三件とも、被害者と加害者は知り合いでした」

梅原が言った。

「それも珍しいことではないですね。顔見知りの犯行が強姦事件のかなりの割合を占めるじゃないですか」

「しかし、内閣府の性犯罪に関する無料相談の結果によると、顔見知りによる犯行は、五十七パーセントでした。つまり六割以下なのです。なのに、この三件はすべて顔見知りの犯行だったのです」

碓氷は言った。

「もし、その三件が、同じ日時に起きた事案でなければ、すべて顔見知りの犯行というのも、それほど意味がなかったかもしれない。だが、特殊な事件だと考えれば、顔見知りの犯行というのも、何かの要素になり得るかもしれない」

梅原がふんと笑って言った。

「こじつけじゃないの？　世の中には、たまたま、ってことが多いんですよ」

碓氷は梅原に言った。

「仕事をしたくないやつは、そう考える」

梅原は、何も言い返さず、にやにやしていた。苦笑だろう。

鈴木係長が、紗英に言った。

「もし、すべての事案に何かの関連があるとして、どんなことが考えられるでしょう？」

紗英は、かぶりを振った。

「それはまだ、私にもわかりません。しかし、調べを進めれば、必ずわかってくると、私は思ってます」

「直接の関連は、まったく見られないのですが……」

「事件の関係者同士がつながっているということはないかもしれません」

「どういうことです？」

「直接事件の関係者がつながりを持っているのではなく、何かが介在している可能性があると思います」

「何かが介在している……？　それは、どんなものです？」

「それも今は、まだわかりません」

碓氷は、ふと思いついて言った。

「そういえば、自殺した警察官が最近頻繁に外出をするようになったと、周囲の者が、証言していた」

紗英がうなずいた。

「その外出先を知る必要があると思います」

鈴木係長が、梨田とその相棒に言った。

「そういうことだ。その線を全力で洗ってくれ」

梨田がうなずいた。

「了解しました」

やはり、いつもの梨田と変わりない。紗英に対するわだかまりはないようだ。

もともと梨田は、頼りになる男だ。前回紗英に会ったときは、感情が暴走してしまい、自分でもどうしようもなかったのだろう。

人間は、なかなか感情をコントロールできない。その感情が、一方で犯罪を生み、一方で芸術を生み出すのだから面白いものだ。

鈴木係長が、梅原に尋ねた。

「佐原の身柄は、まだここにあるのか？」

「ええ、新宿署の留置場にいます」

本来ならば、送検後は、拘置所に身柄を移され、検事の取り調べを受けるのだが、実際には、起訴されるまで引き続き警察署の留置場に身柄を置き、刑事が取り調べを行うことが多い。

その場合、もちろん検事が立ち会ったり、取り調べを担当したりもするが、事情をよく知っている刑事が実質的に主な取調官となる。

鈴木係長が言った。

「課長に話をして、藤森心理調査官が佐原から直接話を聞けるように段取りを組んでおく。ウッさん、立ち会ってくれ」

碓氷はうなずいた。

「了解しました」

「では、引き続き、それぞれの担当の調べを進めてくれ」

係長の言葉を受けて、予備班以外の捜査員たちは出かけて行った。

碓氷は、紗英の隣に移動した。

「また俺があんたと組むことになった。よろしく頼む」

紗英は、ほっとしたようにほほえんだ。

「心強いです」

なんだか少しばかり照れ臭く、碓氷はわざと事務的に言った。

「二件の殺人については、被疑者あるいは重要参考人に直接会って話を聞いてもらうことになる。事件の経緯について詳しく知る必要があるだろう」

紗英がうなずいた。

「殺人事件だけではなく、自殺の件についても教えていただけると助かります」

「もちろんだ」

碓氷は、これまでに入手した資料を紗英に手渡し、それぞれの事案について説明を始めた。

紗英は、ときおりメモを取りながら話を聞いていた。

話を聞き終わると、紗英が言った。

「不動産会社社員殺害の件では、被疑者の佐原に動機があったわけですね？」

「ああ。ひどく怨んでいたということだ。被害者の峰村竜彦は、パワハラ、セクハラがひどく、会社のみんなに嫌われていたということだがな……」

「高校教師殺害の件でも、重要参考人の白井稔に、逆恨みとはいえ、動機があった……」

「そう。これは、うちの予備班の一人が言ったことだが、温室育ちの、いいとこの坊っちゃんが、突然停学を食らって、初めて社会的な制裁を受けたわけだ。それを逆恨みしたということだろう」

碓氷は、その発言に対し、「予断は禁物」と言ったのだ。

発言した捜査員は、特命班室に残っていた。碓氷は彼のほうをちらりと見た。こちらの話は聞こえていないようだった。

彼は、碓氷たちにはまったく注意を払わず、自分の仕事に没頭しているようだった。

紗英が言った。

「警察官の瀬川一巳さんは、寮の自室で首を吊ったのですね？」

「そう」

「三鷹の原田悟さんは、住んでいたマンションの屋上から飛び降りた……」

「そうだ」

「どちらも、自分が住んでいる場所で自殺したわけですね」

「それに何か意味があるのか？」

「自分が生活しているコミュニティーの中で自ら死を選択するというのは、心理学的にはある種の意味があります」

「どんな意味が……？」

「家族からの逸脱です。これは、象徴的な意味ですので、実際の家族とは限りません」

「家族からの逸脱……。よくわからないな」

「つまり、家族や家族に代わる役割を担っている集団から、自分を消し去りたいという衝動があったはずなんです」

雅氷は、黙って考えていた。

説明されても、今一つぴんとこなかった。

8

午後三時に、佐原と面会できることになった。碓氷は、紗英を連れて指定の取調室に向かった。

机に向かって座り、しばらくすると、手錠に腰縄の佐原が現れた。

憔悴《しょうすい》しきって見える。あまり眠れていない様子だ。

まさか、一晩中、取り調べをしたわけじゃないだろうな……。

碓氷は、そんな危惧を抱いた。

検察は、落とすためならなんでもする。検察の意向を受けた刑事たちも同様だ。碓氷も、ずいぶん無茶な取り調べをやったことがある。

被疑者を何日も寝かせないで、集中力も気力も失わせるのだ。被疑者に、「もう、どうでもいい」と思わせるわけだ。

そして、被疑者は落ちる。

今、本当のことを言わなくても、裁判で真実がわかるだろう、などと思う被疑者もいる。だから、嘘の供述をしてしまうのだ。

だが、一度罪を認めたら、それで終わりだ。起訴されると、有罪率は九十九・九パーセント。

それだけ、自白は重視される。

昔は、それでいいと思っていた。自白を取り、起訴に持ち込むことが、自分たちの仕事だと考えていたのだ。

今では、それが間違いだとわかっている。

わかってはいるが、他の捜査員がそうすることを非難はできない。「おまえは弁護士の味方か」と言われるのがオチだ。

そして、他人が無茶な取り調べをすることを、それほど悪いことだとは思っていない。長いこと刑事の仕事を続けてきたので、通常の感覚が鈍ってしまっているのかもしれない。

もしかしたら、それは恐ろしいことなのかもしれない。

昨今、取り調べの可視化が取り沙汰されている。

それについても、悪いことではないと思っている。自分たちの仕事について、妙な疑いを持たれるのは嫌だ。

警察官は、間違いなく犯罪を憎んでいる。「罪を憎んで、人を憎まず」などという言葉があるが、刑事も人間だ。目の前に罪を犯したと思われる人間がいたら、腹も立てるし、憎くも思うのだ。

だから、厳しい追及もする。それを世間にわかってほしいと思う。凶悪犯や常習犯は、一筋縄ではいかないのだ。

佐原は、紗英と向かい合って腰を下ろした。碓氷は、紗英の横に椅子を持ってきて座っていた。

紗英が言った。

「佐原さんですね？」

被疑者の取り調べでは、たいていフルネームを呼び捨てで言う。

佐原は、戸惑った様子でこたえた。

「はい、そうです」

「私が会いに来たのは、事件について質問するためではありません」

「え……？」

「あなたは、犯行を覚えていないと供述しているそうですね？」

「覚えていないというか……。やった記憶がないんです」

「では、やっていないと考えているのですか？」

佐原の顔色が悪くなった。

「わかりません。警察の人は、証拠が見つかったので、やったのは自分に間違いないと言ってるんですが……」

「証拠というのは、凶器と見られている包丁や血がついた衣類ですね？」

「そうだと思います」

「その包丁は、あなたのものですか？」

「ええ、そうです」

「包丁は、台所で発見されたということですが、そこに置いたのは、あなたですか？」

佐原が首を傾げた。

「わからないんです。包丁は、いつも置いてある台所の戸棚のラックで、警察の人が見つけたと言っていました」

「あなたは、それを知っていましたか?」

「知っていたか……?」

「つまり、包丁がそこにあることを知っていましたか?」

佐原は、混乱した様子だった。

「包丁がそこにあると思っていましたよ。いつも、そこにありますからね。でも、それが血まみれだなんて、思ってもいませんでした」

「あなたは、血まみれの衣類を片づけもせずに、呆然としているところを捜査員に発見されたということですね?」

「はい」

「どうして、それを隠そうとか、始末しようとか思わなかったのですか?」

「訳がわからなかったからです」

「訳がわからなかった……?」

「そうです。どうして衣類にべっとりと血がついているのか……。最初は、自分が怪我をしているのだと思いました」

「着ている衣類に血がついているのに気づいたということですね?」

「ええ、そうです」

「気づいてから、どうしました？」

「脱いで、怪我をしていないかどうか、洗面所の鏡で確かめました」

「血がついた衣類は、脱ぎっぱなしだったんですね？」

「そうです。いったい、どうして血なんかついているんだろう。そのことを考えていました。いくら考えても理由がわかりませんでした」

「そこに、捜査員がやってきたということですね？」

「そうです」

紗英が、しばらく考え込んだ。

碓氷は、紗英の邪魔をしたくなかったので、やはり何も言わず、紗英か佐原が話し出すのを待つことにした。

やがて、紗英が言った。

「五月六日の午後十一時という日時に、何か特別な意味があると思いますか？」

佐原は、きょとんとした顔になった。質問の意味がわからないらしい。

碓氷も似たようなものだった。紗英が、何を知ろうとしているのか理解できなかった。

佐原が言った。

「ええと、もう一度、言ってもらえますか？　何月何日ですか？」

「五月六日」

「午後十一時ですね？」

「ええ」

「何か特別な意味があるかって……。それは、犯行時刻ですよね？」

「そうです。その犯行時刻が、あなた自身にとって何か特別な意味があるのではないですか？」

「特別な意味ですか？」

佐原は、考え込んだ。そして、何か言おうとしたとき、顔が苦痛に歪《ゆが》んだ。それは、ほんの一瞬の出来事だったが、碓氷は見逃さなかった。

すぐに、平静に戻った佐原がこたえた。

「いいえ、特別な意味があるとは思えませんね」

「本当ですか？　よく考えてみてください」

そう言ったとき、佐原がこれまで見せたことのない表情になった。苛立《いらだ》ち、あるいは怒りの表情だ。

「いくら考えても同じです」

紗英が言った。

「そうですか。わかりました。では、質問を変えます。これまで、何か脳にダメージを受けるような衝撃を受けたりしたことはありますか？　例えば、交通事故とか……」

「いいえ、特にありません」

「何かの病気で、薬を服用したりしていますか？」

「いいえ、薬は飲んでいません」

「過去に高い熱が出る病気などで、脳に障害が残ると言われたことはありませんか？」

「ありません」

「特別な持病はありませんか？」

「ないです」

苛立ちや怒りの表情は、すでに消え去っていた。その感情の高ぶりも一瞬のものだった。

「これまでに、記憶障害を起こしたことは？」

「記憶障害って、今回みたいなことですね？　自分でやったことを覚えていないとか……」

「ええ」

「酒を飲み過ぎたときは、よくそういうことがあります」

「飲むと記憶をなくすタイプなのですね？」

「そうですね。友達と飲んだ翌朝も、自分だけ記憶がないというようなことは、わりとよくありました」

「事件の日、お酒を飲んでいましたか？」

佐原は、考え込んだ。

たかだか三日前のことだ。考え込むほどのことではないだろう。

碓氷は、そう思ってから、ふと気づいた。

ああ、そうか。

佐原は、食事の後、ベッドでゲームをしていて、その後の記憶がないと供述している。おそらく、その記憶のない間に飲んだかどうかを考えているのだろう。

やがて、佐原はこたえた。

「いいえ、飲んでいません」

「確かですね？」

「警察に連れて来られてから、尿を採られたんです。それを調べれば、わかるんじゃないですか？」

紗英が碓氷を見た。尿を調べているのは事実かどうか、無言で確認したのだ。碓氷は、うなずいた。

佐原に視線を戻すと、紗英は言った。

「もし、ポリグラフを使用すると言ったら、承諾しますか？」

「ポリグラフって、嘘発見器のことですか？」

「そうとも言います」

「ええ、いいですよ。そのほうが、自分が言っていることが嘘じゃないと、わかってもらえるかもしれません」

尋問を終えて、佐原を留置場に戻した後、碓氷は、紗英に尋ねた。

「何かわかったか？」

「本当に犯行を覚えていない可能性が高いと思います」

「嘘をついているんじゃないのか?」

「衣類の血を見て、自分が怪我をしているんじゃないかと思った、という供述は、真実味があります。それに、彼はポリグラフの使用を拒否しませんでした」

「はったりかもしれない」

「はったりを言う心理状態じゃないと思います」

碓氷は、苦い顔になった。

「もし、本当に犯行時の記憶がないとしたら、罪を問えなくなる恐れがある」

紗英は、しばらく考えていた。

「本当にポリグラフにかけてみる必要があるかもしれませんね」

碓氷は、それにこたえたくないので、黙って立ち上がった。


特命班室に戻ると、すぐに鈴木係長が紗英に尋ねた。

「どうでした?」

「係長がおっしゃるとおりでした。嘘をついているようには見えませんでした」

「……とすると、佐原は本当に犯行時のことを覚えていないということになりますね」

「記憶というのは、不思議なものです。実際に見ていても、まったく記憶に残らないという現象は、珍しくありません」

碓氷は、そう言われて思い出した。

「俺にも思い当たる節はあるな。麻布署の事案の被害者の名前を、俺は覚えていなかった。資料を見ていたはずなのに、だ」

鈴木係長が、苦笑を浮かべて言った。

「おい、ウっさん。まだそんな年じゃないだろう」

「年のせいじゃないと思いますよ」

碓氷は言った。「自分が直接担当していた事案なら、被害者の氏名が記憶にない、なんてことはあり得ません」

その言葉を受けて、紗英が言った。

「そう。関心のない事柄の記憶は、どんどん失われていきます」

碓氷は、尋ねた。

「年を取ると、昔のことはよく覚えているが、最近のことが思い出せないということがよくある。それはどうしてだ？」

「見聞きしたものは、まずいったん脳の海馬という部分に集められます。これは短期記憶と呼ばれています。そこで、本人にとって重要なものと不要なものに振り分けられ、重要なものは大脳皮質に蓄積されるのです。これが長期記憶です。一般に物忘れと言われているのは、この短期記憶を取り出せない状態のことを言っています。記憶の出し入れをするのが海馬の役割なのです」

「年を取ると、その海馬の働きが悪くなるわけだな？」

「そういうことです。加齢だけではなく、アルツハイマー病などでも、海馬がダメージを受けるのです。外傷性の記憶喪失にも海馬が関わっていると言われています」

鈴木係長が言った。

「佐原の場合は、自分自身が犯した罪なんです。関心がないとは言えない。それは本人にとって重要な情報だから、消え去るなんてことは考えられません」

「あまりの衝撃に、自分自身で、記憶に蓋《ふた》をしてしまうことがあります」

紗英が言った。「その場合、衝撃に直面したときに、しばしば意識障害を伴います」

鈴木係長が聞き返した。

「意識障害？」

「例えば、目の前で親しい人が殺されたりした場合、ショックのあまり気を失うことがあります。そして、意識を取り戻したときに、殺人のことを覚えていないことがあります。これは、記憶を失ったわけではなく、自己防衛のために、記憶をシャットアウトしている状態なのです」

鈴木係長がさらに尋ねた。

「佐原が、それに当てはまると思いますか？」

「今はまだわかりません。しかし、必ず明らかになると思います」

「臨床心理の治療じゃないんです。時間をかけてじっくり、というわけにはいかないんです。検事が起訴すると決めたら、我々は佐原から話を聞くことはできなくなります」

「それは理解しているつもりです」

碓氷は、気になっていることを口に出した。

「佐原が一瞬、妙な反応を示した。それが、ひっかかっているんだが……」

鈴木が眉をひそめる。

「妙な反応？」

「ええ、たしか、藤森心理調査官が、五月六日の午後十一時に、何か特別な意味があるのか、と尋ねたときのことです」

「どんな反応を示したんだ？」

「一瞬、苦しそうな表情になりました。こたえることが辛そうな……」

「そして、そのこたえは？」

「犯行の日時である他に、彼にとって特別な意味はないと……」

紗英がうなずいて言った。

「私もそれに気づきました。本人は言いませんでしたが、その日時に何か特別なことがあるに違いありません」

鈴木係長が、紗英に尋ねる。

「佐原が嘘をついているようには見えないと、あなたは先ほど言われましたね？」

「嘘をついてはいないと思います」

「しかし、犯行の日時について何か隠し事をしているのでしょう？」

「本人は隠しているつもりがないのだと思います。おそらく、思い出そうとして苦痛を覚えたのでしょう。それは、記憶障害に陥った患者などが、よく見せる表情なのです」

「つまり、佐原は、記憶障害を起こしているということですか？」

「広い意味での記憶障害を起こしていると解釈できます」

鈴木係長は、難しい表情で、碓氷を見た。

午前中、碓氷に向けたのとまったく同じ顔だった。やはり、心神耗弱を気にしているのだ。

佐原の刑事責任能力が問われることになりかねない。刑事はともかく、検事は心神耗弱により刑事責任を問えない事態をひどく嫌うのだ。

「起訴できますかね？」

碓氷は、重苦しい口調で尋ねた。鈴木係長は、何もこたえなかった。

紗英が言った。

「ポリグラフにかければ、ある程度のことはわかると思います。本人も検査を承諾すると言っていました」

「だが、記憶障害があるのだとしたら、ポリグラフ検査は、刑事責任能力を否定する要素となり得ます」

鈴木係長のこの言葉は、刑事や検事の思いを代表していると言える。逮捕したからには、起訴したい。起訴をしたら必ず、有罪にしたいのだ。

碓氷は言った。

「刑事責任能力云々《うんぬん》については、殺人の捜査をしている捜査本部に任せるしかありません。我々は、五月六日の二十三時という日時について調べるのが仕事です」

「そうだった。殺人の被疑者を相手にしていると、ついこちらも殺人の捜査をしているような気になってしまう……」

「俺もそうですよ」

碓氷が言った。「それが刑事ってもんです」

鈴木係長は気分を変えるように言った。

「よし、ポリグラフについては、課長に相談してみよう」

そのとき、固定電話が鳴った。

電話に出た予備班の捜査員が告げた。

「白井稔の逮捕状が執行されました」

鈴木係長が言った。

「佐原の場合と同様に、課長に頼んで、本人から話が聞けるように段取りしておく。ウっさんたちはすぐに、麻布署に向かってくれ」

「わかりました」

碓氷は、紗英を連れて麻布署に向かうことにした。

廊下を歩きながら、碓氷は紗英に言った。

「佐原が、刑事責任を逃れるために、心神耗弱を装っているというようなことはないかな……」

紗英は、しばらく考えてから言った。

「断言はできません。しかし、それはないと、私は思います」

「では、佐原はほんとうに犯行のことを覚えていないということになる」

紗英からこたえは返ってこなかった。

9

碓氷と紗英が麻布署に到着したのは、午後五時半頃だった。すぐに話を聞けるということだった。

さすがに、捜査一課長の段取りだ。話が早い。

麻布署の捜査本部に詰めていた高木が碓氷に言った。

「犯行現場となった公園から、金属バットが発見されている。それは、白井が所有していたものであることが確認されている。そして、金属バットから白井の指紋が検出されている」

「自白はしたのか?」

「いや、まだだ。だが、金属バットが逮捕の決め手となった」

碓氷はうなずいて、紗英とともに取調室に向かった。

佐原のときとまったく同じように、紗英が机を挟み、白井稔と向かい合って座った。

碓氷は、紗英の左横だ。

白井稔の顔は蒼白だった。極度の緊張が見て取れる。いや、怯《おび》えきっているといったほうがいいかもしれない。

自分がこれからどうなるのかわからず、不安に押しつぶされそうな状態なのだ。

逮捕された被疑者は、たいていは落ち着いている。逮捕されるまで、恐怖に苛《さいな》まれ、葛藤に苦しむ。むしろ、逮捕されてほっとするという犯罪者が少なくないのだ。

白井稔は、明らかにほっとしてなどいなかった。

紗英が白井に言った。

「私たちは、殺人のことを調べに来たわけではありません」

佐原にも同じようなことを言った。

白井は、しきりに喉を動かしている。緊張して頻繁に唾を飲み込んでいるのだ。紗英の話を聞いているのかどうかも怪しかった。

紗英は、淡々と続けた。

「あなたは、犯行のことを覚えていないと言っているそうですね？　私たちは、それについてお話をうかがうために来たのです」

白井は、眼を伏せたままだ。紗英と視線を合わせようとしない。返事もない。

だが、紗英はまったく気にした様子はなかった。

相手が自分の眼を見ないことで、むしろほっとしているのかもしれないと、碓氷は思った。対人恐怖症を克服したとはいえ、そういう気質は残っているはずだ。

紗英はさらに言った。

「犯行を覚えていないというのは、本当ですか？」

白井は、うつむいたまま、何も言わない。

紗英は、まったく同じ口調で、繰り返した。

「犯行を覚えていないというのは、本当ですか？」

白井が何かつぶやいた。

碓氷は、白井の態度に苛立ち、少しばかり厳しい口調で言った。

「何を言ったんだ？　大きな声で、はっきりとこたえるんだ」

白井がようやく顔を上げた。

碓氷を見てから、紗英に視線を移し、言った。

「どうせ、信じてくれないんでしょう？　他の刑事さんみたいに」

紗英は、穏やかに言った。

「信じるかどうかは、話を聞いてみないとわかりません」

白井が一瞬、驚いたような顔になった。それから、急にすがるような眼差《まなざ》しになり、言った。

「本当なんです。本当に、何も覚えていないんです。刑事さんは、公園から僕の金属バットが見つかったって言うんですけど、そんなものを自宅から持ち出した覚えもないし……」

必死で紗英に訴えかけている。一方、紗英はあくまでも冷静だ。

「五月六日の夜は、何をしていましたか？」

「それ、何回も刑事さんに訊かれましたよ」

「私が質問するのは、初めてです。こたえてください」

「五月六日って、水曜日だったんで、学校がありました。学校から帰ってきてから夕食まで、ベッドでごろごろしていました」

「夕食は何時でしたか？」

「いつも、午後七時頃です」

「その日も、ですか？」

「そうだったと思います」

「食事を終えたのは、何時頃ですか？」

「十五分か、二十分か……。そのくらいで食べ終わったと思いますから、七時十五分か二十分ですね」

「その後、どうしました？」

「部屋に戻って、スマホをいじってたと思います。それから、勉強を始めました。そして……」

白井は、そこで言葉を呑み込んだ。

「そして……？」

「それからが、よくわからないんです」

「よくわからない……？」

「たぶん、勉強しているうちに、居眠りをしてしまったんだと思います」

「居眠り……？　そういうことは、よくあるんですか？」

「眠くなることはあります。でも、自宅で居眠りをしたことはありません」

紗英はうなずいた。

「学校と違って、ずっと席に着いていなければならないわけではないので、眠くなったら、席を立って、何か対策を取ればいい……。そういうことですね？」

「そうです。ベッドで仮眠をとってもいいし、洗面所で顔を洗ってもいい……」

「でも、五月六日は、そうしなかったんですね？」

「そうだと思います」

白井は、うろたえているように見えた。

「そのへんから、記憶がないということですね？」

「はい。どうしても、思い出せないんです。勉強をしていたと思ったら、僕はベッドで服を着たまま眠っていたんです。朝になっていました」

「それから……？」

「学校に行って、増本が殺されたと聞いてびっくりしたんです」

増本というのは、殺害された教師の名だ。最近の高校生は、先生を呼び捨てにするらしい。碓氷はなんだか不愉快だった。

もしかしたら、娘もそうなのかもしれないと思った。

白井の言葉が続いた。

「そして、昨日の午後に刑事さんが自宅に来て……。話を聞きたいと言われて、警察に連れて来られたんです」

「金属バットを所持していたことは間違いないんですね？」

「小学生のときに、グローブとバットを買ってもらいました」

「そのバットを持ち出した記憶はないのですね？」

「バットを持ち出すどころか、外出した覚えもないんです」

「過去にそういうことはありましたか？」

「そういうことって……？」

「まったく記憶にない時間があるとか……」

「いえ、なかったと思います」

「何か、薬を飲んでいますか？」

「いいえ、飲んでません」

「麻薬・覚醒剤・危険ドラッグの類《たぐい》はやっていませんか？」

「やっていません」

それも、捜査本部で検査しているはずだ。

「過去に、頭に怪我をしたことはありますか？」

「大怪我はありません。柱にぶつけたことくらいはありますけど……」

「過去に意識を失ったことは……？」

「なかったと思います」

「大きな病気をして入院したことは？」

「ありません」

「五月六日の夜、お酒を飲んだりしていませんか？」

「飲んでませんよ」

紗英は、しばらく間を取った。何事か考えている様子だ。

やがて、彼女は言った。

「あなたにとって、五月六日の午後十一時というのは、何か特別な意味がありますか？」

「え……？」

白井は、目を丸くして紗英を見つめた。質問の意味がよくわからなかったようだ。

紗英が言った。

「あなたの犯行の日時です。この日付や時間に、何か特別な意味があると思いますか？」

白井は、かぶりを振った。

「いいえ、特別な意味なんてありません」

「よく考えてください」

白井は、無言で考えた。

すると、一瞬、苦しそうな表情を浮かべた。碓氷はそれを見て驚いた。佐原のときと同じだった。

白井はこたえた。

「いえ、いくら考えても、その日付や時間に特別な意味があるとは思えません」

「そうですか」

紗英が言うと、今度は、白井が質問した。

「僕は、本当に増本を殺したんですか？」

紗英は、当惑したような表情を浮かべ、碓氷を見た。

碓氷はこたえた。

「どうやら、やったことは間違いないらしい」

「そんな……。何かの間違いじゃないんですか？　僕は何も覚えていないんです」

碓氷は、紗英に尋ねた。

「俺も質問していいかな？」

紗英がうなずいた。

「どうぞ」

碓氷は、白井を見て言った。

「増本先生を怨んでいたか？」

「それも、他の刑事さんに何度も訊かれました」

「それで、こたえは？」

「どうだろう……。怨んでいたっていうか、ものすごくむかついてました」

「殺したいと思っていたか？」

「さあ、どうでしょう。よくわかりません」

ここで殺意を認めたら、自分が不利になることくらい、高校生なら理解しているはずだ。だから、はっきりこたえなかったのかもしれない。

「煙草を吸っているところを、増本先生に見つかって、停学を食らったんだってな？」

「ええ、そうです。でも、そんなことくらいで人を殺したりしないでしょう」

「どうかな……」

白井は、今度は碓氷に訴えかけてきた。

「ねえ、信じてください。僕は何も知らないんです。万が一、僕が増本を殺したんだとしても、僕は何一つ覚えていないんです。だから、いくら刑事さんに事件のことを質問されても、こたえようがないんです」

碓氷は、白井の言葉にはこたえずに、質問を続けた。

「佐原順一という名前に聞き覚えはないか？」

「サハラ・ジュンイチ？」

白井は、しばらく考えていた。「いいえ、聞いたことないと思います」

「峰村竜彦は？」

「ミネムラ・タツヒコ……。いいえ、聞いたことありません」

「瀬川一巳は？」

「聞いたことないです」

「原田悟は？」

「いえ、ないです」

紗英が、碓氷の質問にこたえる白井をじっと見つめている。おそらく、彼女なら、白井が嘘をついているかどうかを判断できるだろう。碓氷にもわかる。

紗英が感じたことと、碓氷が感じたことを、後で比較してみれば、かなり正確なことがわかるに違いないと、碓氷は思っていた。

白井が碓氷に質問した。

「あの……。今言った人たちは、いったい、誰なんです？」

「名前を知らなければ、それでいいんだ」

取り調べや事情聴取では、刑事は、質問する側であって、質問にこたえる必要はない。それを被疑者にわからせなければならない。

紗英が白井に質問した。

「五月六日の夜、最後に覚えているのは、何ですか？」

「机に広げたノートと教科書ですね。英語の教科書です」

「英語の勉強をしていたんですね？」

「そう。いつ当てられて、訳させられるかわからないんで、予習しとかないとたいへんなんです」

紗英は、うなずいてから、碓氷を見た。

質問は終わりだという意味だ。碓氷は、紗英にうなずきかけて、椅子から立ち上がった。

麻布署の捜査本部に行くと、高木とその相棒が近づいてきた。

高木が紗英に尋ねる。

「どうでした？」

紗英が、碓氷を見てから言った。

「私は、佐原とほとんど同じだという印象を受けました」

碓氷は言った。

「そうだな。俺も同感だ。嘘を言っているようには見えなかったが、あんたはどう思う？」

紗英がこたえる。

「私も、嘘は言っていないと感じました」

碓氷は、高木に言った。

「佐原は、本当に峰村を殺害したことを覚えていない様子だった。同様に、白井も増本殺しを覚えていない」

高木が、眉をひそめる。

「ばかな……。どちらの事案も、やったことは間違いないんだ」

「今はまだ、わかりません」

紗英がこたえた。「でも、一つだけ明らかになったことがあります」

「何ですか？」

「佐原と白井には、共通した何かがあります」

「共通した何か？　それはどんなものです？」

「わかりません。しかし、二人の反応は、ほとんど同じと言っていいと思います。佐原は戸惑っており、白井はひどく緊張し怯えてました。その差はあっても、こたえの内容はほぼ同じでした」

　碓氷は高木に言った。

「佐原や峰村、そして自殺した二人の名前をぶつけてみた。聞いたことがないと言っていた。俺も藤森調査官も、それが嘘ではないと感じている」

「接点がないということか？」

「いえ……」

　紗英がかぶりを振った。「必ず何かつながりがあるはずです」

　高木が紗英に質問する。

「いったい、どんなつながりが……？」

「今はまだ、何とも言えません。しかし、二件の強姦未遂事件や盗撮事件の被疑者と、佐原、白井の供述は共通しているように思えます」

　高木が碓氷の顔を見た。

　助けを求めるような顔をしている。おそらく、戸惑っているのだろう。

　碓氷だって同じだった。何が何だか、さっぱりわからない。

碓氷は、首を小さく横に振ってから言った。

「つながりがあるってんなら、何としてもそいつを見つけなきゃならない」

碓氷と紗英は、高木たちといっしょに、新宿署の特命班室に戻った。

白井と紗英のやり取りについて、碓氷が鈴木係長に報告した。

話を聞き終わると、鈴木が言った。

「なるほど、佐原との共通点が見て取れたということだな？」

「共通点と言い切っていいかどうか……」

碓氷は言った。

「うけこたえの内容が、ほとんどいっしょだったんだろう？」

「そうですね……」

「両者の間にあるつながりについて、藤森調査官が言っていたな。直接つながっているんじゃやなくて、何かが介在しているんじゃないか、と……」

紗英が慌てた様子で言った。

「それは、今の段階ではただの憶測に過ぎません」

「しかし、佐原も白井も、互いの事件の関係者を知らなかった。それは嘘じゃないんだな？」

碓氷はうなずいた。

「嘘とは思えませんでした」

「つまり、直接のつながりはないという藤森調査官の考えは正しいということになる。何かが介在しているとしたら、それは何だ?」

係長の問いに、誰もこたえない。

しばらくして、紗英が言った。

「瀬川一巳さんが、最近どこかに頻繁に出かけるようになっていたということでしたが、その後、訪ね先はわかりましたか?」

係長は、首を横に振る。

「まだわかっていません。洋梨たちが、必死で聞き込みを続けていますが……」

「瀬川さんの訪ね先がわかれば、それが手がかりになるかもしれません」

碓氷は、鈴木係長に言った。

「一つ、気になることがあるんですが……」

「何だ?」

「藤森調査官が、五月六日の午後十一時という日時に、何か特別な意味があると思うかと質問したときのことです。佐原と、白井がまったく同じ反応を示したのです」

鈴木係長が眉をひそめる。

「同じ反応?」

「二人とも、一瞬ですが、苦しそうな顔をしたんです」

鈴木係長が紗英に尋ねた。

「どういうことでしょう?」

「私も、それに気づきました。佐原から話を聞いた直後、私は、その苦しそうな様子について、記憶障害を持つ人が何かを思い出そうとするときの一つの特徴だと言いました。おそらくそれは間違っていないと思います。白井の場合も、そうだったのだと思います」

「記憶障害を持つ人が、何かを思い出そうとするとき……」

「そう、問題は……」

紗英が言った。「どうして二人に記憶障害が起きたか、ということです」

10

午後八時頃に、出かけていた捜査員たちが、相次いで戻って来た。

めぼしい情報はなかった。

鈴木係長は、梨田に尋ねた。

「頻繁に出かけるようになった瀬川の訪ね先についての手がかりはなかったんだな？」

梨田が、申し訳なさそうな顔をして、こたえた。

「ええ……。残念ながら……。ウッさんが、女じゃないかって言ったんで、そういう噂なんかがないかと、同僚や周辺の人たちに訊いて回ったんですが、さっぱりですね」

「さっぱりというのは、そういう噂を聞いた者がいないということだな？」

「ええ、そうです」

「つまり、彼女ができて、頻繁にデートをしていた、というわけじゃないということだ」

「そうじゃないですね」

陰気な顔をした梅原が、皮肉な口調で言った。

「ギャンブルにはまったんじゃないのか？　競馬とか、パチンコとか……」

梨田が、梅原に言った。

「たしかに、パチンコ好きの警察官は多いですけどね……。瀬川はギャンブルはやらないと、周囲の人たちが証言しているんです」

鈴木係長が、つぶやくように言う。

「女でもない。ギャンブルでもないとしたら、何だろうな……」

梅原が言う。

「案外、婚活《こんかつ》でもしていたんじゃないですか？　警察官にとって、結婚問題は深刻ですからね」

警察官は、一般の人と休みが合わなかったり、独身者が寮に入っているなどの理由から、なかなか出会いのチャンスがない。

どうしても、先輩や上司に相手を紹介されたり、職場で知り合った人と結婚というケースが多くなる。結婚に向けて真剣に活動しようと考えている警察官がいても、それは悪いことではないと、碓氷は思った。

再び、梨田が梅原に言った。

「そういうでまかせはやめてくださいよ。瀬川が婚活している、なんて話もどこからも出て来やしませんからね」

鈴木係長が梨田と檜山に尋ねる。

「パソコンのほうは、どうだ？」

「すでに令状を持って行って、押収してあります」

檜山がまず、こたえた。「ＳＳＢＣに持ち込んで、分析を頼んでいます」

ＳＳＢＣは、捜査支援分析センターの略称だ。かつては、所轄ごと、あるいは捜査本部ごとにやっていたビデオ解析やパソコンのデータ分析などを集約して行い、データを蓄積し、犯罪捜査に役立てる目的で、警視庁に設立された。

「こちらも、同様です」

梨田がこたえた。「瀬川のパソコンも押収して、ＳＳＢＣに運び込みました」

鈴木係長がうなずいて言った。

「何か見つけてくれることを祈ろう」

すべての報告が終わると、捜査員たちは、その日の記録をつけるために、ノートパソコンを開いた。

碓氷はすでに、佐原、そして白井の供述について報告書をまとめていた。

紗英が手持ち無沙汰の様子なので、碓氷は言った。

「何も、俺たちに付き合うことはないんだ。帰れるときは、帰ったほうがいい」

「はい……」

そう言ったものの席を立とうとしない。

碓氷は、さらに言った。

「腹が減ってないか？　飯でも食いに行くか？」

「はい」

碓氷は、梨田に言った。

「おまえも、付き合わないか？」

梨田は、パソコンのディスプレイから顔を上げて言った。

「いえ、自分はまだやることがありますから……」

「そうか。高木はどうだ？」

「いいから、二人で行ってこいよ」

高木にそう言われ、碓氷は結局、紗英と二人で、特命班室を出た。

食事といっても、いつ何が起きるかわからないので、時間がかかる料理は避ける。長年刑事をやっているうちに、そういう習性が身についてしまった。

若い頃は、カツ丼をかっ込んだものだ。刑事は、早飯が習慣になる。

「何か食べたいものはあるか？」

新宿署を出ると、碓氷は紗英に尋ねた。

「何でもいいです」

「昔は、しょんべん横丁なんかによく行ったもんだが、新宿もどんどん変わっていくな……」

そう言いながら、碓氷は駅のそばまでやってきて店を物色していた。結局、丼物のチェーン店を選んだ。

さっさと食べて、早く帰る。それが一番だと思った。

カウンターに向かい、腰を下ろすと、碓氷は親子丼を注文した。紗英は、しばらく迷っていたが、牛丼を頼んだ。

紗英が碓氷に言った。

「外で食べて帰って、奥さんは何も言わないんですか？」

「もちろん、何も言わない。外で食べるのが普通になっているんでね。夕飯を自宅で食べるときは連絡しなけりゃならない」

「そうなんですか」

「あんたは、料理はするのか？」

「あんまりしませんね。私も外食が多いです。けっこう遅くまでカイシャにいますから……」

「健康のためには、あまりよくねえなあ……」

「お互いさまですよ」

それぞれの丼がやってきて、碓氷はいつものペースで瞬く間に平らげる。

紗英が食べ終わるのを待たなければならず、もっとゆっくり食べるんだったと後悔した。

食べ終わり、店を出たのが、午後九時頃だった。紗英にはいろいろと訊いておきたいことがあったが、外で捜査の話をするわけにはいかない。

かといって、今から新宿署に戻る気にもなれない。結局その日は、そのまま新宿駅で別れた。

自宅に帰ると、娘がまだ起きていた。

久しぶりに娘に会った気がした。朝、碓氷が出かける頃はまだ寝ていることが多い。碓氷が帰る頃は、たいていすでに寝ている。

「春菜、こんな時間まで起きていたのか？」

「今寝るところ」

「学校は、どうなんだ？」

「普通」

「普通か……」

「じゃあ、寝るから」

「ああ、おやすみ」

そのままリビングルームを去ろうとする娘に、碓氷は言った。

「待ちなさい」

「なに？」

「ちゃんと、おやすみの挨拶をしなさい。そういうことが大切なんだ」

「おやすみなさい」

春菜は、自分の部屋に向かった。

妻の喜子が言った。

「たまに説教したって、聞きゃしないわよ」

碓氷は、むっとして言った。

「じゃあ、おまえがちゃんと教育しておけ」

「してるつもりだけど。今だって、ちゃんとお父さんの言うことを聞いたでしょう？」

「注意される前に、挨拶をちゃんとしなければだめなんだ」

古いのかもしれないが、碓氷は子供にはきちんとした躾《しつけ》が大切だと考えていた。それが、子供たちのためにもなるのだ。

妻は唐突に話題を変えた。

「夕食は？」

「済ませてきた」

「じゃあ、お風呂入る？」

「ああ」

「追い焚きして入ってね」

ガスのコントロールパネルのボタンを押すだけのことだ。だが、それを自分でやれと言われたことに、また腹が立った。

だが、何も言わないことにした。

口は災いの元だ。我慢すれば済むことだ。子供のことをすっかり任せきりにしているという負い目もある。

別に夫婦仲が悪いわけではない。妻の一言に腹を立てるくらいのことは、誰にだってあることだろう。

喧嘩するほど仲がいいという言葉がある。あれは、思っていることを何でも言い合える間柄だということだと、碓氷は解釈している。そして、それは、一年三百六十五日、四六時中顔を合わせている人たちだからできることなのだと思う。

仕事仕事で、ほとんど家を空けている碓氷のような者は、妻と喧嘩などしないに越したことはない。

売り言葉に買い言葉がいけない。それをちょっと我慢するだけで、喧嘩を避けられる。夫婦に一番大切なのはお互いの我慢だ。

碓氷は、寝室に行って着替え、風呂場に向かった。


自殺した瀬川一巳が、心理セラピーのようなものに通っていたことがわかったという知らせが、梨田から鈴木係長のもとに入った。

どうやら、瀬川が頻繁に出かけていた先というのはそこのようだ。

午前十一時頃のことだった。

鈴木係長が、特命班室に残っていた予備班の面々に告げた。

「『アクア・メンタルクリニック』という施設らしい。所在地は、港区《みなと》南青山《みなみあおやま》五丁目……」

予備班の一人が、すぐにパソコンで検索した。その捜査員が声を上げた。

「おお、院長は美人だぞ」

鈴木係長が尋ねた。

「女性なのか？」

「ええ、水沢瞳《みずさわひとみ》という名です。年齢は書いてありませんが、写真で見るかぎり、ものすごい美人ですね」

「心理セラピーの内容について、何か書いてあるか？」

その捜査員は、しばらくディスプレイを睨んでいた。やがて、彼は言った。

「カウンセリングが中心ですね。院長は医師免許も持っているので、薬の処方もするようです」

「医者なのか……」

捜査員は、院長が有名私立大学の医学部を出ていることを告げ、さらに言った。

「臨床心理士の資格を持っており、アメリカで心理療法について学んだということです」

「カウンセリングか……」

鈴木係長が言った。「そういうところに通っていたということは、瀬川はやはり深い悩みを抱えていたということだろうな……」

碓氷はうなずいて言った。

「アメリカと違って、日本ではあまりカウンセリングに通うという習慣はありませんからね」

そのとき、紗英が言った。

「他の人たちが、そのクリニックに通っていなかったかどうか、調べてください」

碓氷は、驚いて紗英を見た。

「他の人たちというのは、佐原や白井たちのことか？」

「はい」

「二件の殺人と二件の自殺に介在していたのは、『アクア・メンタルクリニック』だというのか？」

紗英が言った。

「もし、他の人たちも通っていたとしたら、関与は明らかです」

鈴木係長が碓氷にうなずきかけた。

碓氷たち予備班の捜査員は、手分けして、檜山、梅原、そして高木の班に連絡した。

碓氷は、鈴木係長に尋ねた。

「クリニックのほうに、直当たりしてみましょうか？」

鈴木はしばらく考えてから言った。

「いや、瀬川以外の三人も通っていたという確認が取れてからにしよう。慎重に行きたい」

「それがいいと思います」

紗英が言った。「もし、何らかの関与があるとしたら、きわめて計画的に事を進めたと考えられます」

それを受けて、碓氷が言った。

「へたに突っつくと、証拠湮滅《いんめつ》などの手を打たれてしまうということだな？」

紗英がうなずいた。

「そういうことです」

「そっちの強姦未遂や盗撮の被疑者についても調べてくれ」

「はい。担当の捜査員に連絡しておきます」

予備班の捜査員が、『アクア・メンタルクリニック』を洗っている。今では、インターネットや警察のデータベースである程度のことがわかる。

『アクア・メンタルクリニック』そのものには、特に怪しいところは見当たらなかった。

院長の水沢瞳が理事長を務める、いわゆる「一人医師医療法人」だ。

水沢院長の他に二名の理事がいる。その一人は、臨床心理士の女性で、もう一人は、津本常典《つもとつねのり》という男性だった。

予備班の捜査員の一人が報告した。

「この津本という男は、医療関係者ではないですね。シンガポール在住のIT系の社長です」

「シンガポール……?」

「はい。ITバブルといわれた一九九〇年代後半に、雨後の筍《たけのこ》みたいにインターネット系の会社ができましたが、津本の会社もその一つでした。その後、二〇〇〇年頃にITバブルは崩壊しますが、津本は、二〇〇二年に日本の会社を畳み、シンガポールで新たに起業しました」

碓氷は言った。

「税金逃れかな……」

「それもありますが、シンガポールでは、まだまだIT関連企業が成長する余地があるんだそうです」

鈴木係長が言った。

「シンガポール在住のＩＴ社長が、どうして医療法人の理事をやっているんだ？」

「実質上のオーナーなのではないかと思います」

「ＩＴ社長が、なぜメンタルクリニックのオーナーに……」

鈴木係長がつぶやいた。それを受けて、碓氷が言った。

「院長との個人的な関係かもしれませんね。いずれにしろ、これからそういうことを調べていかなけりゃなりません」

鈴木係長がうなずいた。

「まあ、そういうことだな……」

電話が鳴り、予備班の一人が出た。

「了解」

その捜査員は電話を切ると言った。「白井が『アクア・メンタルクリニック』に通っていたことを認めたようです。診察券も確認しました」

碓氷は、体温が少し高くなったように感じた。捜査に進展があったときに、いつもそう感じる。

それが、正午少し前のことだった。それから二十分後、今度は、梅原から連絡が入った。

佐原も、『アクア・メンタルクリニック』に通っていたという。こちらも、診察券を確認していた。

鈴木係長が言った。

「課長の目の付けどころは間違っていなかったかもしれない。二件の殺人と二件の自殺が、『アクア・メンタルクリニック』でつながることになりそうだ」

鈴木係長が言うとおりだ。まさか、本当に関連があるとは、調査を命じられた当初は、碓氷も思ってはいなかった。

午後一時半頃には、檜山から連絡が入った。

自殺した中学生、原田悟も、『アクア・メンタルクリニック』に通っていたことが判明した。両親の了承を得て、原田の持ち物を捜索したところ、診察券が見つかったということだ。

そして、午後三時には紗英のもとに知らせがあり、二件の強姦未遂と一件の盗撮の被疑者も同様に、『アクア・メンタルクリニック』に行ったことがあると確認された。

鈴木係長が言った。

「五月六日午後十一時に起きた七つの出来事に、『アクア・メンタルクリニック』が関与していることは、もはや明白だ。ウッさんと藤森調査官は、話を聞きに行ってくれ。俺は、課長に報告してくる」

碓氷と紗英は、ほぼ同時に立ち上がった。


廊下を進みながら、碓氷は小声で紗英に言った。

「関与しているということはわかる。だが、いったい、どういうふうに関与しているんだ？」

「わかりません。とにかく、話を聞いてみないと……」

「メンタルクリニックというからには、心理学的な治療とかをやるわけだろう？　患者の心を操ったということだろうか……」

「どうでしょう……」

「そうとしか考えられない。でなければ、同じ日の同じ時間に、事件を起こしたり自殺したりなんてことが起きるはずがない」

紗英は、しばらく考えてからこたえた。

「もし、そうだとしたら、『アクア・メンタルクリニック』は、何の罪に問われることになるんですか?」

そう問われて、碓氷は一瞬絶句した。廊下で立ち止まってしまった。しばらく考えてから、碓氷は再び歩き出して言った。

「殺人教唆《きょうさ》とか自殺幇助《ほうじょ》ということになるだろうな。実行犯が逆らえない状態だったとしたら、間接正犯《かんせつせいはん》と考えることもできる。強姦未遂や盗撮に関しては、どうかな……。教唆犯が認められるかどうか、俺にはわからんな……」

紗英が言った。

「間接正犯? つまり、教唆犯ではなく、殺人犯として成立するということですね?」

「そうだ」

「でも、それは、実行犯が完全に抑制されている場合ですね? 監禁されて逆らえない場合とか……。今回は、実行犯は自由な状態でした」

「だから、心理的に操られていたんじゃないかと……」

「マインドコントロールですね？　でも、それを証明するのは、容易なことではありません。オウム真理教の事件でも、多くは実行犯として起訴されたのです」

「なんとかするさ」

碓氷は言った。「そのために、あんたがいるんだ」

11

『アクア・メンタルクリニック』は、青山通りから骨董《こっとう》通りに入り、さらに左折して細い路地を進んだところにあるビルに入居していた。

小さいが、なかなかしゃれた建物だ。その三階にある。

エレベーターを降りると一枚ガラスの自動ドアがあった。その向こうは待合室のようだが、病院という感じはまったくしなかった。

いかにも座り心地のよさそうな一人がけのソファが左手の壁際と正面の壁際に二つずつ並んでいる。室内は落ち着いた木目調に統一されており、一流ホテルのロビーか何かのようだった。

現在、待っている患者は一人もいない。

その待合室に進む手前に、受付の窓口があった。

受付には、きちんと髪を後ろにまとめた女性がいた。眼鏡をかけており、化粧っけがない。地味な印象の女性だ。

その女性は、碓氷と紗英を見てほほえんだ。

「どうなさいましたか?」

碓氷は言った。

「いや、患者じゃないんです」

警察手帳を出し、開いて見せた。「ちょっと、院長先生にお話をうかがいたいのですが……」

受付の女性は、それでもほほえみを絶やさなかった。たいていは、警察手帳を見たとたんに、怪訝そうな表情になる。あるいは、露骨に迷惑そうな顔をする。

だから、このケースはずいぶんと珍しいことだと言わなければならない。

「院長は今、クライエントと面談中です。お待ちいただくことになりますが、よろしいでしょうか?」

「クライエント……?」

碓氷が聞き返すと、受付の女性ではなく、紗英が小声で言った。

「心理療法でカウンセリングを受ける人のことを、そう呼ぶのです」

「クライアントではなく?」

「そう。なぜか心理療法の世界ではそう言うのです」

碓氷は受付の女性に言った。

「待たせていただきます」

「どうぞ、おかけになってお待ちください」

言われたとおり、ソファに腰かけた。紗英が隣のソファに座る。

なるほど、二人がけや三人がけのソファでなく、一人がけのソファを並べている理由がわかった。

他人同士が、二人がけのソファにいっしょに座るのには、心理的な抵抗がある。こうして一人がけのソファなら、隣り合って座っても、それほど抵抗を感じない。

ここにやってくるのは、心理的に問題を抱えている人だろうから、こうした心遣いが必要なのだろうと、碓氷は思った。

病院の待合室なら、製薬会社のポスターやらお知らせなどが壁に貼ってある。ここにはそういったものが一切なかった。

向かい側の壁には風景画がかかっていた。高そうな絵だと、碓氷は思った。もちろん、絵の価値などわからない。

調度類がいかにも高級そうなので、その絵も高そうに見えたのだ。

ぼんやりとその絵を眺めていると、紗英が小声で言った。

「まず、何を質問しますか?」

受付まで声が届かないように、という気配りだ。

碓氷も同様に小声でこたえた。

「そのまま尋ねるしかないだろう」

「そのまま?」

「受診した七人が問題を起こしている。二人が自殺し、五人が罪を犯した。そのことについて質問するしかない」

「何も知らないと言われるでしょう」

「そうだろうな。でも、何かを隠しているなら、態度でわかる」

紗英はうなずいた。

「優秀な刑事は、心理学者顔負けでしたね」

「俺は別に優秀な刑事じゃないけどな」

それから、二十分ほど待たされた。カウンセリングというのは、ずいぶん時間をかけるものなんだな……。碓氷がそんなことを思っていると、受付の女性が声をかけてきた。

「どうぞ、カウンセリングルームにお入りください」

入口と書かれたドアをてのひらで示した。カウンセリングルームからクライエントが出てきたのを、碓氷はまだ見ていない。

ノックしてからドアを開けた。

中は、待合室以上に落ち着いた雰囲気だった。机はなかった。ソファが二つある。向かい合ってはいない。一つのソファが部屋の奥にある。それは、横向きに置いてあった。

おそらくそれがクライエントのためのソファだろう。それに向かって座るように、もう一つのソファが置いてある。

そこに女性が座っていた。入口に背を向けるような恰好だ。

彼女は立ち上がると、碓氷たちのほうを向いて言った。

「何かお訊きになりたいことがおありとか……」

なるほど、予備班の捜査員が言っていたとおり美人だった。顔立ちが美しいだけではなく、すらりとしていてプロポーションがよかった。

おそらくまだ三十代だろうと、碓氷は思った。二十代だと言われても信じてしまうかもしれない。だが、経歴を考えれば、二十代ということはあり得ないだろう。

「院長の水沢瞳さんですね？」

碓氷が尋ねると、彼女はうなずいた。

「そうです」

碓氷と紗英も、水沢瞳も立ったままだ。彼女は、碓氷たちに座れとは言わなかったし、また二人分の椅子もなかった。

部屋の中には、水沢瞳のソファとクライエント用のソファがあるだけだ。

そして、彼女は長話をする気がないのだと、碓氷は思った。

「瀬川一巳を知っていますか？」

水沢院長の表情は変わらない。

「知っています」

「ここで治療を受けていたのですか？」

「当然ご存じのことと思いますが、私たちには守秘義務があります。クライエントのことについてはお話しできません」

「でも、瀬川をご存じなのですね？」

「知っています」

同じこたえだった。

「では、原田悟君は……？」

「知っています」

「彼もクライエントですね？」

「そうです。ですが、同じ理由で、治療の内容についてはおこたえできません」

「瀬川と原田君が自殺したことはご存じですか？」

この質問にも、水沢は落ち着いてこたえた。

「知っています。とても残念に思います」

「佐原順一もご存じですね？」

「はい」

「白井稔は……？」

「知っています」

「この二人が、殺人容疑で逮捕されたことはご存じですか？」

「はい。佐原さんのことはニュースで知りました。とても驚きました」

「瀬川と原田の自殺、そして佐原と白井の殺人。これら四つの出来事が、五月六日の午後十一時に起きているのです」

水沢は、初めて驚いた顔になった。そして、怪訝そうに眉間にしわを刻む。

「それはいったい、どういうことなのでしょう……」

「さらに、ですね。同じ日のほぼ同じ時刻に、二件の強姦未遂と盗撮事件が起きています。そして、その三件の性犯罪の犯人たちも、このクリニックに来たことがあるのが確認されているのです。どういうことなのかと、あなたはお訊きになった。それは、私たちがあなたに尋ねたいことなのです」

水沢は戸惑った様子になった。

「二件の殺人、三件の性犯罪、そして二件の自殺が、五月六日の午後十一時頃に起きたということですね？　そして、自殺者や犯人がすべて『アクア・メンタルクリニック』に来たことがあると……」

「そういうことです」

「そんな奇妙な偶然があり得るんですね」

碓氷はかぶりを振った。

「私ら、偶然だとは思ってないんです。何か理由があるはずなんです。その理由について、何かご存じならば、教えていただきたいと思いましてね」

「理由ですか……」

水沢が目をしばたたいた。

その表情は、まるで幼い少女のように無防備だと、碓氷は感じた。それが妙に魅力的だった。

「五月六日の午後十一時に、何か特別な意味があると思いますか？」

碓氷のこの質問に、水沢はしばらく無言で考えていた。真剣に考えているように、碓氷には見えた。

やがて彼女が言った。

「特に、その日時に思い当たる節はありませんが……」

「では、その日時に、七つもの出来事が重なり、その当事者がすべてこちらのクリニックに来たことがあるということについて、あなたはどうお考えですか？」

「とても戸惑っています。どういうことなのか、まったくわかりません」

碓氷は、うなずいてから、紗英を見た。紗英なら、うまく話を聞き出してくれるかもしれないと思ったのだ。

紗英が言った。

「私たちは、こちらが臨床心理のクリニックであることと関わりがあるのではないかと考えています」

水沢が眉をひそめて紗英を見た。

「それはどういうことですか？」

「心理的に、クライエントをコントロールすることも可能なのではないかと考えたのです」

水沢が笑みを浮かべた。苦笑のように見えた。

「マインドコントロールですか？　それは素人《しろうと》考えですね。他人を簡単に操ることなどできないんですよ」

碓氷は言った。

「それがね、この人は素人じゃないんですよ。警察庁の心理調査官なんです。心理学の専門家なんです」

水沢は笑みを消し去り、再び戸惑った表情になった。

「心理調査官……。それはいったいどういうお仕事なんですか？」

紗英がこたえた。

「文字通り、犯罪捜査を心理学の立場からサポートする仕事です。一番わかりやすいのはプロファイリングですね」

「プロファイリング……。心理学のプロだということはわかりました。しかし、犯罪心理学と臨床心理学はまったくの別物と言っていいでしょう」

「私はそうは思いません。人間の心理を扱うという意味では同じだと思います。そして、心理学を学べば、人の心の底に潜むものを知ることもできますよね？」

「そうですね。私たちは、クライエントがなぜ問題を抱えているのか、その原因について知らねばなりません。そのためには、あなたのおっしゃる、人の心の底を覗く必要もあるのです」

「どんな手段で……？」

「いろいろなことを試みます。主にインタビューをして、クライエントの深層心理に迫っていくのです」

「催眠術は使われますか？」

水沢はかぶりを振った。

「おっしゃりたいことはわかります。催眠術を使って、強い暗示をかけ、七人のクライエントに、自殺をさせたり、罪を犯させたりした……。そうお考えなのですね？　しかし、私は催眠術は使いません」

「そうですか……」

「それに、あなたも心理学を勉強されているのならおわかりのはずです。いくら催眠術をかけても、相手の意思に反して自殺をさせたり、殺人をさせたりすることは不可能なのです」

碓氷は紗英に尋ねた。

「そうなのか？」

紗英は水沢を見たままうなずいて言った。

「どんな暗示よりも、自分を守る本能のほうが勝るので、無理やり自殺させたりはできません。そして、心理的に強い抵抗がある殺人などをさせることもできません。これも同じ理由です。暗示よりも、心理的な抵抗のほうが勝るからです」

水沢が言った。

「そのとおりです。もし、私が催眠術を使うとしても、それでクライエントに自殺や犯罪を強要することはできないんです」

「そして、あなたは、催眠術を使わない……」

水沢はうなずいた。

「使いません」

碓氷は、紗英と会話をしている水沢を、じっと観察していた。

素直な反応だと感じていた。彼女は、驚き、戸惑い、そして自分の専門分野の話になると、自信をうかがわせた。実に自然な振る舞いだった。

水沢が腕時計を見た。

「すみません。次の予約が入っているのです。クライエントが待っているはずです」

紗英が碓氷を見てうなずいた。質問を終えてもいいという意味だろう。

「もう一つだけうかがっていいですか？」

碓氷は、ずっと疑問に思っていたことを尋ねることにした。

「何でしょう？」

「私らがこのカウンセリングルームに入る前、クライエントの方がいらしたんですよね？」

「いらっしゃいました」

「私らは、クライエントの方がこの部屋から出てくるところを見ていません。なのに、私らが部屋に入ると、クライエントの方はいらっしゃらなかった……」

水沢はほほえんで、ドアを指さした。碓氷たちが入って来たのとは別のドアだ。

「あなたがが入って来られたのが、入口のドア。あれが出口のドアです。クライエントの方々は、他の人に会うのを嫌がります。ですから、なるべく他人と出会うことのないようにと、入口と出口を別々にしました。出口からは待合室を通らずに外に出ることができます」

「そこまで気をつかうものなんですね」

「他のクリニックではどうか知りません。完全予約制にして、クライエント同士が出会うことを避けるのが一般的だと思います。ですが、完全予約制にしても、突然初診で来院する場合もありますので、私どもでは、こういう形にしております」

「このクリニックには、理事長以下、理事の方が二人おいでなんですね？　あなたが理事長で、津本常典さんという方が理事ですね」

「はい。このクリニックに出資してくれたのが津本です」

「もう一人の理事は？」

「助手の持田奈緒子《もちだなおこ》です。普段受付にいるので、すでにお会いになったはずです」

「あの方は、助手だったのですね」

水沢がもう一度時計を見た。

「あの……。クライエントをお待たせするわけにはいかないのですが……」

「そうですね。では、我々はこれで失礼します。何か思い出したら連絡をいただけますか」

碓氷は名刺を取り出して差し出した。

それを受け取りながら、水沢が言った。

「あら……。刑事さんも名刺を出されるんですね」

「ええ、警察官だって名刺くらいは持ってます」

12

新宿署の特命班室に戻ったのは午後五時近くだった。

部屋にいるのは、鈴木係長と予備班の連中だけだった。他の捜査員は、まだ外で聞き込みを続けているに違いない。

鈴木係長が碓氷に言った。

「どうだった？」

「院長に話を聞きましたが、特に嘘をついたり隠し事をしている様子はありませんでした」

「二人の自殺者と二人の殺人犯が、そのクリニックに通っていたことについては追及したんだな？」

碓氷はうなずいて言った。

「それと、三件の性的な犯罪……」

「そのときの反応は？」

「戸惑った様子でした。七つの出来事が同じ日のほぼ同じ時刻に起きたということを伝えたところ、そんな奇妙な偶然もあるんですね、と言いました」

「しらばっくれているんじゃないのか?」

「当然、俺もそう疑ってみました。でも、どうも嘘をついているとは思えないんです」

鈴木係長が紗英に尋ねた。

「あなたは、どう思われましたか?」

「実は、私も碓氷さんと同じように感じたのです。私は、彼女が催眠術を使うかどうか尋ねました。使わない、と彼女はこたえました。どうやらそれも本当のことのようです」

鈴木係長は思案顔で言った。

「……つまり、あなたは、院長の水沢が、催眠術を使って、自殺や殺人をさせたと当初は考えたわけですね?」

「それも一つの可能性だと思いました」

碓氷は、不思議に思って紗英に尋ねた。

「だが、自分を守る本能や心理的な抵抗が、暗示より勝るので、自殺や殺人を催眠術で強要することはできないんだろう? クリニックで、あんた、そう言ったよな?」

紗英は、しばらく考えた後に言った。

「それについては、もう少し調べてみる必要があると思います」

碓氷は、思わず眉をひそめていた。

「何を調べるんだ?」

「催眠術や暗示については、実はまだまだわからないことが多いんです。術者によっても、評価が分かれます」

「評価が分かれる、というのは……?」

「催眠療法を取り入れている人でも、どの程度の効果があるのか、つまり、催眠療法によってどれくらいのことができるのかという評価がまちまちなのです」

「まあ、名医もいれば藪医者《やぶいしゃ》もいるってことだろうな」

「同じ病気でも回復が早い人と遅い人がいます。人体には大きな個人差があるのです。また、同じように感染しても発病する人としない人がいます。人体には大きな個人差があるのです。精神活動についても同様です。肉体よりも精神のほうが個人差が大きいとも言えます。ですから、術者によって、また被術者によって、効果は大きく違ってくる可能性があります」

「つまり、自殺や殺人をやらせることも可能かもしれない、ということか?」

「そこは、慎重に検証しなければならないと思います。たしかに一般的には、暗示よりも本能が勝るので、自殺や殺人といった行為を忌避するものなのです。しかし、それも催眠や暗示の深さによるのではないかと、私は考えています」

「術者や被術者によっては、可能性はあると……」

「それから、条件も違うでしょう。命に関わる事柄を忌避するというのが生存本能であり、それは自分自身の命だけでなく、同種の動物の命も守るように働くのです。しかし、それも個人差があります。米国ではシリアルキラー、つまり連続殺人者の心理の研究が進んでいますが、彼らは少し精神構造がずれていることが多いのです。そういう人たちがサイコパスと呼ばれます」

鈴木係長が言った。

「少し精神構造がずれている、ですって？　私から言わせれば、少しなんてもんじゃない。一般人とはまったく違いますよ。彼らは怪物だ」

紗英はかぶりを振った。

「いいえ、そうではありません。サイコパスと呼ばれる人たちも、我々とそれほど大きな違いはないのです。ただ、何かが過剰か、あるいは欠落しているだけなのです」

鈴木係長が尋ねる。

「何かが過剰か、欠落しているか……？」

「心理学者から言わせると、普通の人という概念はあまり意味がありません。それは、むしろ社会学者の概念で、社会生活をちゃんと営んでいける人たちのことを言います。そういう、いわゆる普通の人であっても、個人個人の内面を比較すれば、驚くほど違っているものです」

鈴木係長がうなずいた。

「それは、なんとなく理解できますね」

「すべては、思考のバランスなのです。そのバランスが大きく崩れていない限り、普通の人として社会生活を続けていくことができます。精神的に病んでいる人は何かの理由で思考のバランスが崩れているのです。理由はさまざまです。過去の出来事であるとか、環境であるとか、あるいは脳の器質そのものの障害であるとか……。サイコパスも、同様に何かが過剰か、あるいは欠落しているために、思考のバランスが取れない状態にあるのです」

鈴木係長が尋ねた。

「サイコパスを治療することは可能なんですか?」

「……というより、誰もがサイコパスになる可能性を秘めていると言ったほうがいいでしょう」

碓氷は紗英に言った。

「それは、個人の資質によっては、暗示をかけられて自殺や殺人をやってしまうこともあり得るということか?」

紗英は、しばらく考えていた。やがて、彼女は、きっぱりとした口調で言った。

「私は、あり得ると思います」

碓氷は鈴木係長と顔を見合わせた。すると、紗英はすぐに付け加えるように言った。

「ただし、それにはいくつもの条件が必要です」

「その条件というのは……?」

「術者と被術者の関係とか、被術者が置かれている環境とか……。それについては、これから精査しなければならないと思います」

「しかし……」

碓氷は言った。「その仮定が成り立ったとしても、一つ問題が残る」

紗英がうなずいて言った。

「はい。水沢院長は、治療に催眠術は使わないと言っています」

「そして、俺の印象だと、おそらくそれは嘘じゃない」

鈴木係長が言った。

「まあ、裏を取ってみればわかることだ」

碓氷は鈴木に言った。

「そうですね。治療に使っていなくても、催眠術を使えないとは限らない」

鈴木が紗英に言った。

「精査すると言われたが、我々には、そんなに時間の余裕があるわけではありません」

「わかっています。おそらく、パソコンの分析結果が参考になると思います」

鈴木係長が怪訝な顔をした。

「パソコンの……?」

「ハードディスクは脳の一部だと言った脳生理学者がいます。記憶装置というのは、個々人の思考や性癖を反映しますから……」

「それは、日常的にパソコンを使いこなしている人たちのことだろう。俺なんざ、仕事で書類を作るときくらいしか使わないからな……」

「それでも、ハードディスクの中には、碓氷さんの性格を物語るデータが、ある程度蓄積されているはずです」

碓氷は、顔をしかめた。

「死んだ後、パソコンの中を見られたくねえなあ……」

紗英が言った。

「それは、私も同じです」

係長が、予備班の捜査員に尋ねた。

「SSBCから、パソコンの分析についての知らせは？」

「まだありません。けっこう時間がかかるようなことを言ってました」

「急がせろ。佐原や白井が起訴されちまったら、俺たちはおそらく近づけなくなる」

碓氷は言った。

「検察は勾留請求をするでしょう。まだ、余裕はあると思いますが……」

「勾留請求するかどうかはわからない。物的証拠はそろっているんだ。本人の自白がなくても、充分に起訴できる内容だ」

碓氷は、奇妙な気持ちになった。

普通なら、刑事は、検事とともに起訴を目指して捜査をする。起訴が早ければ、それだけ手間がかからずありがたい。

だが、今回は、起訴までにできるだけ時間をかけてもらいたいと考えている。いつもとは逆なのだ。

うっかりすると、何を捜査しているのかわからなくなりそうだ。

不可解な出来事の謎を探るよりも、殺人の捜査をしていたほうがずっと楽だ。殺人捜査も簡単ではないが、碓氷なりに蓄積したノウハウもあるし、慣れているので流れがつかみやすい。

今回の特命事案は、いったい何をどう調べればいいのかわからない。だから、聞き込みを続けながらも、どうしてもすっきりとしない。

初めて訪れた町を、あてどもなくさまよっているような感覚があった。

碓氷は、ちらりと紗英を見た。

かつて対人恐怖症だったという女性心理調査官。今も、その名残があるに違いない。彼女が雄弁になるのは、ほとんど専門分野の事柄が話題になるときだけだ。

見かけは、リクルートスーツを着た女子大生のように頼りない。だが、彼女しか頼れる者はいない。碓氷はそう感じていた。


午後六時過ぎに、梨田たちが戻って来た。

鈴木係長が尋ねる。

「何かわかったか?」

梨田がこたえた。

「瀬川は、非番の日は、ほとんど『アクア・メンタルクリニック』を訪れていたようですね」

鈴木係長は、驚いた顔になった。

「四交代だとしても、四日に一度だぞ。そんなに頻繁に通っていたのか」

「まあ、すべての非番の日に、というわけじゃなかったようですが、それでもかなりの頻度ですよね」

「カウンセリングなんて、せいぜい月に一回くらいのもんだと思っていたが……」

「それがですね……」

梨田の顔つきが変わった。何か秘密を共有しようとするときのように、神妙な表情だ。「誰か、女じゃないのか、なんて言ってましたよね……」

碓氷は言った。

「それ、俺が言ったんだよ」

梨田が碓氷のほうを見て言った。

「あながち、外れじゃなかったかもしれないですよ」

碓氷は尋ねた。

「どういうことだ？」

「瀬川は、『アクア・メンタルクリニック』の院長に惚れ込んでいたのかもしれないって証言したやつがいるんです」

鈴木係長が聞き返した。

「惚れ込んでいた……？　つまり、院長に会いたくてカウンセリングを受けていたってことか？」

「どこまで信憑性《しんぴょうせい》があるかはわかりませんよ。でも、それを証言したのは、瀬川が『アクア・メンタルクリニック』に通っていることを教えてくれた人物なんです」

「何者だ？」

「瀬川とかなり親しい同僚です」

「瀬川は友達がいなかったんじゃないのか？」

「どちらかというと人付き合いのないほうだったらしいですけど、まったく友人がいないわけじゃなかったようです」

碓氷は言った。

「あの院長なら、不思議はないな……」

梨田が碓氷に尋ねた。

「そうなんですか？」

「ああ。美人でスタイルがよくて、理知的で上品だ」

「いいことずくめですね」

「まあ、初対面の印象に過ぎないがな……」

紗英が言った。

「瀬川さんの思いは、ある種の条件付けに関連するかもしれません」

碓氷は言った。

「あんたの言うことは、なんだかわかりにくくていけない。もっと、わかりやすく言ってくれないか」

紗英が戸惑ったように言った。

「激しい片思いは、先ほど説明した思考のバランスを著しく崩す要因になり得るのです」

「つまり、恋わずらいみたいなものか？」

「端的な例でいうと、ストーカーですね。それまではまったく普通の生活をしていた人が、ある人への報われない想いのせいでストーカーと化すことがあります」

「なるほど……」

「嫉妬というのは、最もコントロールが難しい感情の一つで、片思いの場合、嫉妬心が募るのはよくあることです」

鈴木係長が呆れたように言った。

「カウンセリングを受けに行った先で、心のバランスを崩す要因に出会ってしまったってことか……」

紗英がうなずいた。

「そういうこともあり得ると思います。そして、そういう条件付けが行われたのだとしたら、催眠術や暗示とは別のものを考慮に入れなければならないと思います」

鈴木係長が尋ねた。

「別のもの？」

「そうです。先ほど話題に上ったマインドコントロールです」

「催眠術とマインドコントロールは、別のものなのですか？」

「多くの場合、催眠術は深層心理を探るために用いられますが、マインドコントロールは、何か行動を起こさせるために行います」

碓氷は紗英に言った。

「院長は催眠術や暗示は使わなかったが、マインドコントロールをした可能性があるということか？」

紗英がこたえた。

「もし、院長に会うためだけに、瀬川さんが『アクア・メンタルクリニック』に通っていたのだとしたら、その可能性はあると思います」

鈴木係長が予備班の捜査員たちに言った。

「佐原や白井が、その点どうだったか、調べるように担当の捜査員たちに指示してくれ」

「了解」

碓氷は、鈴木係長に言った。

「俺は、マインドコントロールで自殺や殺人をやらせたのだとしたら、そいつを罪に問えると思っていた。オウム真理教の例を出すまでもない。だが、クライエントが惚れちまった末に、勝手におかしくなって、犯行に及んだとしたら、水沢院長を罪に問うことはできるのか？」

「待て待て」

鈴木係長が碓氷をたしなめた。

「あんまり先走るなよ。ウっさんらしくもない。たしかに、七つの事案の当事者がすべて『アクア・メンタルクリニック』で受診したことがあるのはわかった。だが、明らかになった事実はそれだけだ。クリニックで何があったか、また、どうして五月六日の午後十一時に七つの事案が発生したか……。それについては、まだ何もわかっていない」

碓氷は言った。

「たしかに、洋梨が聞き込んできたことも、裏を取らなければなりません」

梨田が言った。

「もちろん裏を取ろうと思いましたよ。でも、本人はもう亡くなってますし、個人的な話をする友人は、ごく限られているようで、なかなか確認ができません」

碓氷が言った。

「水沢院長なら知っているはずだ」

紗英が碓氷に言った。

「でも、患者についての情報は、守秘義務があると言って話してはくれないでしょうね」

「これが、殺人の捜査なら、令状を取って強制的に聞き出すこともできるんだが……」

碓氷はまたしても、もどかしさを感じていた。

「係長」

碓氷は言った。「なんとか、判事を説得して令状が取れませんかね?」

「何の令状を取るんだ? まさか、院長を逮捕はできない。捜索・差押えも無理だろう。院長が何か罪を犯しているという強い疑いがなければ、令状は取れない」

「それはそうなんですが……」

「医者の守秘義務はやっかいだ」

「じゃあ、どうすればいいんですか」

「周囲から固めるしかないな。水沢院長が、七つの事案に関与していることを示す物証なり証言なりが得られれば、令状も取れる。そうすれば強制捜査が可能だ」

「そんなことはわかってます。ですがね、今回の件は、どうやってアプローチすればいいか見当もつかないんですよ」

「ウっさんが弱気なことを言っちゃだめだろう。俺たちは、ようやく『アクア・メンタルクリニック』にたどりついた。捜査は、これからだ」

係長に言われ、碓氷は、何とか気分を盛り上げようとした。だが、どういうわけか、今一つやる気が起きない。

闘争心が湧いてこないのだ。

殺人犯を追うとき、刑事はたしかに闘争心を抱いている。それが不眠不休の捜査を支えるエネルギーとなる。

水沢院長に対しては、どうしても闘争心が湧いてこない。

なぜだろう、と碓氷は自問した。

まさか、俺も瀬川のように、院長に魅了されたのではないだろうな……。

冷静に分析してみたが、そのような兆候はなさそうだった。彼女に対して、特に強い印象を受けたわけではなく、特別な感情を抱いているわけでもない。

ならば、なぜ水沢院長に対して攻めていく気になれないのだろう。今のところ、七つの事案に、何らかの形で関与していると考えられるのは、彼女だけだというのに……。

話を聞いて、彼女が嘘をついたり隠し事をしたりしていないと感じたからだろうか。

たしかに、彼女の反応は、ごく素直なものだった。質問のこたえにも不自然なところはなかった。

碓氷はかぶりを振った。

考えても仕方がないことは、考えないほうがいい……。

そんな碓氷を見て、鈴木係長が言った。

「どうした。何で首を振ってるんだ?」

「なんだか、訳がわからなくなりましてね……。俺たちは、いったい何の捜査をしているんだろうって思ったんですよ」

鈴木係長が言った。

「何を今さら……。課長の特命だよ。七つの事案が、五月六日の午後十一時頃に起きた。それに関与している可能性がある『アクア・メンタルクリニック』を、徹底的に洗うんだよ」

「どうも、水沢院長に対して闘争心が湧かないというか、あんまり攻める気になれないというか……」

碓氷が正直な気持ちを言うと、紗英が不思議そうな顔で言った。

「実は、私もそうなんです。彼女に向かって行く気持ちになれないんです」

鈴木係長が怪訝な顔で紗英に尋ねた。

「それは、どうしてでしょうね?」

「わかりません。話をしてみて、彼女が正直に話をしていると感じたからかもしれません」

「でも、七つの事案に関与している可能性はかなり高いんです。それは間違いない」

「まさか……」

碓氷は苦笑を浮かべて言った。「話しているうちに、俺たちが暗示をかけられたり、マインドコントロールされたりしたわけじゃないよな」

冗談のつもりだった。だが、紗英は笑わなかった。

「もし、そうだとしたら、水沢院長は人の心を操る、恐るべき技術を持っているということになります」

紗英の表情は真剣だった。

碓氷も笑いを消し去った。

13

午後七時過ぎに、高木から連絡が入った。報告を受けた鈴木係長が、特命班室に残っていたみんなに告げた。

「白井稔についてだが、『アクア・メンタルクリニック』に通っていた頻度は、たいしたことはないということだった。せいぜい、月に一回。まあ、常識の範囲内だな。高木が直接、本人に、水沢院長のことを尋ねたが、個人的な感情は抱いていないとこたえたそうだ」

梨田が思案顔で言った。

「そんなの、口では何とでも言えますよね」

「まあ、そうだが、質問したのが高木だぞ。嘘を見逃すと思うか？」

「その点について、高木さんはどう言っていたんです？」

「寝耳に水と、高木は言った」

「つまり、白井がそういう反応だったということですね？」

「そう。白井は、そんな質問をされることが、本当に意外そうだったと言っていた。それに高木のことだ。これからしっかり裏を取るだろう」

梨田は納得したようだった。

　碓氷は言った。

「通う頻度が、思いの強さを表しているとは限りませんよ。白井は、高校生でしょう？　自分で『アクア・メンタルクリニック』に通う回数を決めていたかどうか、わかりませんよ」

　鈴木係長が言った。

「月に一度の面会を楽しみにしていたということは、充分に考えられるということだな？」

「そう思います」

「だが、ウっさんが言うとおり、白井は高校生だ。一方、院長は三十代半ば、もしくは後半……。釣り合わないと思うがな……」

「そういうのに、年齢は関係ありませんよ」

「しかし、本人はそうした感情を否定して、高木もそれを信じている」

「高木の眼を疑うわけじゃありませんが……。年齢が釣り合わないというのなら、自殺した瀬川だって、まだ二十六歳でした」

　鈴木は、しばらく考え込んでから言った。

「ウっさんは、おそらく、水沢院長が、自分に対する思慕の感情や恋愛感情を利用して、マインドコントロールをしたのではないか、という仮説に沿って考えようとしているんじゃないのか？　それは、予断だぞ」

　鈴木係長に言われて、碓氷は考えた。

本当にそうだろうか。

だとしたら、自分は焦っているということになる。

何に対して焦りを感じているのだろう。

捜査が進まないことに対して、だろうか。

捜査に進展がないことなど、珍しくはない。ただそれだけではない。必死になって捜査した先に、もしかしたら何もないのではないかという不安があるのだ。

それが、焦りを呼んでいる。

どんなことでもいいから、何か確実なものがほしい。

切実にそう感じているのだ。

そこまで考えて、碓氷は気づいた。

それは、自分だけではない。鈴木も、梨田も、高木も、そして、この捜査に関わっている全員が、同じ気持ちでいるはずだ。

苛立ち、焦りを感じているのは、俺だけじゃないんだ。それを思ったとき、碓氷は、自分の立場を思い出した。

ベテランの自分が鈴木を補佐し、みんなを引っぱっていかなければならない。

碓氷は、鈴木に言った。

「たしかに、その仮説が成立すれば、それに従って一気に捜査が進むような気がしていました。しかし、あくまでも仮説に過ぎません。そして、この不可解な出来事を起こしたのが、水沢院長だという確証は何もない。それは充分にわかっています」

鈴木係長は、少しばかり安堵《あんど》したような表情を見せて、うなずいた。

午後八時になろうとしているとき、今度は梅原から連絡があった。再び、鈴木係長が、その報告内容をみんなに告げる。

「佐原も、『アクア・メンタルクリニック』には、月に一度か二度くらいの頻度で通っていたそうだ。梅原も、高木同様に佐原から直接、話を聞いている。たしかに、院長に好感は抱いていたし、水沢院長だから通う気になったのかもしれないが、特別な感情は抱いていなかったと証言したそうだ」

碓氷は尋ねた。

「梅原は、それを信じたんですね?」

「疑う理由がないと、梅原は言っていた。つまり、佐原は、『アクア・メンタルクリニック』に通っていたことを隠していたわけではないし、院長に対する気持ちを聞かれて、嘘をつく必要など何もないということだ」

「照れ臭くて、嘘を言うこともあるかもしれませんよ」

「それくらい、梅原だって見抜くだろう」

それを聞いて梨田が言った。

「高木さんなら信用できますが……」

鈴木がたしなめるように言う。

「梅原は皮肉屋だが、眼は確かだよ。やることはやる男だ。じゃなきゃ、みんなもう見放している」

それを聞いて、予備班の連中が苦笑を浮かべた。碓氷も同じような気持ちだった。

そのとき、今まで無言で捜査員たちのやり取りを聞いていた紗英が言った。

「佐原の証言は、本当である可能性が高いと思います」

碓氷は、紗英に尋ねた。

「なぜ、そう思う?」

「佐原は、水沢院長に対する感情を否定していません。好感は持っているけれど、特別な感情ではない、と言っているんです。好感を持っていることについては、肯定しているのです。そして、それが、あのクリニックに通うようになった動機の一つである可能性も認めています。嘘をつくなら、頭から否定するはずです」

「なるほど……」

鈴木がうなずいた。「では、水沢院長に特別な感情を抱いてはいなかったという佐原の証言を、あなたは信じるわけですね」

紗英はこたえた。

「現時点では信じます」

碓氷は、紗英の変化に気づきはじめていた。以前会ったときは、どこか自信なさげだった。今回は、断定口調が増えている。

経験を積んで自信を深めたということだろうか。もしかしたら、自分もその一助になれたのかもしれないと思った。

鈴木がさらに質問した。

「では、さきほどの白井の証言をどう思いますか?」

「それについては、私自身は判断ができませんが、高木さんの眼を信じるというみなさんの判断は間違ってはいないのではないかと思います」

「では、瀬川、白井、佐原の中で、水沢院長に特別な感情を抱いていたのは、瀬川だけということになりますね?」

「はい」

「すると、水沢院長が、自分に対する強い思いを利用して、彼らに暗示をかけたのではないか、という仮説は成り立たないことになりますね?」

紗英は、しばらく考え込んだ。

「そう。自分に対する感情を利用した、という条件は、削らなければならないと思います」

「条件を削る……? では、彼女が何らかの方法で暗示をかけた、という仮説自体はまだ成立しているということですか?」

「完全に否定されたわけではないと思います」

「だが、どうやって暗示をかけたのかの、手がかりはなくなった……」

紗英はうなずいた。

「はい。そういうことになります」

碓氷は、またしても暗澹《あんたん》とした気分になった。

闇の中で、かすかに見えてきた光明が、かき消えてしまったようだ。

だが、俺が落胆している場合ではない。

そう思い、碓氷は言った。

「とにかく、瀬川、白井、佐原、原田の四人、それから、盗撮と強姦未遂の三人は、『アクア・メンタルクリニック』に通っていた。それは間違いない。これが偶然であるはずがない。アクア・クリニックには、必ず何かある。それを徹底的に洗うことだ」

鈴木がうなずいた。

「ウっさんの言うとおりだ。今後は、全員で手分けして、『アクア・メンタルクリニック』について調べを進める」

室内の捜査員たちは、少しだけ勢いづいたように見えた。


午後九時近くに、相次いで捜査員たちが戻って来た。

自殺した原田について聞き込みに回っていた檜山が、鈴木係長に報告した。

「原田悟をクリニックに連れて行ったのは、母親だそうです。その後も、通うときは母親が付き添ったということです」

鈴木が尋ねた。

「中学生だと言っていたな。まあ、親が付き添うのも当然か……」

「原田悟は、ただ親に連れて行かれただけで、クリニックについて、特に興味があるとか、そういうことはなさそうですね」

「まあ、中学生だからな……。院長に強く惹かれるということもなかっただろう」

それも予断だろうと、碓氷は思った。だが、口には出さなかった。

鈴木の判断は正しいだろう。世の中には、いろいろなことがある。長年警察官をやっていると、およそ常識でははかれないような不可解な出来事に遭遇することもある。

中学生と三十代の女性が恋愛関係に陥ったとしても、たいていの警察官は驚かないだろう。

碓氷も驚きはしない。だが、そういう出来事が、そうそう頻繁に起きるわけではないことも知っている。

原田の場合はどうだろう。

おそらく、水沢院長に興味などなかったのではないだろうか。

その考えを裏付けるように、檜山が言った。

「母親によると、原田悟は、クリニックに行くのを渋っていたようですね。毎回、連れて行くのに苦労したと言っています」

鈴木が言った。

「それは、瀬川とは大違いだな……」

碓氷は、思わず顔をしかめていた。

「つまり、四人のうちで、水沢院長に強い特別な感情を抱いていたと思われるのは、瀬川だけということになるな……」

梨田が言った。

「強姦未遂や盗撮のほうの被疑者はどうなんでしょう？」

鈴木係長が紗英を見た。

「何か聞いていますか？」

「いいえ、聞いてはいませんが、確認する必要はないと思います」

「なぜですか？」

「三人の被疑者が、被害者として選んだのは、交際を強く望んでいた対象者だったからです。つまり、三人は自分の思いを遂げる代償として、犯行に及んだのです。その三人の心に、水沢院長が入り込む余地はありません」

「いやいや……」

梅原が、にやにやしながら言った。「男ってのはわかりませんよ。平気で二股かけるやつだっていますからね……」

紗英は、平然と言い返した。

「そういうバランス感覚があれば、あのような犯行に及ぶことはなかったでしょう」

梅原は笑みを浮かべたまま、聞き返した。

「ほう、バランス感覚……。二股をかけるのが、バランス感覚だというのですか？　これは、男性に寛容だ」

「男性だけではありません。女性だって二股をかけることはあります。そして、そうした多様性を求める、あるいは多様性を求めることを自分自身に許すことは、心理的なバランスが取れているということです。今回のように、自分が思いを寄せている人に対して、性的な犯罪に走るというのは、執着心の表れですし、支配欲の表れでもあります。つまり、心のバランスを欠いているということです」

梅原の笑いが消えていった。彼は、鼻白《はなじろ》んだ表情になって言った。

「ふん、変態のことなんて、俺にはわからんね……」

「誰もがサイコパスになる可能性を秘めていると、先ほど申しました。それと同様に、誰もが変態の要素を持っているのです」

「へえ……。じゃあ、あんたも変態かもしれないんだ」

「はい。私もその要素を持っています。そして、あなたも……」

梅原が、むっとした顔で何か言い返そうとした。鈴木係長が割って入る形になった。

「その三件について、まだ詳しくうかがっていませんでしたね。いずれも、被害者は、被疑者と親しい女性だったということですか？」

「そうです」

「顔見知りだとは聞いていましたが、自分が好きな人を被害者に選んだとは……」

「先ほども言いましたが、それは思いを遂げることの代償行為だったのです」

「つまり、相手が自分の思いに応じてくれないから強姦しようとしたと……」

「あるいは、盗撮をしてしまった……」

「ちょっと想像しにくいですね。好きな人を傷つけることになります」

「先ほど申し上げた、執着心と支配欲。理性がそれに負けたのだと思います」

「三人とも、被害者に選んだのは、自分が恋い焦がれている相手だったのですね？」

「そうです。それについては、確認が取れています」

「それは、重要な共通点のような気がしますが……」

「そうかもしれません」

「執着心や支配欲のために、ストーカーになったり、ストーカー殺人に発展したりということもあり得るのです。そういうことは、もっと早く教えていただきたいですね」

「申し訳ありません。まずは、こちらの四件が先決だと思ったものですから……」

「その三件のことが、こちらの四件を解決する参考になるかもしれないのです」

「おっしゃるとおりです。本当に、申し訳ありません」

碓氷は、鈴木に言った。

「殺人の被疑者二人に会ってもらったり、『アクア・メンタルクリニック』に同行してもらって、それについての意見を聞いたり、こちらも心理調査官にいろいろと要求しましたからね。つい、話しそびれた、ということもあるでしょう」

鈴木は、はっとしたような表情で言った。

「ウッさん、俺は何も責めているわけじゃない。参考になることなら、どんなことでも知りたい。そう思っているわけだ」

「わかりますよ。だからいろいろ訊いているんでしょう？　質問を続けたらどうです？」

鈴木が、紗英に言った。

「他にも、三人には共通点がありましたね。たしか、いずれも初犯だったとか……」

「そうです」

「三件とも初犯だったことに、注目する必要があると、あなたは言われた。それは、どういうことなんですか？」

「彼らは、性的な犯罪の常習犯ではなかった。初犯だったということは、常習犯よりも、犯行に及ぶまでのハードルが高かったということになります」

「なるほど……」

「彼らに、そのハードルを越えさせたきっかけがあるはずなんです」

「あなたは、誰でも変態の要素を持っていると言われた。そのことについては、何となく理解できますよ。つまり、性的な衝動は誰でも持っている。それを理性でコントロールしている間は、変態とは呼ばれない……。こういうことですね？」

「そうです。妄想の内容は、どんな人でも大差ありません。その妄想や衝動が理性を上回ってしまったときに、人は変態とか変質者とか呼ばれることになるのです」

「つまり、あなたは、その三人が衝動を抑えられなくなったきっかけがあると、お考えのわけですね？」

「そういうことです」

「そして、それが『アクア・メンタルクリニック』に関係があると……」

「その可能性は、きわめて高いと思います」

碓氷は言った。

「……というか、あそこしかないでしょう。あとは、どうやって七人を操ったのか、ということです」

鈴木係長が、紗英に確認する。

「院長が、自分に対する強い思いを利用していた、という仮説は成り立たなくなったわけですね？」

「はい。しかし、何かの方法で暗示をかけた可能性は、非常に高いと思います」

「その暗示によって、二人は自殺し、二人は殺人を犯した……。そして、二人が強姦未遂で、一人が盗撮事件を起こしたということですね？」

「そうだと思います」

「しかし、その暗示の方法は、不明のままなのですね？」

「不明です」

碓氷は言った。

「そして、暗示をかけた理由も……」

紗英がうなずいた。

「そうです。理由もわかりません」

碓氷は、鈴木係長に言った。

「もし、水沢院長が暗示をかけて、殺人や強姦未遂をやらせた、ということになれば、教唆犯ということになりませんか？」

「暗示をかけられた者たちが、どういう意思を持っていたかによるな。操られて殺人や強姦未遂を起こしたとなると、暗示をかけた者は、教唆犯ではなく、正犯ということになるだろう」

「つまり、殺人犯であり、強姦未遂犯であるということですね？」

「そういうことになるだろう」

「だったら、捜査令状も下りるはずです」

「ウっさん、慌てなさんなよ。もっと確実なことをつかまなければ、判事だって納得はしない。へたを打つと、元も子もなくすことになる」

碓氷は、うなった。

「それは、わかってますが……」

「今日は、ここまでにしよう。明日からは、『アクア・メンタルクリニック』を洗うことに専念する。いいな」

係長の一言で、その日は解散となった。

14

自宅に帰ると、やはり子供たちは寝ていた。もっと子供たちが小さかった頃は、それが淋しいと感じたものだ。

子育てのほとんどを妻に押しつけていた。申し訳ないと思いつつも、それを口に出したことはない。

妻には不満が溜まっているのだろうと思う。愚痴は言わないが、碓氷にはわかる。

仕事でくたくたなので、あまり家の問題に関わりたくない。それが態度に出るのだろう。妻は、子供のことをあまり話さなくなった。

碓氷も、あえて尋ねようとはしない。その日も、風呂のあとすぐにベッドに入った。おそらく明日もそうだろう。

そういう仕事なのだと、碓氷は心の中で言い訳をする。

いつかは、ちゃんと話をすべきだ。それはわかっている。子供たちの話も聞きたい。

だが、今はその余裕がない。

そして、その余裕ができたときには、子供たちはすでにわが家から巣立っているかもしれない。

熟年離婚という言葉も聞く。妻が、自分に愛想を尽かす日が来るのではないか。

そんなことを考えはじめると、くたくたに疲れているのに、眠れなくなりそうだった。

余計なことを考えるのはよそう。

碓氷は思った。今は、少しでも体力と気力を回復して、明日の捜査に備えるべきだ。

頭の切り替えには慣れていた。警察官にとって、眠れるときに、すぐに眠れることはとても大切だ。そのためには、頭の切り替えが必要なのだ。

実際に、碓氷は、二、三分後には眠りについていた。


翌日の午前九時過ぎに、ＳＳＢＣからの報告が届いたと、鈴木係長が言った。

特命班の捜査員は、まだ誰も外出しておらず、全員顔をそろえていた。紗英もいる。

鈴木係長が言った。

「これは、最終的な報告ではなく、いわば中間報告だということだ。我々は綿密な分析よりも、速報性を求めている。それにこたえてくれたわけだ」

瀬川と原田のパソコンを解析した結果だ。

鈴木係長が、ＳＳＢＣの報告を一同に伝えはじめた。

「まず、瀬川のパソコンだ。ＳＮＳへのアクセスや掲示板などへの書き込みを追っかけたが、自殺をほのめかすような記述は見られなかったということだ。記憶装置に残っている文書などにも、そうした記述はなかったという。つまり、遺書めいたものは、何も残していないということだ」

そこで、鈴木係長は、ＳＳＢＣの報告書から、いったん眼を上げて、捜査員たちを見回した。

誰も何も言わないので、鈴木係長は、話を続けた。

「原田悟のパソコンでも、同様だった。自殺をほのめかすような記述も見つからなければ、そういうことをネット上に書き込んだ形跡もなかった」

梨田が不思議そうな顔をして言った。

「ネット上への書き込みなんて、どうやって調べるんです？」

それにこたえたのは、梅原だった。

「どこかにアクセスしたら、その痕跡が残る。そこにアクセスしてみればわかることじゃないか」

そういう説明をされても、梨田は今一つぴんと来ていない様子だった。

碓氷にもちんぷんかんぷんだった。だが、ＳＳＢＣのやることだから、間違いはないだろうと思った。

鈴木が、紗英に尋ねた。

「これで、二人が遺書の類を残していなかったことは明らかになったわけですが、それは、なぜだと思いますか？」

「死のうという意思がなかったのかもしれません」

「なのに、自殺をした……」

「そうです」

「つまり、操られた可能性が、ますます強まったということでしょうか……」

「操られたというより、自分でも気づかなかった意識に気づかされたのだと思います」

「それは、どういうことです?」

「再三話題になっているように、どんな暗示も、生存本能をもとにした忌避には勝てません。本人がどうしても嫌だと感じていることを、暗示によって無理やり実行させる、などということは不可能なんです。しかし、暗示によって、自分自身でも気づかずにいる欲求を、顕在化させることはできると思うのです」

紗英の眼は、赤かった。

昨夜自宅に戻ってからも、いろいろと調べ物をしたに違いない。おそらくは、自分の仮説の確認作業だろう。

鈴木係長が言う。

「欲求を顕在化……。つまり、それは、理性によって抑えている欲求を解放させることですか?」

「そういうことだと思います。自分の欲求に気づかないというのは、常識とか社会理念といったものによって、そういう考えを持ってはいけない、持つべきでないという意識が働いているからです。それはつまり、理性で欲求を抑えていると言い換えることもできるでしょう」

「持ってはいけない欲求……。持つべきではない欲求……。例えば、強姦とか盗撮の願望は、それに当たりますね?」

「そうです」

「そして、人を傷つけたいとか、殺したいといった願望も……」

「そして、自殺したいという願望も……」

碓氷は言った。

「つまり、蓋を開けてやったということか？　閉じ込められていた願望を、蓋を開けて解き放ったと……」

「そういう言い方もできるかもしれません。無意識は、意識に比べてはるかに大きな領域を持つといわれており、普通はそこを覗き見ることはできません。そして、顕在化しない欲求は、すべてその無意識の中に押し込められていると考えることができます。碓氷さんがおっしゃるように、無意識の領域の蓋を開けて、今までそこに押し込められていた願望や欲求を、意識に上るようにしたと考えることもできます」

鈴木が、紗英に尋ねた。

「具体的な方法は……？」

紗英が首を横に振った。

「わかりません。催眠術を使うのかもしれませんし、それに近い何かの暗示をかけるのかもしれません」

「しかし……」

高木が思案顔で言った。「メンタルクリニックの医者がそんなことをして、何の得があるんだ？」

紗英が、再びかぶりを振った。

「わかりません。損得で言えば、何の得にもならないと思います。そんなことをして、何の意味があるのかすらわかりません」

碓氷は、その言葉を受けて言った。

「ならば、それを本人から聞き出すさ。俺たちは、もう一度院長に会いに行きます」

鈴木係長はうなずいた。

「いいだろう。他の者は、クリニック周辺の聞き込み、それから、経営者らの素性を洗う。その前に、心理調査官に、もう一つ訊いておきたいことがあります」

「何でしょう？」

「ＳＳＢＣは、今後もパソコンの解析を続けるはずです。何か重点的に調べてほしいことはありませんか？」

「『アクア・メンタルクリニック』に関することを、データの中から吸い出してください。どんなことでもけっこうです。二人が、どのくらい『アクア・メンタルクリニック』のサイトにアクセスしていたか、とか……」

「わかりました」

「それから、ハードディスクを調べることで、二人の共通点が見えてくるかもしれません。それにも留意するように伝えてください」

「共通点……？　例えば、どんな……？」

「ハードディスクは脳の一部だという話を、昨日しましたね？　ハードディスクの中の様子を見れば、その人物が、だいたいどのような趣味や性癖の持ち主だったかがわかるはずです」

「わかりました。それも伝えておきます」

碓氷は言った。

「じゃあ、出かけてきます」

碓氷が立ち上がると、すぐに紗英も立ち上がった。


南青山の『アクア・メンタルクリニック』を訪ねると、受付にはやはり助手の持田奈緒子がいた。

昨日と同じく地味な印象があった。碓氷を見ると、彼女はほほえんだ。営業スマイルだろうか。それとも、医院の方針として、相手が誰であろうと、笑顔を心がけているのだろうか。

「昨日はどうも……。できれば、今日も院長先生にお話をうかがいたいのですが……」

持田奈緒子は、それでも笑顔を絶やさなかった。

昨日もそうだった。突然訪ねてきた警察官に対して、不審そうな顔や迷惑そうな表情を見せないのは珍しい。

「ちょっとお待ちください。都合を聞いてまいります」

持田奈緒子が席を立った。

碓氷は、彼女の笑顔に好感を持っていた。たしかに地味な印象があるが、その笑顔はなかなか魅力的だった。

持田奈緒子はすぐに戻って来て、碓氷に告げた。

「すぐに、お入りください、とのことです」

彼女は、昨日と同じ出入り口をてのひらで示した。

碓氷はうなずいて、そちらに進んだ。

ノックをしてドアを開ける。

昨日とまったく同様に、水沢院長が立ち上がって碓氷たちを迎えた。今日も、座って話をするつもりはなさそうだ。

院長は、昨日同様に落ち着いて見えた。ただ、どうして警察が連日やってくるのかを訝《いぶか》しんでいる様子だった。

碓氷は言った。

「ご迷惑とは思いますが、またお話を聞かせてください」

「クライエントのことは、お話しできませんよ。それは、昨日はっきりと申し上げたはずです」

彼女は、決して怒っている様子ではなかった。理解できるように辛抱強く説明している、という感じだった。

碓氷は頭を下げた。

「はい、それは充分に承知しております。実は、昨日お話をうかがって、署に戻り検討したところ、またしても、いろいろと質問したいことが出てまいりまして……」

「どんな質問でしょう?」

「瀬川は、ずいぶん頻繁にこちらに通ってきていたらしいですね? なんでも週に一、二度は来ていたとか……」

水沢院長は、困ったような表情になった。

「本当に、クライエントのことは、お話しできないんです」

「では、一般論でおこたえいただけますか? クライエントがここに通ってくる頻度に差があると思うのですが、それはなぜですか?」

「いろいろな理由があります。クライエントのご都合であったり、ご希望であったり……」

「どのくらいの頻度で通うかは、クライエントが決めるということですか?」

「一概にそうとは言えませんが、まあ、そういうことが多いと思います。こちらは、なるべく、クライエントのご希望に沿うようにしておりますから」

「頻繁に通われるクライエントの方がいらっしゃるのは事実ですね?」

「ええ……」

「その理由は?」

「多くの場合、強い不安感をお持ちだからですね。不安神経症やパニック障害と呼ばれるクライエントの方が、頻繁にいらっしゃる傾向があります。逆に、鬱病《うつびょう》の方はあまり頻繁にはいらっしゃいません。躁鬱病《そううつびょう》のクライエントの躁状態のときも、来院は頻繁になります」

相変わらず、水沢院長の口調には淀みがない。かといって、あらかじめ用意されたこたえのようでもなかった。

あくまでも、素直に質問にこたえているという印象だ。

「院長先生に好意をお持ちになって、頻繁に通ってこられるクライエントの方も、おいでなのでしょうね？」

「好意を持たれるというのは、とても重要なことです。それは信頼に通じます。この仕事は信頼されるということが、何より大切なのです」

こちらが一般論でこたえてくれと言ったので、水沢はそれで押し通すつもりだ。

おそらく、こちらが瀬川のことを言っているのだと気づいているはずだ。碓氷は、さらに踏み込むことにした。

「男性のクライエントの中には、院長先生と個人的に親しくなりたいと考える人もいるのではないでしょうか」

「それは、多くの女性の臨床心理士が、必ず一度は直面する問題ですね。不安を抱えておられるクライエントから、私たちは親身になって話を聞きます。そこには、他人が入り込めない特別な関係が生まれます。親や兄弟、友人にも話せないような話を、私たちは聞くことになります」

「それで、勘違いするクライエントが出てくる、と……」

水沢はかぶりを振った。

「あながち勘違いとは言えないのです。本人が本当に好きだと思ったら、それは本当の恋愛感情なのです」

「あなたは、それにどういうふうに対処なさるのですか？」

「プロであるという自覚が支えになってくれます。クライエントとはお付き合いできない。それを、理解していただきます」

「しかし、治療は続けるのですね？」

「クライエントがそれを求める限りは続けます」

水沢院長の話が、あまりに優等生的なので、碓氷はちょっと皮肉ってみたくなった。

「まるで、水商売のホステスみたいですね」

水沢院長は、目を大きく見開いた。

精神医療の専門家を水商売呼ばわりでは、さすがに怒ったか、と碓氷は思った。

水沢が言った。

「そうなんですよ。一流のホステスさんというのは、何人ものお客さんと、疑似恋愛ともいうべき関係を築いておられる。一流の心理学者も顔負けです。そういう方法論は、私も学びたいと思うくらいです」

その表情は、活き活きとしていた。どうやら本気で言っているようだ。

この人は、ある種の無邪気さを持っている。そんな気がしてきた。

それが、碓氷を戸惑わせた。

この、素直で前向きな女性が、潜在意識に働きかけて、他人を自殺や犯罪に駆り立てた。それを考えると、どうも違和感があった。

理由がまるでわからない。

瀬川の感情を持て余して、彼を排除しようとしたのではないか。

そんなことを考えてみた。だが、それだと残りの六人の説明がつかない。

次の質問が思いつかず、碓氷は紗英を見た。

紗英が碓氷の視線を受けて言った。

「暗示によって、自殺や殺人を誘導することはできない。あなたは、そうお考えでしたよね?」

「それが、催眠療法の世界では常識です。本能による忌避が最優先されますから……」

「しかし、本人が自殺や殺人に対して、強い衝動を抱いている場合は、話が違ってくるのではないでしょうか」

水沢院長は、真剣な表情で考えはじめた。やがて、彼女は言った。

「たしかに、本能による忌避が絶対ではないと主張する学者や実践家はおります。私たちは、人の心の全てを把握できているわけではありません」

「フロイトがイドと呼んだ、精神活動の根源は、深く、複雑です。そして、その上位にある自我、超自我に比べて、はるかに広い領域を持っています。イドは、快楽原則に基づいて、本能の赴くままに要求を出します。そして、その快楽原則は、個人によって多くのバリエーションを持っているはずです」

「自我が、その要求を抑え、超自我が、さらに道徳的、社会的であろうとします。あなたが、おっしゃりたいのは、何らかの方法で、超自我や自我を抑制したら、イドの欲求がそのまま行動に表れるということですね？」

「はい」

水沢院長は再び、かぶりを振った。

「それは、多くの心理学者が否定していることです」

「肯定している者もいます。そして、それが不可能ではないと、私は考えています」

水沢院長は、真剣な表情だった。だが、それは、追い詰められた者の真剣さとは別だった。

専門家同士が議論するときの態度だった。興味深そうに眼を輝かせている。

「そうなのかもしれません。そして、催眠術とか暗示というのは、そうした事柄を確かめるために役立つのかもしれません」

「それを、お認めになるのですね？」

「ある程度は認めます。しかし、実際のところは、何とも言えません。私は、そういう手法を使いませんから……」

「催眠療法をされないことはわかりました。しかし、だからといって、その他の暗示をお使いにならないとは限りません」

「もしかしたら、カウンセリング中に何らかの暗示を使っているかもしれません。医者なら、誰でもやっていることですが、クライエントを安心させることで、治療の効果を上げることができますから……。いわゆるプラセボ効果はばかにできません」

碓氷も、プラセボ効果のことは知っていた。偽薬効果のことだ。権威ある医者が与えれば、偽薬も効くことがあるのだ。

紗英は、しばらく水沢院長を見つめていた。やがて、眼を伏せて、それから碓氷のほうを見た。質問は終わったという意味だ。

碓氷は言った。

「ここの経営者である、津本常典さんについて、いくつか質問があるのですが……」

「津本について……?」

水沢は、初めて今までと違った反応を見せた。眉をひそめたのだ。

碓氷は、それを見逃さなかった。

急に話題が変わったので、戸惑っただけなのかもしれない。

だが、何か訊かれたくないことがある可能性もある。

碓氷の勘は、後者だと告げていた。

15

碓氷は、水沢院長に対する質問を続けた。

「津本常典さんは、たしかＩＴ関係の会社を経営されているのですね？」

「はい。シンガポールに本社があり、ほとんどそちらにおります」

「それが、どうしてこのような医療機関の経営も手がけておられるのですか？」

「正確に言うと、医療法人の理事という立場です」

碓氷はうなずいた。

「ええ、そうでしたね。あなたが理事長で、助手の持田さんと、津本さんが理事ということになっています。ですが、実質的に、津本さんが出資なさったのでしょう？」

「そうです。クリニックの立ち上げの資金などは、すべて面倒を見てもらいました。しかし、その後はクリニックの経営も順調で、確実に利益を生んでいます。つまり、津本の投資は、今のところ成功しているということです」

「投資？　津本さんが、このクリニックのためにお金を出されたのは、投資が目的だったということですか？」

「ええ、もちろんです。津本は、ＩＴ関連の会社でまず成功をおさめ、その後、さまざまな事業に投資をしてきました」

「例えば、どんな事業ですか？」

「エンターテインメント系のコンテンツ事業とか……」

「カタカナが多くて、どうもわかりにくいですね……」

「要するに、動画や音楽などの権利を管理するような仕事です」

「なるほど……。ネットで配信したりできますからね……。そういう仕事に出資されるというのは理解できます。しかし、医療法人というのは、ちょっとぴんと来ないんですがね……」

「実は、私がお願いしたのです」

「つまり、津本さんと個人的なお付き合いがあったということですか？」

「彼は、シンガポールや東京で、よく異業種の人たちが情報交換をするためのパーティーを開きます。私もそのパーティーに参加したことがありました。アメリカ留学から戻ったばかりの頃です。そこで、津本と知り合い、いろいろと話をするようになったのです」

水沢院長は、津本との関係を隠そうとはしていないようだ。

「個人的に親しくされていたということですね？」

「ええ、まあ……」

「それで、医療法人に投資することをお願いしたと……」

「津本が、私の実力を認めてくれて、私の夢に投資してくれたのです」

「夢……？」

「そうです。自分のクリニックを持ち、一人でも多くのクライエントを助けたい。それが、学生の頃からの夢でした」

「たしかに、クリニックの経営が順調だということは、津本さんの投資が成功したことを意味しますね」

「はい」

「津本さんにとってのメリットは、それだけでしょうか？」

水沢院長は、怪訝な顔になった。

「質問の意図がわからないのですが……」

「つまり、投資して自分も医療法人の理事に名を連ねることで、あなたとの関係がより強固になったわけですよね？」

今度は、戸惑ったような表情を浮かべる。

「あの……。先ほどから、刑事さんは、私の異性関係を問題にされているようですが、それはなぜなのでしょう？」

今度は、碓氷が戸惑う番だった。

「いえ……。別に問題視しているわけではありません」

「クリニックの経営のために、私が女性であることを利用しているとお考えなのかもしれませんね。そして、このクリニックを開くに当たっても、女性であることを利用したと……」

「いえ、そうは申しておりません」

「たしかに私が男だったら、津本は出資してくれなかったかもしれません。だからといって、そのことを警察に責められる理由はないと思います」

たしかに水沢院長の言うとおりだった。警察があれこれ言うことではない。

だが、碓氷は、津本の名前を出したときの、水沢院長の反応が気になっていた。

個人的に親しいということは否定しなかった。では、いったい、津本との間に何があるのだろう。

碓氷の旗色が悪くなったと見たのか、紗英が言った。

「津本さんにお会いして、直接お話をうかがうことはできませんか?」

「そういうことは、私にお訊きになる必要はないでしょう」

「シンガポールまで会いに行けば、話が聞けるということですか?」

「津本は、東京とシンガポールを行ったり来たりですから、東京で彼に会うことは可能だと思います」

「今度いつ、東京にいらっしゃるか、ご存じですか?」

「さあ、私はよく知りません。持田に訊けばわかるかもしれません」

碓氷は、その口調が気になった。

おおむね丁寧な話し方をする水沢だが、そのときは、冷ややかな口調に思えた。

紗英は気づいただろうか。おそらく気づいているはずだと、碓氷は思った。

紗英が言った。

「持田さんに、ですか？　持田さんのほうが、津本さんのスケジュールについて詳しいのですか？」

「私のスケジュール管理も、彼女がやっています。おそらく、津本のスケジュールについても聞いているはずです」

穏やかで丁寧な口調に戻った。

紗英がうなずいた。

「では、後で持田さんにうかがってみることにします」

「そうしてください」

紗英が、碓氷のほうを見た。

碓氷は言った。

「お忙しいところを、お邪魔しました。そろそろおいとまします」

「刑事さんがお考えになっていることは、間違っていません」

「え……？」

「私は、利用できるものは何でも利用します。学歴も、アメリカで暮らしていたという経験も……。そう、女であることだって、必要なら利用します」

「お気を悪くされたのなら謝ります。おっしゃるとおり、誰でも自分の優れている点や特徴を利用するものです」

水沢院長は、にっこりと笑った。

「刑事さんは、私が女性として優れていると言ってくださっているのでしょうか？」

「魅力的な方だとは思います」

「あら、ありがとうございます」

碓氷は、妙に居心地が悪くなり、言った。

「では、失礼します」

部屋を出ると、まっすぐに受付に向かった。助手の持田奈緒子に声をかける。

「すいません、ちょっとうかがいたいのですが……」

彼女は、例の笑顔を碓氷に向ける。

「何でしょう？」

「津本さんのスケジュールはおわかりでしょうか？」

持田奈緒子は、笑顔のままこたえる。

「ええ、ある程度なら……」

「今度、いつ東京にいらっしゃるか、ご存じですか？」

「今日の夜に着く予定ですが……」

「今夜……。滞在は、どのくらい……？」

「二、三日だと思います。いつも、そんな感じですので……」

「どこに行けば、津本さんにお会いできますか？」

「さあ……。私も細かなスケジュールを把握しているわけではないので……。滞在するホテルはわかりますが……」

碓氷は、そのホテルを訊いた。お台場《だいば》にあるホテルだった。

紗英が持田奈緒子に尋ねた。

「津本さんが日本にいらっしゃることを、水沢院長はご存じなのですか？」

碓氷に見せたのと同じ笑顔を紗英に向け、持田奈緒子がこたえた。

「さあ、どうでしょう……。院長は、一度聞いたとしても、そういうことはすぐに忘れてしまうので……」

「忘れてしまう……？」

「ああ見えても、ちょっと天然のところがあるんですよ。スケジュールとかは、私が管理しないと……」

碓氷は尋ねた。

「津本さんが日本に来られるのに、院長は会われないのですか？」

持田奈緒子が、きょとんとした顔になる。

「え、どうしてですか？」

「どうしてって……。その、いっしょにクリニックを経営しているんでしょう？　いろいろと打ち合わせとか報告とかあるんじゃないですか？」

「津本は、クリニックの経営そのものには、直接口出しはしません」

「でも、院長と津本さんは、お親しいのでしょう？」

「もちろん、ずいぶん前からの知り合いだということですが、津本が日本に来るたびに院長と会うわけではありません」

「なるほど……」

碓氷は言った。「では、またお邪魔するかもしれませんので、よろしく」

持田奈緒子は、相変わらず笑顔のままだった。


碓氷と紗英が、新宿署の特命班室に戻ると、すぐに鈴木係長が尋ねた。

「院長はどうだった？」

碓氷はこたえた。

「瀬川が好意を持っていたことをほのめかして揺さぶってみようと思いましたが、逆襲されそうになりましたよ」

「逆襲……？」

「異性関係を問題視しているのかと切り返されました」

「そんなことで動じるウっさんでもあるまい」

「いや、動揺しますよ。さらに、院長は、こんなことを言いました。クリニックの経営や開業の際に、女性であることを利用したとしても、警察にそれを責められる理由はない、と……」

「開業の際に……？」

「ええ」

碓氷は、津本がクリニックに出資した経緯を説明した。話を聞き終わり、鈴木が言った。

「ただの投資じゃない。ウッさんは、そう考えているわけだな？」

「誰だってそう考えるでしょう。美人の女医に、ＩＴ長者です」

「だが、実際はどうなんだろうな……」

「俺の考えていることは間違っていない。院長はそう言いました」

「つまり、男と女の関係であることを認めたわけか？」

「そういうことだと思います。そして、こうも言いました。私は、利用できるものなら、何でも利用する、と……」

「開き直ったわけか？」

「そういう感じではありませんでしたね。素直に認めたという印象でした」

「まあ、院長が言うとおり、もしそうであっても、警察があれこれ言う問題じゃない」

「ええ……。ただ……」

「ただ、何だ？」

「津本の名前を出したときの、院長の反応が、ちょっと気になったんです」

「院長の反応？」

「それまでは、冷静で穏やかだったんですが、津本の名前を聞いたとたんに、眉をひそめたんです。彼の話題が出たのを、唐突に感じたのかもしれませんが、どうも、津本のことになると、口調が冷ややかになったような気がしました。それについては、藤森心理調査官の印象というか、意見も聞きたいのですが……」

鈴木は、紗英を見て尋ねた。

「どうでした？」

「私も、碓氷さんと同じことを感じました。それ以外の話題のときは、院長の口調は穏やかで理性的なのに、津本さんの話題になったとたん、明らかに少し感情的になりました」

鈴木が聞き返した。

「感情的に……？」

「はい、間違いありません。水沢院長は、津本さんとの間に、何か感情的な問題を抱えているのかもしれません」

鈴木が、慎重な口調で言った。

「それは、かつてはいい仲だったが、今はうまくいっていない、というようなことだろうか……」

紗英がうなずいた。

「その可能性は高いと思います。そして、それには助手の持田奈緒子さんが関わっているのではないかと思います」

碓氷は、この言葉に驚いた。

「どうして、そう思うんだ？」

「津本さんのスケジュールなら、持田さんに訊けと、水沢院長は言いました。彼女は、医療法人の理事長なのです。助手の持田さんが、理事である津本さんの来日の予定を教えないはずがないんです。また、二人の関係を考えると、津本さんが、水沢院長に直接予定を教えていたかもしれません」

碓氷は言った。

「院長は、けっこう天然で、そういうことをすぐ忘れてしまうと、持田奈緒子は言っていた」

紗英がかぶりを振った。

「水沢院長が、一度聞いた津本さんの予定を忘れるはずがありません。彼女は、今でも津本さんに対して強い関心を抱いているはずです」

「強い関心？」

碓氷は尋ねた。「それは、惚れているということか？」

「単純な好意ではないと思います。水沢院長は自己達成能力が高い方です。逆に言うと、思い通りにならないことがあると、我慢できないタイプだとも言えます」

「思い通りにならないこと？　それは、津本との関係が、思い通りにならないということか？」

「はい。おそらく、そういうことだと思います」

「そして、その原因が、助手の持田奈緒子にあるのかもしれない、と……」

「はい」

鈴木係長が、碓氷に言った。

「俺たちは、興信所じゃないんだ。別に、誰と誰が付き合おうと、別れ話が持ち上がっていようと、知ったこっちゃない。そうだろう?」

「たしかにそうですが、どうも気になります」

「何が、どう気になるんだ?」

「二人の自殺と、二件の殺人、そして、三件の性的な犯罪の被疑者たちが、すべて『アクア・メンタルクリニック』に通っていた。これは、偶然ではあり得ません」

「それは、わかっている」

「臨床心理士である院長が、何らかの方法で、七人を操ったと考えられます。しかし、動機がまったくわからない。院長が、他人を操って、自殺させたり、犯罪者にしたりする理由がわからないのです。クリニックとしては、クライエントから自殺者や犯罪者が出たりするのは、えらいマイナスイメージになるじゃないですか」

「それはそうだな……」

「院長だけを見ていては、動機がわからない。でも、院長の人間関係を見ていけば、何か見つかるかもしれません」

「例えば、どんなことが考えられる?」

「そうですね……」

碓氷は、考えた。

「院長は、津本を困らせたいのかもしれません。津本がクリニックに出資したのは、投資目的だと、院長が言っていました。クリニックの評判が落ち、経営が傾けば、結果的に投資の失敗ということになります」

鈴木係長は、碓氷の言葉を聞いて、首を横に振った。

「ウっさん、そりゃ無茶だ。津本を困らせるためだけに、二人を自殺させ、二人に殺人をやらせたってのか？　津本を困らせたいのなら、もっと簡単な方法がいくらだってあるだろう」

紗英が言った。

「私も、係長と同じ意見です。当てつけが目的だとしたら、もっと手軽で効果的な方法があるはずです。水沢院長は、とても頭がいい方ですから、そういう方法を選択するはずです。それに、『アクア・メンタルクリニック』は、院長の夢だったのです。その評判を自ら落とすようなことをするとは思えません」

碓氷はうなった。

「思いつきで言ってみただけだよ。つまり、俺が言いたいのは、人間関係が、院長に何らかの動機を与えているかもしれないということだ」

紗英がうなずいた。

「その点については、私もそう思います」

鈴木が碓氷に言った。

「わかった。それで、次はどうする？」

「津本と持田について洗ってみますよ。明日は、津本に会いに行ってみるつもりです。それと、また『アクア・メンタルクリニック』を訪ねて、今度は、持田からじっくり話を聞いてみようと思います」

「いいだろう」

鈴木がうなずいた。

碓氷は、水沢院長、津本、そして持田の三人の関係について、あれこれと考えはじめた。

水沢にとって、津本は、夢を叶えてくれた恩人だ。津本が、水沢の実力だけでなく、その容姿も大いに評価していたのは間違いない。

つまり、二人は、利害が一致していた。そして、おそらくは、互いに異性として魅力的だと感じ、そうした関係も持っていたに違いない。

だが、いつしかそういう関係に変化が生じた。そのきっかけとなったのが、持田奈緒子なのかもしれないと、紗英は言う。

なるほど、それはあり得ることだと、碓氷は思った。

さすがに心理学の専門家だ。院長の表情や口調の変化、会話の内容から、人間関係を読み解いてみせた。

この調子で、どうやって人を操って自殺させたり、人を殺させたりしたのかを、彼女にぜひとも、突き止めてもらわねばならない。

碓氷はそう考えていた。

16

「津本は、一九九〇年代に日本国内で、ソフトウエアとシステムの開発会社を立ち上げましたが、あまりうまくいかず、結局会社を畳むことになったようです」

朝の会議で、高木が報告した。

自殺や殺人について調べていた係員たちも、今は『アクア・メンタルクリニック』の調べに回っている。

高木は、津本の経歴などを調べていた。

「当時彼は、日本の規制や、法人税の高さ、そして銀行の中小企業に対する冷遇のせいで会社がうまくいかなかったと周囲に言っていたようです」

梅原が、ふんと鼻で笑った。

「負け犬の遠吠えじゃないの?」

高木が、梅原に言った。

「だが、その後、彼はシンガポールで同じような事業を始め、立派に成功させている」

梅原は何も言わず、肩をすくめた。

高木の話が続いた。

「その後、津本の会社は、システムやソフトウエアの開発だけでなく、インターネットによる物販や、音楽・映像の配信など、事業を拡大し、順調に成長しました」

「ITバブルってのは、要するにそういう会社の株が異常なほど高騰したことがあったってことだろう？」

梅原が言った。「システムだのネットだのってのの自体が、それほど儲かるわけじゃない」

高木がこたえた。

「たしかに、二〇〇〇年くらいにITバブルは崩壊するわけだが、津本の会社は、ITバブル崩壊の影響をあまり受けなかった。当時、まだ規模が小さかったことが、逆に幸いしたらしい。小回りが利いたんだな」

鈴木係長が高木に質問した。

「津本に犯罪歴はないんだな？」

「ありません」

「何という会社なんだ？　彼の会社は？」

「『カレントアクティブ・コーポレーション』です」

「日本とシンガポールを行ったり来たりしているということだが……」

「日本にも関連企業や取引先があるようです」

「社長自ら、取引先を訪ねるというのか？」

「重要な取引先は、直接社長が話をするようですね。それに、『アクア・メンタルクリニック』の他にも、投資をしている法人があるようです」

「それは、何の法人だ?」

「学校法人ですね。システムエンジニアなどを育成する専門学校のようです」

「なるほど……。そこで優秀な人材を育てて、会社で使うというわけだな」

「そういうことですね。『カレントアクティブ社』の関連企業は、ほとんどがIT関係で、唯一の例外が『アクア・メンタルクリニック』というわけです」

「それが、津本と水沢院長の関係を如実に物語っているとも言えるな……」

高木がうなずく。

「そうですね。もし、相手があの美人の女医でなければ、出資する気にはならなかったかもしれないですね」

鈴木は、難しい顔になって言った。

「津本がどんな理由で出資する気になったかなど、本来、我々警察が関知すべきことじゃない。だが、ウっさんが、こう言うんだ。水沢院長だけ見ていては、動機がまるでわからない。院長の人間関係を調べることで、何かが見えてくるかもしれない、と……」

高木がうなずいて言った。

「その可能性は、大いにあると思いますね」

鈴木が言った。

「では、全員で、水沢院長とその周辺の人間関係を洗うことにする」

捜査員たちが、出かける準備を始めた。

碓氷は、紗英に言った。

「俺たちも出かけるとするか……」

「はい」

二人が外出しようとすると、鈴木係長が声をかけた。

「あ、藤森心理調査官……」

「はい」

「どうやって七人を操ったのか……、その方法について、何かわかりましたか？」

「すいません。それについては、まだ……」

「専門家として、何か考えをお聞かせ願えれば、ありがたいのですが……」

紗英はしばらく、何事か考えてからこたえた。

「水沢院長は、催眠術を使わないと言いました。そして、それは嘘ではないと思います。調べればすぐにわかることですから……。でも、催眠術や暗示を使わなくても、人の心を操ることは可能です」

「いわゆるマインドコントロールというやつですね？」

「はい。洗脳もその一種です。洗脳の技術については、二人の科学者が大きな役割を果たしました。一人はソ連の、イワン・パブロフ。もう一人は、カナダのドナルド・ヘッブです」

「パブロフって、あの『パブロフの犬』のパブロフですか？」

「そうです。条件付けに関するパブロフの研究から、ソ連の洗脳の技術が生まれたと言われています。同様に、ヘッブの感覚遮断の実験から、アメリカの洗脳技術が発達したと言われています」

「洗脳というのは、具体的にはどういうふうにやるのですか？」

「パブロフの条件付けについてはご存じですね？」

鈴木がこたえた。

「たしか、犬に餌をやるときにベルを鳴らすんでしたね。すると、ベルを鳴らすだけでも、よだれを垂らすようになる……」

「はい。洗脳は、その条件付けの次の段階を利用します」

「次の段階？」

「条件付けをした後に、ベルを鳴らしても餌を与えたり与えなかったりするわけです。すると、ベルを聞いても反応しなくなったりします。さらには、小さなベルの音には反応するけれど、大きな音には反応しないといったような不思議な現象が起きるのです。要は、混乱状態に陥ってしまうわけです」

「なるほど……」

「さらに、条件付けをした犬を、溺れさせるなどの危機的な状態に置くと、その条件は消え去ってしまいます。心的外傷によって、条件が消失するのです。人間でも、命が危ないほどの危機的な状況に置かれ、心的外傷を受けた場合、それまで信じていたものが、まったく役に立たないと感じ、行動様式や価値観が逆転してしまうことがありますよね」

「それまで信じていたものが、まったく信じられなくなり、新たな価値観が生まれるというわけですね」

「そうです。このような混乱状態や、信じていたものが崩壊した状態にある人に、別の価値観を与えてやれば、それを信じるようになるのです。それが洗脳です。また、さきほども言いましたが、ヘッブの場合は、感覚遮断を利用します」

「感覚遮断というのは……？」

「まず直方体のカプセルをいくつも作りました。二十ドルの日給で、二十二人の被験者を雇い、このカプセルの中にどれくらいとどまっていられるかを実験したのです。被験者たちは、目隠しとぶあつい手袋をします。スポンジの枕には、スピーカーが内蔵されていて、シャーッという音が聞こえてきます。つまり、すべての感覚を遮断されてカプセルの中に横たわっているのです」

「じっと横たわっているだけなのですか？」

「要求すれば、用を足したり、食事をしたりできます」

「それなら、何日でもいられそうなものだ」

「ところが、二十二人のうち、二十四時間以上カプセルにとどまれた者は、半分の十一人にすぎませんでした。それだけでなく、被験者たちに異常なことが起きはじめたのです。被験者の何人かが、カプセルを出た後も、時間や場所が認識できなくなったりしたのです。さらに、何人かは幻覚を見たり、被害妄想になったりしました」

「感覚を遮断しただけで……」

「そうです。ヘッブは、さらに次の段階に進みました。ノイズの代わりに、超常現象に関するテープを、被験者に聴かせたのです。すると、カプセルに入る前には、まったく興味のなかった人が、その後熱心に、超常現象について調べはじめたのです。実際に超常現象を体験したと主張する人まで出はじめました。実は、ヘッブの実験は、ＣＩＡの洗脳研究の一環だったのです」

話を聞いて、碓氷はしばらく考えていた。そして、紗英に言った。

「二人の自殺者と、五人の犯罪者が、水沢院長によって、生死に関わるような体験をさせられたり、感覚遮断をされたりしていたということか？」

「その他にも、洗脳の技術は存在します。パブロフの研究がアメリカに伝わり、オペラント条件付けという手法が確立されました。これは、簡単に言うと、飴と鞭です」

「なんだか、ものすごく普通のことのように聞こえるな」

「そう、好ましい行動をしているときには、ご褒美をあげ、好ましくない行動をしたときには罰を与えるという、実に当たり前のことを徹底するだけなのです。しかし、それを適切に行えば、効果は抜群だと言われています」

鈴木係長が言った。

「それなら、カウンセリング中にやることは可能ですね」

「可能です」

碓氷は言った。

「いや、もし水沢院長が彼らを洗脳したのだとしたら、その変化に周囲の者たちが気づくはずだ。聞き込みをしたが、自殺した二人も殺人の被疑者二人も、特に変わった様子はなかったと、周囲の者たちは言っていた」

紗英がうなずいた。

「たしかにそうですね。洗脳された者たちは、明らかにその前とは態度や発言内容が変化します。私は、催眠術や暗示という手段を用いなくても、他人を操ることは可能だということを説明したかったのです」

鈴木係長が紗英に質問した。

「それで、あなたは、どういう手法が使われたのだと思いますか？」

紗英が一瞬、戸惑いの表情を見せた。

「私は、催眠術や暗示という手法が一番可能性が高いと思っています。しかし、水沢院長が催眠術を使わないと言っていることも、本当だと思います」

碓氷は言った。

「その矛盾に、あんたは戸惑っているんだな？」

紗英がうなずいた。

「無意識の蓋を開けるのに、催眠術が一番適していることは間違いありません」

「わかりました」

鈴木が言った。「今うかがったことを参考にさせていただきます。催眠術や暗示が一番可能性が高いが、その他の手法も不可能ではない。そういうことですね？」

「はい」

鈴木が碓氷に言った。

「ウッさん、俺は課長にこれまでの経緯を報告してくる」

「俺もいっしょに行きましょうか？」

「いや、予定どおり、津本に話を聞きに行ってくれ」

「わかりました」

碓氷は、紗英とともに、港区台場一丁目のホテルに向かった。


フロントで尋ねると、津本は部屋にいるということだった。

碓氷は部屋を訪ねることにした。

チャイムを鳴らすと、しばらくしてドアが開いた。三十代前半と思われる女性が顔を出して言った。

「どちら様でしょう？」

碓氷が警察手帳を出すと、その女性は手にとって確認したいと言った。碓氷は、紐を付けたまま手帳を相手に手渡した。

彼女は、碓氷の身分証をじっくりと眺めてから手帳を返却し、言った。

「警察の方が何のご用でしょう？」

「津本さんに、ちょっとお話をうかがいたいんですが、あなたは……？」

「秘書の河村《かわむら》と申します。ご用件は、私が承ります」

碓氷は、河村を見据えて言った。

「警察の用事ってのは、それじゃ済まないんですよ。本人から話を聞かないとね」

河村が冷ややかに言った。

「では、アポイントメントを取って、後日おいでください」

「警察は、アポも取らない。なぜかわかりますか？　事前に質問に対するこたえを用意されたり、証拠を湮滅《いんめつ》されたりするからです」

河村は、あくまでも無表情だった。

「しばらくお待ちください。本人の意向を聞いて参ります」

碓氷はうなずいた。

こうした聞き込みや事情聴取は、任意捜査だ。あくまでも、善意による協力が前提で、もちろん拒否できる。

だが、刑事はなるべく、相手にそれを知られたくない。刑事の尋問は、あたかも強制力があるかのように思わせたいのだ。

当然ながら、ある程度法律の知識がある相手には通用しない。

河村が戻ってきて、碓氷に告げた。

「お入りください。十分ほどなら、お話しできるとのことです」

そこはスイートルームで、会議用の大きなテーブルのある部屋が付いていた。関連会社の社員らとは、ここで会議や打ち合わせをやるのだろう。

津本は、その会議用のテーブルに向かって座っていた。

碓氷は確認した。

「津本常典さんですね？」

「そうです。まあ、おかけください」

聞き込みで着席を勧められることは珍しい。たいていは、話が長くなることを嫌うので、立ったまま話をしようとする。

碓氷は、津本の向かい側の椅子に腰を下ろした。その隣に、紗英が座った。

「『アクア・メンタルクリニック』について、ちょっとうかがいたいことがありまして……」

碓氷がそう切り出すと、津本は落ち着いた様子で言った。

「あのクリニックがどうかしましたか？」

こういう場合、相手の質問にこたえてはいけない。質問するのは刑事の側だということをわからせなければならない。

「あなたが、あのクリニックに出資されているというのは、事実ですね？」

「ええ、そうです」

「医療法人の理事という立場でもある……」

「医療法人といっても、形だけのものですよ。院長が理事長で、その他に理事が二人いるだけです」

「医療法人の理事としての、実質的な活動はされていないということですか？」

「理事会には出席しますよ。まあ、それだけですね」

「メンタルクリニックに興味を持たれたきっかけは？」

「メンタルクリニックそのものよりも、むしろ水沢院長に興味がありましたね。彼女はアメリカで最新の臨床心理学を学んできたばかりで、可能性に満ちていました。人柄も魅力的なので、開業すれば必ず繁盛するに違いないと確信しました」

「院長のほうから、出資について申し入れがあったそうですね」

「ええ。私が事業を拡大したいという話をした折だったと思います」

「水沢院長とは、個人的なお付き合いがあったのですか？」

「はい。お付き合いしていました」

津本は平然とこたえた。

その態度は、自信に満ちていた。口調は丁寧だが、どこか傲慢な感じがする。

「かなり親しく付き合われていたのですか？」

「かなり親しく、というのが、どういうことかよくわかりませんが、まあ、男と女として一般的なお付き合いをさせてもらっていました」

「今も、お付き合いは続いているのですね？」

「ええ、まあ……。しかし、私は東京とシンガポールを行ったり来たりだし、彼女も多忙になってきて、なかなか食事をする時間もないありさまですね」

「今回は、院長とは会われないのですか？」

「予定が合いませんでした。今回は諦めました」

「では、今回の来日は、クリニックとは無関係というわけですね？」

「いや、院長の助手とは会う予定です。会計報告を受けることになっていますから」

「持田奈緒子さんですね？」

「そう、持田君とは会うことになっています」

「いつ会われる予定ですか？」

「今夜です」

碓氷はうなずき、ちょっと間を取ってから尋ねた。

「最近、クリニックに変わったことはありませんか？」

「変わったことですか……」

津本は、しばらく考えてからこたえた。「いえ、特に変わったことはありませんね。経営は順調です」

「院長に変わった様子は？」

「いえ、ないと思います」

「診療の内容についてはご存じですか？」

「よくは知らないですね。私は心理学についてはまったく素人ですし……」

「院長は、催眠術を使ったりはされないのでしょうか？」

「催眠術ですか？　さあ、どうでしょう。私にはわかりません。本人に訊いてみたらどうです？」

「訊いてみました。そのこたえの裏を取ろうと思いましてね……」

「私にはわかりません」

碓氷は、またうなずき、紗英を見た。紗英が、津本を見つめて尋ねた。

「日本で起業されたときは、失敗に終わったのですね？」

「ええ、もう昔の話ですがね……」

「失敗の原因は、政府の規制の多さとか、法人税の高さ、そして、銀行が相手にしてくれなかったからだとか、周囲の方々に言っていらしたそうですね」

「そんなこともありましたね。私も若かったんです」

「今ではもう、そういう考えではないということですか？」

津本の表情が変わった。彼は、にやりと笑って言った。

「いや、実は今でも、当時と同じように思っていますよ」

17

　碓氷は、津本に尋ねた。

「ずいぶんと成功されているようですが、それでも昔のことが忘れられないということですか？」

「人生は短いんですよ。政府の規制や、税制、銀行の無能のせいで、どれだけ時間を無駄にしなければならなかったか。それを思うと、腹が立ってしょうがない。私は、日本の銀行とはもう付き合わないし、日本に法人税や所得税を納める気はありません。まあ、そんなものは、政府や大手銀行にとって、痛くも痒《かゆ》くもないでしょうが、せめてもの抵抗ですよ」

「意趣返しというわけですか？」

「そうです。私は怨みは決して忘れません。私のような経営者が、どんどん増えればいいのです。そうすれば、ばかな官僚や、無能な銀行が、多少は慌てるかもしれない」

「日本の銀行は、そんなに無能ですかね？」

「本来のバンカーというのは、企業の可能性を見極めるものです。なのに、日本の銀行は、徹底した担保主義だ。つまり、財産のあるやつにしか金を貸さない。それは、バンカーとしての役割の放棄ですよ。だから、日本ではベンチャー企業が育たない。規制の多さも企業活動の妨げとなっている。日本の国力が衰えたのは当然の成り行きですね」

「それでも、あなたは、こうして頻繁に日本を訪れている。そして、関連企業を日本に持たれているのですよね？」

「何だかんだ言っても、生まれ育った国ですから、いろいろとコネクションがあります。ただそれだけの理由ですね」

碓氷は、うなずいて、話題を変えた。

「持田さんとは、どの程度の頻度で会われていますか？」

津本の表情が変わった。ひどく不愉快そうな顔になった。

「何のために、そんなことを訊くんですか？」

「帰国のたびに会われているのですか？」

「なぜ、そんな質問をするのか、と訊いているんです」

「お二人は、医療法人の理事同士でしょう？　持田さんは、水沢院長の助手で、スケジュール管理も彼女がやっていると聞きましたので、あなたとも密に連絡を取り合っているのかと思いまして……」

津本は、眼を伏せて、不愉快そうな表情のままこたえた。

「今回のように会計報告を受けたり、事業計画について説明を受けたりすることがあります」

「帰国するたびに、会われるのですか？」

津本に、わずかだが迷いが見て取れた。

「毎回というわけではありません」

「毎回ではない……。では、どの程度ですか？」

彼は、また迷っていた。ひょっとしたら、返答を拒否しようかどうか、迷っているのかもしれない。

やがて、彼は言った。

「毎回ではないが、ほとんどの場合、会っています」

「会うときは、水沢院長もいっしょですか？」

「必ずしもいっしょとは限らない。今回のように水沢院長と予定が合わないこともあります」

「持田さんと二人きりでお会いになる頻度は、どれくらいですか？」

「いったい、何が言いたいんです？　私が持田と会うことが、何だと言うんです」

「『アクア・メンタルクリニック』にあなたが出資するに当たり、水沢院長と個人的なお付き合いがあったことが影響したという話はうかがいました。そして、あなたは、そのお付き合いがまだ続いていることを、お認めになった。でも、お二人の関係は最近、あまりうまくいっていないのではないかと思いまして……。水沢院長にお話をうかがって、そう感じました」

「だから、それが持田と何の関係があるんですか？」

「それを、あなたからうかがいたいのです」

津本は、じっと碓氷を見つめていた。碓氷も見返した。

やがて、津本はにやりと笑った。

「ふん、警察は何でもお見通し、というわけですか？」

碓氷は、何も言わなかった。ここは、津本にしゃべらせたほうがいい場面だ。

「たしかに、最近、水沢との間はちょっとぎくしゃくしている。それは、私が持田と頻繁に二人きりで会うようになったことが原因なのでしょう。水沢は、たいへんプライドが高い。自分の助手と私が個人的に会っていることに、腹が立つのだと思います」

「持田さんとは、頻繁に会われているのですか？」

「たしかに、頻繁かもしれません。帰国したときは、ほとんど会っています。しかし、私と持田は、あなたが考えているような関係ではありません」

「私がどう考えているとお思いですか？」

「私が、水沢と持田に二股をかけているとお考えなのでしょう。でも、それは違います。私と持田は、男女の関係ではありません」

「ほう……。では、どうして頻繁に会われているのですか？」

「私は、持田の実力を高く評価しているのです」

「何の実力ですか？」

「臨床心理士としての実力です。彼女は、医師免許を持っていないので、いわゆるクリニックを開業することができず、水沢の助手という立場に甘んじていますが、臨床心理士としての実力は、もしかしたら水沢以上かもしれないと、私は考えています」

「先ほど、あなたは、心理学にはあまり詳しくないと言われましたね」

「ええ」

「それなのに、持田さんの臨床心理士としての実力がおわかりになるのですか？」

「心理学に詳しくなくても、優秀かどうかはわかります。患者の扱いなんかを見ていればね。それに、彼女には実績があります」

「実績……？」

「水沢と知り合う前、彼女は大学病院で働いており、周囲の評判も高かった」

「大学病院……？」

「ええ。癌《がん》や難病と告知された患者の、メンタルケアを担当していました。最近は、そういうケアを行う病院が増えているのです」

「どこの大学病院ですか？」

「東都《とうと》医大附属病院です」

「そこを辞められた理由は？」

「水沢がスカウトしたからですよ」

「持田さんが、『アクア・メンタルクリニック』で、カウンセリングなどを行っている、ということでしょうか？」

「それは、クリニックで訊いてください。私は実情をよく知りませんから……」

「持田さんから、いろいろと聞いておられるのではないですか？」

津本は、西洋人のように肩をすくめた。

「実際にカウンセリングや治療を行うのは院長だけのようです。持田は事務仕事やスケジュール管理をやらされているのではないでしょうか」

「それについて、持田さんは不満に思われているのでしょうか？」

「もちろん不満でしょうね。大学病院ではそれなりに責任を持つ立場でカウンセリングをやっていたはずですから……」

「持田さんの実力を高く評価していると言われましたね？」

「ええ」

「彼女とお会いになって、どんな話をするのですか？」

「悩みや不満を聞きます。彼女には、はけ口が必要ですからね。皮肉な話ですが、私がカウンセラー役をやっているわけです」

「それだけですか？」

「それが、今の彼女にとって、最も重要なのです。他に何があると言うのです」

「例えば、持田さんを独立させるとか……」

津本は、かぶりを振った。

「先ほども言ったように、彼女は医師免許を持っていないので、クリニックを開業できません。ですから、独立など不可能なんです」

「では、どこか医療機関を紹介するとか……」

「私には、そんな伝手《つて》はありません」

そのとき、紗英が言った。

「水沢院長と話をして、持田さんの待遇を改善することは不可能ではないですよね？」

津本は、紗英をしばらくじろじろと観察してからこたえた。

「話をすることはできますね」

「そして、持田さんは、あなたにそれを期待しているのではないですか？」

「彼女が何を期待しているかは、本人に訊いてください。私にはわかりかねます」

紗英は、それきり質問をしなかった。

津本が時計を見た。

「十分という約束でしたが、もう二十分も経ってしまった……」

その言葉を潮に、碓氷は引きあげることにした。


碓氷と紗英がホテルを後にしたのが、十一時少し前。十一時五十分には、新宿署の特命班室に戻っていた。

室内には、鈴木係長と予備班の連中だけが残っていた。他の捜査員たちは皆、聞き込みに出かけているようだ。

鈴木係長が尋ねた。

「どうだ？」

碓氷がこたえた。

「最近、水沢院長との仲がぎくしゃくしていて、その原因が、助手の持田奈緒子と頻繁に会っていることだと、津本が認めました」

「水沢院長が、腹を立てているということだな？」

「ええ。院長はプライドが高いので、自分と持田が個人的に会っていることに腹を立てているのだろうと、津本が言っていました」

鈴木係長が紗英に尋ねた。

「院長は、思い通りにならないと我慢できないタイプだと言っていましたね？」

「はい。津本も同じような意味で、プライドが高いと言ったのだと思います」

おや、と碓氷は思った。

たしか、紗英は津本を「さん」づけで呼んでいたはずだ。今、彼女は津本を呼び捨てにした。刑事たちが呼び捨てなので、自分もそうすることにしたのだろうか。どうでもいいことかもしれないが、碓氷は気になった。

だが、その理由を紗英に尋ねる前に、鈴木係長が言った。

「その三者の関係が、水沢院長の動機と結びつくか？」

碓氷はしばらく考えなければならなかった。

「そうですね……。感情のもつれは、犯罪の動機になり得ますが……」

紗英が言った。

「嫉妬やそれに起因する怒りなどが、犯罪の動機となる場合、被害者は直接の対象者でなければなりません」

　碓氷は言った。

「相変わらず、あんたの言っていることはわかりにくいが、つまり、こういうことか？　水沢院長が嫉妬のために犯罪者となる場合、津本か持田が被害者になる、ということだな？」

「そういうことです」

「だが、今回はそうではない……」

「はい。クリニックのクライエントが、不可解な形で自殺し、あるいは人を殺した……。仮に、彼らがマインドコントロールか催眠術の被害者だとしても、感情のもつれが動機の犯罪の被害者ではあり得ない気がします」

　鈴木係長が眉をひそめた。

「それは、どういうことなんです？」

「理論的には、二つのことが考えられます」

「二つのこと……？」

「はい。一つは、動機がまったく別物であるということ。そして、もう一つは、犯人が水沢院長ではない、ということです」

　それを聞いて、碓氷は動揺した。

「事件を起こした七人が『アクア・メンタルクリニック』に関わっていたんだ。そして、彼らは、水沢院長の治療を受けていた。あのクリニックでカウンセリングや治療をしているのは院長だけだ」

鈴木が碓氷に尋ねた。

「カウンセリングや治療をしているのが院長だけだというのは確かなんだな？」

「津本もそう言っていました」

碓氷は、津本が持田奈緒子と頻繁に会っていた理由を説明した。話を聞き終えると、鈴木は言った。

「なるほど、持田奈緒子は、カウンセリングをやらせてもらえず、事務仕事やスケジュール管理だけをやらされていることを不満に思っているわけだな？」

「彼女は、かつて東都医大の附属病院で、メンタルケアの仕事をしていたそうです。水沢院長にスカウトされて助手になったということですが……」

「大学病院でのキャリアを捨てていっしょに働きはじめたら、デスク仕事ばかりやらされているというわけか……。持田が水沢院長を憎んでいても不思議はないな」

「持田は津本に、クリニックで臨床心理士らしい仕事ができるよう、院長を説得してもらうことを望んでいる。藤森心理調査官は、そう考えているようです」

鈴木が紗英を見た。紗英がうなずいて言った。

「持田さんが津本に会おうとした最大の理由はそれだったに違いありません」

碓氷は言った。

「持田の不満や悩みを聞くために、津本は彼女と会っていた……。それを院長が誤解したということでしょう」

碓氷の言葉を聞いて、紗英が言った。

「誤解と言っていいかどうか……」

鈴木が紗英に尋ねる。

「どういうことです？」

「単に悩みを聞くだけなら、そんなに頻繁に会う必要はないでしょう。会いはじめたきっかけは津本が言うとおりだったかもしれません。でも、何度か会ううちに深い関係になったことは充分に考えられます」

「それはそうですが……」

鈴木係長が戸惑ったように言った。「それは、憶測の域を出ません。本人たちの証言以外にそれを確認する術《すべ》はありません」

「津本は、そういうタイプの男性です」

碓氷は驚いて、紗英に尋ねた。

「どうしてそう思うんだ？」

「彼は、きわめて支配欲が強いタイプです。ほしいものは何でも手に入れなければ気が済まないのです」

「なぜそれがわかるんだ？」

「支配欲が強いタイプの人は、一見理性的に見えます。その理性の陰には、他人を支配できるという自信があるのです。彼は、持田さんとの関係を碓氷さんに質問されて、一瞬怒りを露わにしました。でも、すぐに冷静さを取り戻し、笑顔さえ見せたのです。あの笑いは、支配するのは自分のほうだという自信の表れでした」

碓氷は、津本の笑顔を思い出していた。たしかに、こちらを見下したような笑いだった。

紗英はさらに言った。

「シンガポールで成功した今も、かつての日本のシステムや銀行を怨んでいるというのも、支配型の性格を物語っています。彼は、自分を困らせた相手を決して許さないのです」

「支配欲が強いことはわかるが、だから持田とも付き合っているということになるのか？」

「支配型の男性が、最も支配したがるのは、身近にいる女性なのです。彼は、碓氷さんに、持田さんのことを質問されたときに動揺しました。怒り、そして開き直り、笑って見せました。明らかに、持田さんについては触れられたくなかったのです」

紗英の話をじっと聞いていた鈴木が、独り言のように言った。

「水沢院長が嫉妬したのは、誤解ではなかったということになるのか……。もし、津本と持田が付き合っていることを示す何かを、水沢院長が知っていたとしたら、彼女の怒りはかなり深いものになるはずだ」

紗英が戸惑ったような表情を見せた。

「だとしたら、なおさら、被害者は、津本か持田さんでなければおかしいのです」

「そうですね。わざわざ七人ものクライエントに事件を起こさせる理由がわからない……」

碓氷は言った。

「東都医大附属病院に行って、津本の話の裏を取ってみます。その後は、また持田に直当たりしてみます」

鈴木はうなずいた。

「そうしてくれ」

碓氷は時計を見て、紗英に言った。

「その前に、腹ごしらえだ」

昼の十二時を過ぎていた。

特命班室を出たところで、碓氷は立ち止まり、紗英に尋ねた。

「会う前は、津本さんと、さんづけだったのに、会った後は呼び捨てになったな。なぜなんだ？」

「え……？」

紗英は目を丸くした。「そうでしたか？」

「自分で気づいていなかったのか？」

「ええ、気づきませんでした」

「普通、逆なんだがな……」

「逆……？」

「会う前は呼び捨てでも、会ってからはさんづけになることのほうが多いんじゃないか」

「そうですね。おっしゃるとおりだと思います」

「津本を呼び捨てにするようになった、心理的な理由というのは、何か思い当たるか?」

紗英は、しばらく考えていたが、やがて言った。

「今は、思い当たりませんが、考えてみます」

碓氷はうなずいてから、食堂に向かって歩き出した。

18

医大の附属病院は、どこでも混み合っている。順番待ちの患者が、各フロアにあふれているのだ。

患者たちが一様に機嫌が悪そうなのは、具合が悪いせいというより、待たされる苛立ちのせいだろうと、碓氷は思った。

「病院に来るストレスで、病気が悪化してしまいそうだな」

碓氷が言うと、紗英がこたえた。

「その考えは、案外当たっているかもしれません」

総合受付で、かつてここで働いていた臨床心理士について話を聞きたいと告げると、一言「お待ちください」と言われた。

それきり、しばらく何も言われなかった。大病院の忙しさの前では、警察手帳も何の効力もないようだ。

碓氷は、再び総合受付で同じことを言った。

「お待ちください」

「さっきも、そう言われて待っているんだが、いっこうに誰も何も言ってくれない」

「今、お調べしていますから」

「どこへ行けば話を聞けるかだけ、教えてくれればいい」

「お待ちください」

碓氷は、癇癪《かんしゃく》を起こしそうになった。それを見て、紗英が言った。

「怒鳴っても無駄ですよ」

「何だって？」

「この人たちは、日々クレームと闘っているんです」

「怒鳴られるのに慣れているということか？」

「もう何も感じなくなっているでしょう。苛立った患者が、毎日何十人も文句を言いにくるでしょうから」

「どうすりゃいいんだ」

「大きな病院では、ひたすら待つしかないんです」

紗英の言うとおりにするしかない。碓氷がそう思ったとき、背広姿の男が近づいてきた。眼鏡をかけた痩せた男だ。

「警察の方だそうで……」

「かつて、ここで働いていた臨床心理士について話を聞きたいんですが……」

「臨床心理士ですか。……ということは、おそらく契約ですね」

「契約……？」

「ええ、臨床心理士とか理学療法士は、病院の職員ではなく、ほとんどが契約です。いつごろ働いていた人ですか？」

「そう前のことではないと思う」

「センターの責任者に訊いてみましょう」

「センター？」

「メンタルケア・センターです」

彼は受付の電話を使った。

そんなセンターがあるのなら、受付が直接そこに連絡すればいいじゃないか。

碓氷はそう思ったが、何も言わないことにした。ここでは、何を言っても無駄な気がした。

管理課の男が電話を切ると、碓氷に言った。

「とにかく、行ってみましょう」

「場所を教えてくれるだけでいいんですが……」

「いえ、ご案内しますよ」

おそらく、勝手に病院内をうろつかれたくないのだろう。碓氷は、男について行くことにした。

狭いオフィスに案内され、メンタルケア・センターのセンター長を紹介された。センター長の名前は、石田《いしだ》葉子《ようこ》。おそらく五十代だと、碓氷は思った。ふくよかで優しそうな印象の女性だった。

「持田奈緒子さんでしたら、よく覚えていますよ。とても熱心で、有能な方でしたから」

碓氷は尋ねた。

「ここには、どのくらい勤めていたのですか？」

「一年です」

「たった一年ですか？」

「半年契約で、一度契約を更新したのです。こちらとしては、もっと働いてもらいたかったんですが、向こうのご都合で、二度目の契約更新をされなかったんです」

「その都合について、何か言ってましたか？」

石田葉子は、ちらりと管理課職員の顔を見た。しゃべっていいかどうか、ふと心配になったのだろう。

碓氷は言った。

「心配しないでください。あなたが話されることは捜査情報ですから、外に漏れることはありません」

管理課職員がうなずき、石田葉子が話しだした。

「私としては、ぜひとも契約を更新してほしかったんですよ。でも、他にとてもいいお話があったとかで……。そう言われたら、こちらも強く出られませんよね。報酬は決して高くはありませんでしたし……」

その「とてもいいお話」というのが、『アクア・メンタルクリニック』の話だろう。医療法人の理事というのは、たしかにいい話に違いない。

　だが、実情は大きく違ったというわけだ。

「その後、持田さんと連絡を取られたことは……？」

「ありませんね。冷たいようですけど、こちらも何かと忙しくて……。でもね、たった一年しかいっしょに働いていませんが、彼女の優秀さは、ようくわかりましたよ」

　紗英が尋ねた。

「具体的には、どういうふうに優秀だったのでしょう？」

「ここには、重病を告知された患者さんがいらっしゃいます。絶望されている方も少なくありません。持田さんは、まるで魔法のように、そういう患者さんの心を軽くしてさしあげることができたんです」

「魔法のように？　何か特別の技術をお持ちだったんですか？」

「あら、言葉のアヤですよ。親身に患者さんのお話を聞き、いっしょに的確なこたえを見つける……。私たちには、それしか方法がないんです」

「こたえが見つからないこともあるでしょう」

「もちろんです。でも、患者さんの気持ちを理解し、いっしょに考えることはできます。希望を失った人々にとって、一番辛いのは、いっしょに立ち止まってくれる人がいないことなんです」

「立ち止まってくれる人……？」

「そう。たいていの人は、手を引っぱろうとするの。でも、未来を閉ざされた人を先に進ませようとしてもだめなんです。たぶん、持田さんは、そのことをよくおわかりだったと思うの」

紗英がうなずいた。

碓氷は尋ねた。

「どなたか、持田さんと親しかった方に、お話をうかがえませんか？」

「親しかったと言ってもねえ……」

石田葉子は考え込んだ。「先ほども言いましたけど、六カ月契約なんで、当時持田さんといっしょに働いていた人は、もう残ってないわねえ……」

「そうですか」

「あ、そうそう、一人だけ残っている。年もいっしょくらいなので、親しかったかもしれない」

「その方とお話ができますか？」

「ちょっと待ってください。様子を見てきます」

石田葉子は、オフィスを出て行った。

すると、管理課職員が言った。

「あのお……。いったい何の捜査なんですか？」

「持田さんが現在いっしょに働いている人物を調べることになりまして……。まあ、この病院とは関係がありませんので、あまりお気になさらないでください」

男は、さらに何か質問しようとしたが、そこに石田葉子が、一人の女性を連れて戻って来た。

「岸本麻衣子《きしもとまいこ》さんです」

石田葉子とは対照的に、細身で背の高い女性だった。ケーシースタイルと呼ばれる淡いピンクの診察衣を着ている。髪を後ろでしっかりとまとめていた。

「持田さんのことだとか……」

「いっしょに勤務されていたそうですね？」

「ええ。一年だけですけど……」

「何か特に印象に残っていることはありませんか？」

「優秀な人でしたね」

「そのようですね。それは、石田さんからもうかがいました」

「印象に残っていることと言えば、彼女は常に自分をコントロールする方法を学んでいたように思います」

「自分をコントロールする……？」

「私たちは、親身になって患者さんのお話に耳を傾けなければなりません。毎日何人もの患者さんのお話を聞いていると、中には相手の気持ちに引き込まれてしまう人も出てくるのです」

「なるほど……」

石田葉子が付け加えるように言った。

「だから、私どもでは、半年ごとの契約にしているのです。臨床心理士の方々の心の健康も考える必要がありますので……」

碓氷は、石田葉子にうなずきかけてから、岸本麻衣子に視線を戻した。

「持田さんは、そういう重圧から自分を守る方法を知っていたということですね？」

「はい。彼女は、自己暗示を重視していました。暗示によって、マイナスをプラスに変え、自己実現も可能だと言っていました」

紗英がこの言葉に反応した。

「自己暗示を、患者さんたちにも勧めていたのでしょうか？」

「希望する方には指導していたようです。深い暗示でなくても、それなりに効果はあるものです。例えば、毎日鏡に向かってほほえんでみる、とか、前向きな言葉を独り言でつぶやいてみる、とか……」

「催眠術はどうですか？　彼女は催眠術を習得していたのでしょうか？」

「していたはずです。たしか、学生時代に催眠療法のスクールにも通っていたと言っていましたから」

「それは、どこのスクールですか？」

「そこまでは、聞いていません」

紗英が碓氷を見た。

碓氷は、すぐに鈴木係長に報告したかった。

「いろいろと参考になりました。お忙しいところをお邪魔して、申し訳ありませんでした」

三人にそう告げて、碓氷はメンタルケア・センターのオフィスを出た。

管理課職員がついてきたがかまわず、碓氷はまっすぐ病院の出入り口に向かった。玄関で彼と別れると、碓氷は紗英に言った。

「水沢院長は催眠術を使わない。だが、『アクア・メンタルクリニック』には、催眠術を使える者がいた。そういうことだな」

「はい」

碓氷は、電話を取り出し、鈴木係長にかけて、その旨を伝えた。

鈴木が言った。

「すぐに、持田を洗って、本当に催眠術を使えるかどうかの裏を取る」

「これから、持田を訪ねて、直当たりしようと思います」

「ウッさん、釈迦に説法だと思うが、くれぐれも慎重にな。まだ、持田は参考人ですらない。わかっている事実は、彼女が催眠術を使えるかもしれない、ということだけなんだ」

「了解しました」

電話を切ると、碓氷は紗英に言った。

「持田に会いに行く」

「はい」

「心理学の専門的な話になると思うので、あんたの助けが必要だ」

「わかりました」

二人は、タクシーで『アクア・メンタルクリニック』に向かった。

いつものように、持田奈緒子は、碓氷たちを笑顔で迎えた。

「院長は今、面談中なので、しばらくお待ちいただくことになりますが……」

「いえ、今日は院長先生に、ではなく、あなたにお話をうかがいたくてやってきました」

それでも、持田は笑顔を絶やさない。

「私に、ですか……？」

「よろしいですか？」

「ここを離れられないのですが……」

「ここでいいです」

受付の窓口で話をすることになるが、仕方がない。

「わかりました」

持田の表情は変わらない。かすかに穏やかな笑みを浮かべている。

碓氷は尋ねた。

「今夜、津本さんとお会いになるそうですね？」

「ええ、会計報告をすることになっていますから……」

「これまでも、かなり頻繁に、津本さんと会われていたそうですね？」

「二人とも当院の理事ですから、会うことも多いです」

「理事長である院長先生抜きで……？」

「院長は多忙ですから……。それに、院長は自分の個人的な予定を最優先します。事務的なことは、すべて私が担当しています」

「妙だな……」

「何がでしょう」

「院長と津本さんは、もともと個人的なお付き合いをされていたのですよね？　院長としては、津本さんと会われることを最優先にしそうな気がするのですが……」

持田は、まだ笑顔のままだ。

「二人がお付き合いしていることをご存じなのですね？　私から見ても、二人はとてもいい関係です。二人とも束縛されるのが嫌いなタイプで、それをお互いに理解し合っているのです」

「なるほど……。しかし、最近、お二人の関係は、ちょっとぎくしゃくしているという話を聞きました」

「私にはそうは見えませんが……」

「津本さんご本人からうかがった話なんです。そして、その理由が、あなたと津本さんが頻繁に会われていることだと……」

さすがに笑顔が消えたが、それでも持田は穏やかな表情のままだった。

「もしかしたら、津本は、自分に都合のいいように解釈しているのかもしれません」

「どういうことです？」

「院長は、そんなことで嫉妬したりはしません。最近、二人の関係がうまくいっていないとは、私は思っていませんが、津本がそう言っているのなら、それは、たぶん津本自身が二人の関係に不満を抱きはじめているからではないでしょうか」

「津本さんが、不満を……？」

「おそらく、津本は、自分のスケジュールに百パーセント院長が合わせてくれることを望んでいるのではないかと思います」

「先ほど、あなたは、お二人が互いに束縛しない関係を理解し合っていると言われた。今のお話は、それと矛盾しているのではないですか？」

「必ずしも矛盾はしません。お付き合いを始めた当初は、互いに束縛しない形でうまくいっていました。しかし、すれ違いが度重なり、津本が、不満を抱きはじめたのでしょう」

実に、理路整然としている。

彼女は頭がいい。そして、ただ頭がいいだけではなく、感情が安定しているのだと、碓氷は思った。

「あなたは、ここにいらっしゃる前に、東都医大附属病院に勤務されていましたね？」

「はい」

持田に、まったく動揺は見られない。

普通、自分の過去を刑事に探られたら、不安を覚えるものだ。たいていは、表情を曇らせる。

「そこでは、どんなお仕事をされていたんですか？」

「主に、入院されている患者さんなどのメンタルケアの仕事です」

「それは、やり甲斐のあるお仕事でしたか？」

「もちろんです。とても勉強になりました」

「どのくらいお勤めだったのですか？」

「一年です。六カ月契約で、一度だけ契約更新をしました」

メンタルケア・センターの石田葉子の話と矛盾はない。彼女は、今のところ、事実関係については、一度も嘘をついていないと、碓氷は思った。

「センターでうかがったところ、あなたとは再度、契約更新を望んでいたということですね。契約更新をしなかったのは、なぜですか？」

「院長に、ここのお話をいただいていましたから……」

「医療法人の理事というお話を……」

「はい。でも、それはついでというか……。院長の助手をするというお話が、まず最初でした。私は、そのお話を、たいへん魅力的だと感じたのです」

「……で、実際はどうですか？」

「院長のお仕事を見るだけで、とても勉強になります」

「あなたは、東都医大附属病院で、臨床心理士としての実践的なお仕事をされていた。ここにいらしてからは、事務とか経理とか、院長らのスケジュール管理といった仕事ばかりをなさっているのではないですか？」

「個人医院ですので、そういう仕事をするのは当然です。大きな病院のように医事課があるわけではないので……。でも、ここは、一日のクライエントの数も限られていますし、事務仕事がそれほど忙しいわけではありません。クライエントとのアポイントメントも、たいてい院長本人が受け付けますし……」

「あなたが今の境遇に対して、強い不満をお持ちで、それを津本さんに相談されていた……。そうではないのですか？」

「私は不満を持ってはいませんし、そういう相談を津本にしたことはありません。もし、津本がそう言ったのなら、彼が嘘をついたということになります」

「では、なぜ津本さんと頻繁に会われているのですか？」

「津本に呼び出されるからです。津本と私は同じ理事という立場ですが、あちらは実質的に、このクリニックのオーナーです。呼び出されたら、嫌とは言えません」

津本と持田の話の内容は、かなりニュアンスが違う。そして、どちらもそれなりに信憑性がある。

碓氷は、迷いはじめていた。どちらかが嘘をついている。だが、どちらなのかはわからない。

そのとき、紗英が言った。

「院長先生は、あなたと津本さんが二人で会っていたとしても、嫉妬などされる方ではない。そういうことですね？」

「はい」

持田が、即座に、しかも穏やかにこたえた。「院長が私に嫉妬をする理由などありませんから……」

「そして、院長と津本さんの関係がうまくいっていないと感じているのは、津本さんだけで、院長はそうは感じておられない……」

「私はそう思います」

「でも、院長は、津本さんとのことについて、苛立ちを感じていらっしゃいます。そして、あなたと津本さんの関係を快く思っておられないようです」

「あら、院長がそう言いましたか？」

「口でおっしゃらなくても、会話の内容と表情や態度で、はっきりとわかります」

「参考までに聞かせていただけますか？　院長が何を言って、どういう態度を取ったのか……」

「私たちが院長に、直接津本さんに会えるかどうか、うかがったときのことです」

紗英は、そのときの様子を詳しく説明した。

そうだった。

碓氷は思い出した。あのとき、珍しく院長は感情を表に出したのだ。

話を聞き終わると、持田が感心したように言った。

「まるで、心理学の専門家のようですね」

碓氷は言った。

「専門家なんですよ。彼女は、警察庁の心理調査官なんです」

それを聞いて、持田の表情が初めて曇った。

19

「心理調査官……？　警察にそんなお仕事があるんですね」

持田奈緒子が、感心したような口調で言った。紗英がこたえた。

「ええ、警察官ではなく、一般職員です」

「ＦＢＩにそういう人たちがいるというのを、テレビで見たことがあります」

「アメリカでは、早くからプロファイリングが盛んでしたから……」

「あなたも、プロファイリングをなさるのですか？」

「はい。専門的な勉強をしています」

「それはとても興味深いですね。どのような勉強をされたのですか？」

「基本的には、臨床心理士の勉強と、それほど違わないと思います」

「共通点があることは理解できます。私は、病気で苦しんでいる人たちと日常的に接していました。犯罪者も、ある意味で病気だと見なすことができます」

「犯罪者が病気かどうかは、議論が分かれるところだと思います」

「サイコパスは、日本では精神病質者と訳されます」

「たしかにサイコパスと呼ばれる人たちの脳の働きを測定すると、他者との共感をつかさどる部分の活動が弱いと言われています。しかし、これが器質的な病変かどうかはわからないのです。何かのきっかけで、他者との共感が失われることもあります」

持田はうなずいた。

「重病で抑鬱《よくうつ》状態になっている人たちも、他者に対する共感が失われることがあります」

「そう。サイコパスは特別なことのように思われていますが、極端な言い方をすれば、誰でもサイコパスになる危険性を孕《はら》んでいると言うこともできます」

「それは理解できます。異常かそうでないかの線引きはなかなか難しくて、すべては程度問題ということになります。例えば、清潔好きな人は社会的に好感を持たれますが、それが極端になると潔癖症と呼ばれることになります」

碓氷は、話題を戻そうかどうか迷っていた。心理学の議論をしている時間的余裕はない。だが、もしかしたら、紗英は心理学者として、持田にさぐりを入れているのかもしれないと思った。

ここは、しばらく様子を見たほうがいい。

碓氷は、そう結論を出した。

紗英が言った。

「あなたもご存じのとおり、心理学はすべてが手探りです。集団心理についてはかなりの部分を数値化できますが、個人個人の心理状態については、個別に対処するしかありません」

「そう。おっしゃるとおり、手探りですね」

「ですが、観察と経験則でかなり正確な判断をすることが可能です。たとえば、優秀な心理学者は、高い確率で相手の嘘を見抜くことができます」

持田の表情が少しばかり変化した。それを見て、碓氷は驚いた。これまで見せたことのない表情だった。

彼女は、挑むような笑みを浮かべたのだ。そして、言った。

「私が嘘をついていると思いますか?」

紗英は、その質問にこたえなかった。

「あなたは、優秀な臨床心理士なのですね。でしたら、院長の気持ちに気づいておられるはずです。院長は、あなたと津本さんの関係に気づいて、苛立ちと腹立たしさを感じています」

持田は、笑みを浮かべたままだった。

「もし、そうだとしたら、院長は邪推をしていることになります。私と津本は、やましい関係ではありません」

「お見事ですね」

「何がですか?」

「言葉の選び方が、です。たしかに、お二人は独身ですし、もしお付き合いを始めていたとしても、決してやましい関係ではないからです」

つまり、持田は嘘をついていないことになる。だが、津本との関係を正直に話しているわけでもなさそうだ。

紗英は、その点を指摘したのだ。嘘をついていないのだから、その兆候は見られない。その点が見事だと言ったのだろう。

紗英は、持田が嘘をついていないかどうかを確認している。そして、それを本人に指摘しているのだ。これは、どういうことなのだろうと、碓氷は考え込んでしまった。

持田に、嘘をつかなければならない事情があるということだろうか。

紗英の追及に対して、持田はさらりと言った。

「津本と私が、不適切な関係にあるとおっしゃるなら、それをちゃんと証明していただきたいですね」

彼女の表情は、相変わらず穏やかだったが、口調はやや厳しさを増してきたように、碓氷は感じた。

今度は、紗英が笑みを浮かべた。

「私は、別に責めているわけではありません。あなたが津本さんと、どのようなお付き合いをされていようと、私には関心はありません。問題なのは、院長がそれをどう思っているか、なのです」

持田が、また笑いを浮かべた。

「院長があなたの眼にどのように映ったのか、あるいは、津本が何を言ったかは、私には関係のないことです」

「関係ない？」

紗英が聞き返した。「あなたは当事者なんですよ」

持田はかぶりを振った。

「当事者は、院長と津本です。私は、二人の言い訳にされているに過ぎません」

「言い訳にされている？」

「ええ。もし、二人の関係がうまくいっていないのだとしても、それは私のせいではありません。二人のごく近いところに、私がいるので、彼らは、仲がぎくしゃくしていることを、私のせいにしたいと考えているのでしょう」

碓氷は、持田の言葉を慎重に検討していた。彼女が言っているとおりかもしれない。だが、彼女自身が言い訳をしている可能性もある。

誰だって、他人の仲違《なかたが》いが自分のせいだとは思いたくない。

「それでも、あなたは当事者なのだと思います」

紗英が言った。

「なぜです？」

「二人が、あなたのせいにしたがっているからです」

持田がふと、眉をひそめた。

「私がいなければ、二人はお付き合いがうまくいっていない本当の理由に気づくはずだ……。そう言いたいのですね？」

「ええ、二人が多忙であり、すれ違いが続いたことが本当の理由なのかもしれません。また、院長も津本さんも支配型です。互いに支配しようとしています。それが衝突する原因になったのかもしれません」

持田は肩をすくめた。

「私には、二人がうまくいってないなんて信じられません。二人のお付き合いは、今でも続いていて、それは私にとってはうらやましいくらいの関係なのです」

紗英は、少しだけ間を取った。そして、話題を変えた。

「あなたは、東都医大附属病院でカウンセラーをされているときに、クライエントに自己暗示の方法を教えたそうですね？」

「ええ。それを希望されるクライエントには、方法を指導しました」

「あなた自身も自己暗示を実践されているのですか？」

「日常生活で利用することはあります。気分が落ち込んだときや、強いストレスを感じているときなどに効果的です」

「自己暗示の方法を指導するだけでなく、催眠術も利用されていたのですか？」

「いいえ。催眠術というのは、問題の原因がはっきりしていないときに用いるのが効果的なんです。大学病院のメンタルケア・センターにいらっしゃるクライエントの皆さんの原因は、はっきりしていますから……」

「大学病院では、催眠術は使わなかったのですね？」

「使っていません」

「では、このクリニックではどうですか？」

「ここでカウンセリングや治療を行うのは院長です。私じゃありません」

「でも、あなたは、他人に催眠術をかけることができますね？」

一瞬の間があった。

もしかすると、動揺したのかもしれないと、碓氷は思った。

もし、ここで嘘をついても、紗英がそれを見抜くだろう。持田もそのことはすでに気づいているはずだ。

やがて、持田が言った。

「はい。私は催眠術を学んだことがあります」

「このクリニックで、催眠術を使ったことはありますか？」

「私はここでは、治療やカウンセリングはしません」

「私の質問のこたえになっていませんね」

持田は、小さく深呼吸をしてからこたえた。

「いいえ。私はクライエントの方に催眠術を使ったことはありません」

紗英は、しばらく持田を見つめていた。持田は、穏やかな表情で紗英を見返していた。

そのとき、受付席の背後にあるドアが開いて、水沢院長が顔を出した。

「あら、刑事さん……」

碓氷は頭を下げた。

「どうも……」

「まだ何か……?」

「今日は、持田さんにお話をうかがいたくて参りました」

「持田に……?」

「ええ。いろいろな人にお話をうかがって、確認を取る必要があるんです」

水沢院長は困ったような表情で言った。

「私たちは勤務中なので、都合があるんですが……」

「持田さんにご用がおありなら、どうぞ」

院長は、持田に言った。

「ちょっとこっちに来てくれる? お願いしたいことがあるの」

「はい」

持田は席を立ち、院長とともに、カウンセリングを行う部屋へ消えた。

碓氷は紗英に、小声で尋ねた。

「持田が言ってること、どう思う?」

「彼女は、常に直接回答することを避けているように思えます」

「どういうことだ?」

「持田さんと津本の関係について質問したとき、彼女は、やましい関係ではないとこたえました。二人が付き合っているかどうかの直接のこたえを回避したのです」

「そうだったな……」

「ここで催眠術を使うかどうかを尋ねたときも、彼女は直接その質問にこたえるのではなく、自分はここでカウンセリングや治療はやらないとこたえました。それはおそらく事実なので、嘘をついたことにはならない」

「イエスとはこたえなかった。しかし、ノーとも言っていない。そういうことだな？」

「はい」

「だが、その直後、クライエントに催眠術を使っていないと明言した。あれは、どうなんだ？」

「もし、ここで誰かに催眠術を使ったとしても、それは院長のクライエントであって、持田さんのクライエントではないのです」

「なるほど、うまいこと質問をすり抜けているわけだな」

碓氷は、携帯電話を取り出して言った。

「ちょっと、係長に電話をしてくる。ここで待っていてくれ」

「はい」

碓氷は、受付の前から移動した。持田が戻って来たときに、電話の内容を聞かれたくないと思ったからだ。

鈴木係長に電話をしようと思ったとき、不意に目の前のドアが開いた。そこは、クライエントが出口として使っているドアだ。

そこから持田が現れた。

「あら、こんなところで、どうされました？」

「あ、ちょっと電話をかけようと思いまして」

「そうですか……。あら……」

持田が、碓氷の額のあたりを見つめる。髪がかなり後退した額だ。

「どうかしましたか？」

「ごみがついていますよ」

「ごみ……」

「ほら、髪の毛に……」

持田が手を伸ばしてきた。

その手が額に触れる。次の瞬間、首筋にがくんというショックを感じたような気がした。

気づくと、目の前で持田がほほえんでいた。

「ほら、こんなごみが……」

彼女は、ティッシュの切れ端のような小さなごみを指先に乗せて、碓氷に見せた。

あれ……。あの衝撃は、気のせいだったのだろうか。

持田は、いつものほほえみを浮かべて、碓氷の前を通り過ぎていった。受付に戻るのだろう。

碓氷は、鈴木係長に電話をかけた。

「今、『アクア・メンタルクリニック』に来ています。持田に話を聞いたんですが……」

「何かわかったか？」

「どうも、質問をしても、うまくはぐらかされているようで……」

「彼女には、はぐらかす必要があるということだな？」

「そういうことだと思います」

「彼女が催眠術を使えるという裏が取れた。東都医大附属病院に勤める前のことだが、都内のスクールで催眠術を学んでいる」

「大学病院で同僚だった女性もそのようなことを言ってました。民間の学校ですか？」

「英会話スクールみたいなものだ。数は少ないが、いくつかあるようだ」

「催眠術って、そんなところで身につけられるもんなんですか？　もっと専門的な機関でないとちゃんと学べないような印象があるんですが……」

「俺もそう思っていた。だが、実際にはそういうスクールやセミナーで学ぶしかないようだ。そのスクールの講師によると、持田奈緒子は、ずいぶんと優秀な生徒だったようだ」

「わかりました。詳しいことは、戻ってから報告します」

碓氷は電話を切り、受付の前に戻った。持田と紗英が話をしている。

何の話をしているのだろうと思い、紗英の顔を見た。紗英が言った。

「自己暗示や催眠術は、治療に有効な技術なんですが、水沢院長がお好きではないらしく、このクリニックでは使用することはない。持田さんがそういう話をしてくれていたところです」

碓氷はうなずき、持田に言った。

「都内のスクールで催眠術を学んだそうですね？」

「ええ。大学で心理学を学んでいる頃から、とても興味がありましたので……」

その事実については、否定しなかった。彼女は、正直にこたえるべき質問と、はぐらかすべき質問を、しっかりと区別している。

碓氷はそう思いながら、紗英に尋ねた。

「まだ何か質問はあるか?」

「いいえ」

「では、失礼するとしよう」

碓氷は持田に言った。「お忙しいところをお邪魔して申し訳ありませんでした」

「いいえ、いつでも協力させていただきます」

碓氷と紗英は、クリニックをあとにした。

20

特命班室に戻ったのは、午後三時十分頃だった。碓氷を見ると、鈴木係長が即座に言った。

「報告を聞こう」

「持田奈緒子は、津本との関係を否定しました。水沢院長と津本の仲がうまくいっていないことを、二人は身近にいた自分のせいにしたかったのではないかと、彼女は言っていました」

鈴木が、眉をひそめた。

いっしょにいた紗英も、意外そうな顔を向けてきた。碓氷には、その理由がわからなかった。

鈴木が言った。

「七件の出来事には、催眠術が関わっていると、心理調査官は考えている。そして、『アクア・メンタルクリニック』が関与していることも、ほぼ間違いない」

今さら、何を言ってるんだ。そんなことは、百も承知だ。碓氷はそう思いながら言った。

「そうですね。でも、水沢院長は、催眠術を使いません。それは、嘘ではない」

「だからさ、持田奈緒子が催眠術を使えるんだよ。そのことについて、ウっさんはどう思うんだ？」

「催眠術を使えるってことについては、本人も認めていました。でもね、彼女はあのクリニックで、カウンセリングも治療もやっていないんですよ」

鈴木がまた怪訝な顔をした。紗英も同じような顔で碓氷を見ている。

何だ。何か、俺の報告に不満でもあるのだろうか。

鈴木が言った。

「『アクア・メンタルクリニック』で働いていて、催眠術を使えるという事実は、無視するわけにはいかないと、俺は思う」

「使えるからといって、使ったとは限らないでしょう」

鈴木が、紗英を見て言った。

「心理調査官は、ウっさんが言ったことについて、どう思います?」

紗英は、明らかに戸惑っていた。

「何だ。もしかして、俺に気をつかっているのか?」

碓氷は紗英に言った。「かまわない。言いたいことを言えばいい」

紗英は、困ったような表情のまま言った。

「たしかに、持田さんは、カウンセリングも治療もしていないとこたえました。でも、それは私の質問にこたえることを、うまく回避する言い方でした」

鈴木が尋ねる。

「どういうことです?」

「私は彼女に、クリニックで催眠術を使ったことがあるか、と質問しました。それに対して、彼女はイエスともノーとも言わなかったのです。その代わりに、カウンセリングも治療もしていないという事実を述べたに過ぎないのです」

「ごまかしたということですね？」

「嘘をつくことを避けたのだと思います。嘘をつけば、必ずその影響が表情や行動に表れます」

「持田奈緒子は、あなたがそれを見抜けることを知っていたのですね？」

「私が心理調査官であることを告げていました」

「つまり、彼女は本当のことを言うのを避けたということですか？」

「はい」

「彼女が、クリニックで催眠術を使った疑いが強いということになりますね」

紗英がうなずいた。

「私は、そう考えています」

「つまり、二人の自殺者と、五人の犯罪者を操ったのは、水沢院長ではなく、持田であった可能性が高いということですね？」

「理屈からいけば、そういうことになると思います」

碓氷は、なんだか置いてきぼりを食らったような気分になった。

「待ってくれ。過去に催眠術を学んだことがあるからといって、クリニックでそれを使ったかどうかはわからないだろう」

鈴木が不思議そうな顔で言った。

「持田じゃなければ、誰がやったというんだ？」

「それはわかりません。ですが、持田が瀬川や佐原たちに催眠術をかけたという確証がないんです」

「じゃあ、佐原と白井に確認してみよう。持田に催眠術をかけられたかどうか……」

「当然、そうすべきですね。まあ、佐原たちは、そんなことはなかったと言うでしょうけどね」

「わからんな……」

鈴木が言った。「ウっさんは、どうして急に持田をかばうようなことを言いだしたんだ？　何かつかんでいるのか？」

俺が、持田をかばっている……。そうだろうか。

「いや、俺は慎重になっているだけです。持田がクリニックのクライエントたちに催眠術をかける理由がありません」

「慎重になるのはわかる。だが、持田は突破口になり得ると、俺は思う」

「突破口……」

「そうだよ。これまでは、すべて手詰まりだった。藤森心理調査官も、院長の動機に疑問を持っているようだった。持田は、クリニックでの仕事に不満を持っているかもしれない。詳しく調べれば、動機がわかるかもしれない」

「持田は、津本との関係を否定しているんですよ」

紗英が言った。

「否定はしていません」

碓氷は、思わず紗英の顔を見た。

「頻繁に会っているのは事実だが、付き合っているわけじゃないと言ったじゃないか」

「いいえ。彼女は、やましい関係ではない、と言っただけです。津本と付き合うことを、彼女は、やましい関係だとは思っていないという意味だと思います」

鈴木が、それを聞いて言った。

「だったら、三角関係ということになる。それが犯行に関係しているかもしれない」

「世の中に三角関係の人は山ほどいますよ。それが犯行の動機になるって言うんですか？」

「とにかく、梅原と高木に言って、佐原と白井が、持田に催眠術をかけられたかどうかを確認してもらう」

「わかりました」

碓氷は時計を見た。三時半になろうとしている。

次に何をすべきか。誰に話を聞きに行くべきか。それを考えなければならないと思った。

だが、妙なことに、自宅のことが気になった。

子供たちは無事だろうか。妻は、不満を爆発させていないだろうか。

もしかしたら、妻は俺に愛想を尽かして、家を出て行くかもしれない。

そんな思いが湧き上がってくる。

紗英が鈴木に言った。

「ＳＳＢＣに言って、瀬川さんや原田さんのパソコンに、持田と連絡を取った形跡がないかどうか調べてもらうといいと思います」

鈴木が言った。

「わかりました」

鈴木は予備班の捜査員に、それらのことを指示した。

碓氷は、紗英に言った。

「さっきまで持田さんと呼んでいたのに、今は呼び捨てにしたな？　津本についてもそうだった。何か意味があるのか？」

紗英がこたえた。

「私も刑事さんたちといっしょに行動するうちに、同じような能力が身についたのかもしれません」

「刑事と同じような能力？」

「優秀な刑事さんは、初対面で犯人を当てるんだそうですね。それがかなりの確率だと聞いたことがあります」

「だが、大切なのはその先なんだ。俺たちの仕事は、起訴できてさらに公判を維持できるだけの証拠を集めることなんだ」

「でも、直感は大切です」

「じゃあ、何か？　あんたは、津本や持田が犯人だと思っているわけか？」

「理論的に考えれば、それしかないと思います」

鈴木が黙って碓氷と紗英のやり取りを聞いている。それを意識しながら、碓氷は紗英に尋ねた。

「理論的に、というのはどういうことだ？」

「恋愛など人間関係のもつれが犯罪の動機となる場合、被害者は直接の当事者のはずだと、私が言ったのを覚えてますね？」

「もちろんだ。そして、その説には納得している」

「そこから二つのことが考えられると私は言いました」

「ああ。院長の動機が他にあるか、あるいは院長が犯人でないか……」

「院長が、クリニックで催眠術を使わないというのは、もはや事実だと考えていいでしょう。だとすれば、院長がクライエントに、自殺や殺人を実行させるのは不可能でしょう。でも、持田ならそれができる。こう考えれば、実行犯は、持田しかいないでしょう」

「いや、他の可能性もあるはずだ。院長の他の動機とか……」

鈴木が言った。

「捜査をしているのは、ウッさんや藤森心理調査官だけじゃないんだ。高木も洋梨も、その他の係員も必死で捜査している。それでも、院長の他の動機など出てこないんだ。俺も、心理調査官が言うことが当たっていると思う」

「わかりました」

そう言うしかなかった。だが、なぜか納得できない。

それよりも、やはり家族のことが気になっていた。

子供たちは、無事に学校から帰っているだろうか。妻は、機嫌を損ねていないだろうか。

家族のことなど考えているときではないだろう。捜査は重要な局面に来ている。それは碓氷にも理解できた。

だが、やはり家族のことが頭から離れない。

「ちょっと、失礼します」

碓氷は鈴木係長に断って、特命班室を出た。

電話を取り出して、妻にかけた。

「はい……」

「ああ、俺だ」

「どうしたの？」

「子供たちはどうしてるかと思ってな」

妻はしばらく無言だった。どうやら驚いているようだ。

「何かあったの？」

「どうしてそんなことを訊くんだ？」

「仕事中でしょう？」

「もちろんだ」

「なのに、子供のことで電話をかけてくるなんて……。まさか、脅迫電話とかあったんじゃないでしょうね」

「そんなんじゃない。ただ気になっただけだ。どうなんだ？　春菜と祥一は、学校から帰って来たのか？」

「二人ともちゃんと帰ってるわよ。何なのよ、急に……」

「今日も帰れないかもしれない」

「そんなこと、わかってるわよ」

「家のことを任せきりで、済まないと思ってな……」

「何よ、気持ち悪いわよ……」

「とにかく、謝っておく」

「ねえ、何があったの？　本当に気持ち悪いんだけど」

「この事案が片づいたら、少しは父親らしいことをしたいと、子供たちにも言っておいてくれ」

「本当に変よ。冗談なの？」

「言いたいが、なかなか言えないこともある。それだけのことだ」

「そんなこと言われると、気になって仕方がないんだけど」

「別に気にしなくていい。今まで言えなかっただけのことだ。じゃあな」

「ちょっと待って」

「何だ？」

「ちゃんと帰ってくるんでしょうね？」

「当たり前だ。どうしてそんなことを訊く」

「突然電話かけてきて、変なこと言われたら、心配になるじゃない。仕事が仕事なんだから」

「俺の仕事のせいで、苦労をかけてばかりだな」

「そんなこと、今さら言ってもしょうがないでしょう。本当にだいじょうぶなの？」

「俺はだいじょうぶだ。じゃあな」

碓氷は電話を切った。

振り向くと、特命班室の戸口の前に紗英が立っていて、碓氷は驚いた。

「何だ？」

紗英が言った。

「奥さんに電話ですか？」

「ああ、そうだ。それがどうした」

「どうして急に、奥さんに電話を……？」

「家族に電話をして、何が悪い」

「悪いと言っているわけじゃありません。でも、碓氷さんがご家族に電話されるのを初めて見たものですから……」

碓氷は、気恥ずかしくなってそっぽを向いた。

「忙しいと、つい家族をないがしろにしてしまう」

「いつも、それを気にされていたんですね？」

「気にしていたというほどじゃないが、まあ、一家の大黒柱だから、気にはかけているさ」

「でも、今日は気になって仕方がなく、電話をせずにいられなかった……。そうですね？」

碓氷は、紗英を見た。

「どうして、そんなことを言うんだ？」

「確認したいんです。そうなんですね？」

「自宅に電話したことが、何か問題なのか？」

「そうじゃありません。今の碓氷さんのお気持ちを知りたいのです」

「俺の気持ち……？」

「どういう気持ちで、奥さんに電話されたんですか？」

「そりゃあ……」

碓氷は、口ごもった。

自分でもなぜだかよくわからない。だが、いつも心の隅で、家族のことを気にかけていたのは事実だ。

「なぜだか急に、子供のこととかが気になってな……」

「電話せずにはいられなかったということですね？」

「そうだ」

「持田奈緒子の件もそうなんですね？」

「持田の件……？」

「理屈では、彼女が怪しいのは明らかだと思っている。でも、つい彼女をかばいたくなってしまった……。そうじゃないですか？」

碓氷は考え込んでしまった。

紗英に言われた内容を考えていたのではない。どうして紗英がそんなことを言うのかと思案してしまった。

「係長にも言ったが、俺は慎重になっているだけだ」

「係長はそうは感じなかったと思います。私も、です」

「何が言いたいんだ？」

「持田奈緒子が犯人でなければいい……。そんな思いがあり、それが大きく増幅してしまったのでしょう。ご家族のことを思う気持ちが異常に増幅してしまったように……」

碓氷は、眉をひそめた。

「いったい、あんたは何を言っているんだ？　わかるように説明してくれ」

「碓氷さんは、持田奈緒子に催眠術をかけられたのです」

「何だって……」

「いわゆる、後催眠《ごさいみん》という手法です。暗示をかけられ、それが覚醒時に何かのきっかけで発動するのです。きっかけは、キーワードであったり、何かの音であったりと、さまざまです。おそらく、碓氷さんの場合は何かの言葉だったと思います」

「待ってくれ。俺がいつ持田に催眠術をかけられたというんだ。そんな時間はなかったはずだ」

「すぐれた術者は、ほとんど一瞬にして相手を催眠状態にすることができるそうです。おそらく、持田もそういう技術を持っているに違いありません」

「それにしても……」

碓氷は、『アクア・メンタルクリニック』でのことを思い出していた。「持田に話を聞いているとき、ずっとあんたがいっしょだった。催眠術をかけられる場面などなかったはずだ」

「二人きりになったときがあるはずです」

「そうか……」

碓氷は思い出した。「俺が係長に電話をかけたときだ。俺は受付の前を離れた。すると、すぐ近くにあったドアから持田が出てきた」

紗英はうなずいた。

「その時だと思います」

「しかし、持田は、ただ俺の前をすり抜けていっただけだ……」

「おそらく、碓氷さんがそう思っているだけでしょう。何秒か、あるいは何十秒か、時間が飛んでいるはずです」

「時間が飛んでいる？」

「はい。その間の記憶がないんです。一瞬にして催眠状態にされて、それから暗示をかけられたのだと思います」

「じゃあ、そのせいで、俺は持田を犯人じゃないと言いだしたのか？」

「持田は、自殺者や殺人犯たちにやったのと同じことを、碓氷さんにもしたのだと思います。つまり、潜在意識の蓋を開けたのです」

「だから、心の隅で気にかけていた家族のことが、気になってたまらなくなったということか……？」

「そうです。とても大切だと思っていながら、潜在意識の底に沈んでいた家族への思いが噴出したわけです」

「それで、電話をかけずにいられなかったんだな……」

「そういうことだと思います」

「だが、持田の件はそれでは説明がつかない。俺は、持田のことをかばおうなんて、これっぽっちも思っていなかった」

「理屈ではそうでしょう。でも、もしかしたら、彼女が犯人でなければいいと、心のどこかで思っていませんでしたか？」

碓氷は、しばらく考えてから言った。

「もしかしたらそうかもしれない。彼女は犠牲者だと思いたかったんじゃないかと思う」

「犠牲者……？」

「東都医大附属病院で働いていれば、もっと自分自身の能力を活かせたんじゃないか……。それなのに、彼女は、水沢院長と津本のせいで、事務処理やスケジュール管理といった仕事をやらされるはめになった……。そんなことを考えていた」

「碓氷さんがそう考えるように、彼女はうまく誘導をしていました」

「誘導……？」

碓氷は驚いた。「いったい、どういうふうに……」

「碓氷さんと話すとき、彼女はたいてい笑顔でした。これは、ごく単純なことですが、効果的です」

「効果的……？」

「相手に好意を持たせるために……。そして、好意を持った相手を疑うのは抵抗があるものです。持田は、それを利用したのです」

「まさか……。だとしたら、持田は会った瞬間から、俺を操ろうとしていたことになる。そんなことが可能だろうか」

「ただ一人、可能な人物がいます」

「ただ一人……？」

「自殺者や殺人犯たちに催眠術をかけた犯人です。もし、持田が犯人だったら、警察が訪ねてきた目的をすぐに悟ったはずです。ならば、最初から碓氷さんを誘導することは可能だったでしょう」

「なるほどな……。ところで、俺の後催眠とやらは、どうやったら解けるんだ？」

「今の私の説明を聞くことで、すでに解けていると思います」

「かけた本人でないと解けない、なんてことはないのか？」

紗英が笑った。

「魔法じゃないんですよ」

「催眠術だの後催眠だのってのは、俺にとっては魔法みたいなものだ」

「後催眠のキーワードが気になるのでしたら、念のために私が解除してさしあげましょうか？」

「キーワードがわかるのか？」

「碓氷さんと私が、特命班室に戻ってきてからのことを思い出してみました。係長が最初に碓氷さんに声をかけました。そして、こう言ったのです。報告を聞こう……」

「そうだったかな……」

「『報告』というのがキーワードになっていたに違いありません。警察では頻繁に使われる言葉ですから……」

「……で、あんたは、そのキーワードの解除ができるのか？」

「私も、催眠術の心得はありますから」

碓氷は驚いた。

「それは初耳だな。水沢院長にも持田にも……、いや俺たちにもそんなことは一言も言わなかったじゃないか」

「必要以上に警戒されると思ったもので……」

「じゃあ、暗示を解いてもらうことにしよう。その後で、係長と話し合わなければならない」

「持田に催眠術をかけられたことを話すんですね？」

「それもあるが、もっと重要なことだ」

「何です？」

「俺たちもあんたも、持田を犯人と呼んでいるが、いったい何の犯人なんだ？　彼女の法的な罪を確定しないと、犯人とは呼べないんだ」

「そうですね」

持田が催眠術をかけたとして、それがどのような罪になるのか。それがはっきりしなければ、これまで自分たちが調べたことの意味がない。碓氷は、そう思った。

21

紗英は、その場に立ったままで、後催眠の解除を始めた。

「目を閉じてください。できるだけリラックスして」

碓氷は言われたとおりにした。

「これから私が十まで数えます。私が数え終わったとき、碓氷さんにかけられた暗示は消えます」

はっきりとそう言われることで、碓氷は安心した。紗英がゆっくりと声に出して数えはじめた。

そして、十まで数え終えると言った。

「軽く伸びをしてから目を開けてください」

碓氷は目を開けた。

別に何か変わったという自覚はなかった。

「これでいいのか？」

紗英がほほえんだ。

「はい。終わりました」

「じゃあ、鈴木係長に話をしよう」

碓氷と紗英は特命班室に戻った。鈴木係長が碓氷のほうを見た。

碓氷は言った。

「今日、ここに戻って来て言ったことは、忘れてください」

鈴木が怪訝な顔をする。

「どういうことだ？」

「俺は、どうやら持田奈緒子に、催眠術をかけられたようです」

「何だって……」

「藤森心理調査官によると、『報告』という言葉が引き金になる後催眠だろうということです。持田奈緒子は、最初に会ったときから、俺を操作しようと考えていたようです」

鈴木係長は、まだ理解できないような顔をしている。

「話を聞きに行って催眠術をかけられたというのか？　いったいどうやって……」

「ほんの短時間ですが、持田と二人きりになったんです。持田が院長に呼ばれてカウンセリングルームに行きました。その間に係長に電話をしようと、受付の前を離れたんです。俺は、カウンセリングルームの出口のあたりにやってきました。電話をかけようとしていると、出口のドアが開いて、持田が顔を出したんです」

今まで忘れていたそのときの状況を、ありありと思い出した。

「彼女が俺の額に触りました。ごみが付いているとか言って……。彼女は、手にティッシュの切れ端のようなものを持っていました。それが俺の額についていたんだと……」

「そのときに催眠術をかけられたというのか？」

「記憶はないんです。首に衝撃を受けたような気もしますが、それも気のせいのように思えて……。彼女が俺の額に触れて……。次の瞬間には、ティッシュの切れ端のようなものを手にほほえんでいました」

紗英が言った。

「おそらく、数秒間、あるいは数十秒間、記憶が飛んでいるのだと思います」

鈴木係長は紗英を見て、それから碓氷に視線を戻した。

「ウッさんは、たしかに俺に電話をかけてきた。あれは、その後だったのか？」

「ええ、そうです。まさか、催眠術をかけられたとは思いませんでした」

「それで、ここに戻って来てからの報告の内容が妙だったんだな……」

「持田は何もしていない。そんな気がしていたんです。そして、家族のことが妙に気にかかって、女房に電話しちまいましたよ」

鈴木係長が言った。

「梅原と高木から電話があってな……。佐原も白井も、持田から催眠術なんてかけられていないと証言したようだ。それで、俺は戸惑っていたんだが……」

碓氷はうなずいて言った。

「佐原も白井も、催眠術をかけられたことに、気づいていない可能性があります。俺のように……」

鈴木が言った。

「持田が七人に催眠術をかけた可能性がおおいに高まったということだな。それを、ウっさんが、身をもって確かめてくれたわけだ」

「まず間違いないでしょう。でなければ、持田が俺に催眠術をかける必要などないはずです」

「最初に会ったときから、ウっさんを操ろうとしていたと言ったな？」

「そうだと思います。持田は、警察が訪ねてくる理由を知っていたのです」

「持田に捜査員を張り付かせよう」

鈴木は、すぐにその段取りを組んだ。高木たち二人組が、まず張り込みを始めることになった。

それから、彼は固定電話の受話器に手を伸ばした。

「課長と連絡を取ってみる」

二度電話を切ってはかけ直した。会話が終わると、受話器を置き、鈴木が言った。

「警視庁本部にいるそうだ。話を聞きたいと言っている。ウっさんも来てくれ」

「わかりました」

「それと、藤森心理調査官も、お願いします」

三人は、本部庁舎に向かった。


捜査一課長室に着いたのは、午後四時二十分頃だった。

決裁を求める人々の列があったが、田端課長は、鈴木係長を最優先で部屋に招き入れた。

「シゲさん、院長の助手が催眠術をかけたって？」

「その可能性が、きわめて高いと思います」

「何といったっけな、その助手は……」

「持田奈緒子です」

「『アクア・メンタルクリニック』が事件に関与していたことは間違いなかった。だが、関与していたのは院長ではなく、その持田奈緒子だったということか？」

「そういうことだと思います」

「どうやってそれを確かめた？」

「持田が、過去に催眠術を学ぶスクールに通っていたことを確認しました。そこの講師によると、とても優秀な生徒だったようです」

「しかし、それだけじゃ決め手にはならん」

「ウっさんが、実際に持田に催眠術をかけられたのです」

田端課長は驚いた様子で、碓氷を見た。

「そいつは、本当かい、ウスやん」

碓氷はこたえた。

「ええ、やられました。藤森心理調査官によると、『報告』というのがキーワードになっていて、その言葉を聞くと、効果を発揮する後催眠だろうということです。彼女から事情を聞いて、新宿署に戻ったとき、係長が『報告を聞こう』と言ったのです。すると、自分ではまったく意識していないのに、俺は持田を弁護するようなことを言いだしたのです」

「後催眠か……」

「はい。藤森心理調査官に解いてもらいました」

田端が紗英を見ると、彼女は言い訳するような口調で言った。

「すでに、後催眠とキーワードのことを話した時点で、暗示は解けていたと思います。念のために解除をやっておきました」

田端課長が、紗英に尋ねた。

「ウスやんは、持田を弁護しはじめたそうですね。そういう暗示をかけたということですか？」

紗英はかぶりを振った。

「いいえ、そうではありません。どんな暗示でも本人が望んでいないことを強制することはできません。本人がやりたいと思っていることをやってしまうだけのことです」

課長は、眉をひそめた。

「つまり、ウスやんが、持田を弁護したいと思っていたということですか？」

「そういうふうに誘導されていました」

「誘導……？　具体的にはどうやったんです？」

「持田は、碓氷さんと初対面のときから、ずっとほほえみかけていました」

「ただ、それだけですか？」

「常にほほえみかけるというのは、実はたいへん効果的なのです。もちろん、碓氷さんは持田を疑っていました。でもそれは、職業意識の上であって、潜在意識では彼女が何もしていないでほしいと願うようになっていたのです」

碓氷は顔をしかめて言った。

「なんだか、ひどく恥ずかしい話をされているような気がしますね……」

「その後、碓氷さんは、奥さんに電話をされました」

田端課長が言った。

「奥さんに電話することは、別に珍しいことじゃないと思うが……」

碓氷は言った。

「俺にとっちゃ、珍しいことなんですよ。仕事仕事で、家族のことなんて、あまり顧《かえり》みない生活を続けてきましたからね……」

紗英が言った。

「おそらく、碓氷さんは、そのことをずっと気にかけておいでだったのだと思います」

碓氷は肩をすくめた。

「たしかにな……。いつかは女房とちゃんと話をしなけりゃならないと思っていた」

田端課長が言った。

「まあ、刑事なんて誰でも、多かれ少なかれそんなもんだ」

碓氷は何とこたえていいかわからなかった。

「はあ……」

課長は係長に言った。

「二件の自殺と二件の殺人が、同じ日のほぼ同じ時刻に起きたことのからくりがようやくわかったってわけだ。持田には張り付いているのか?」

「はい。ですが……」

「何だ?」

「持田はいったい、何の罪になるんです? 自殺も殺人も、彼女が手を下したわけじゃないんです」

「催眠術でどの程度他人を操れるかで、罪状は変わってくると思う。もし、催眠術をかけられた者が、完全に自分の意思を奪われるというのなら、実行犯は心神喪失ということで、催眠術をかけたやつの間接正犯ということになる」

「つまり、実行犯の罪は問えなくなり、催眠術をかけた者が罪に問われるということですね」

「二人の自殺者が、心神喪失の状態だったとしたら、催眠術をかけた者は、殺人犯ということになるだろう。また、二つの殺人の実行犯が心神喪失状態だった場合も、催眠術をかけた者が、殺人の間接正犯ということになる」

つまり、実行犯ではなく、自殺や殺人をやらせた者が罪に問われるということだ。

鈴木係長が言った。

「三件の性的な犯罪についても、心神喪失だったとしたら、催眠術をかけた者が犯人ということになりますね」

「もし、持田一人が七人に催眠術をかけたのだとしたら、けっこうな量刑になるな」

田端課長はそこまで言って、紗英を見た。「どうです？　七人が催眠術をかけられたとして、どの程度自由意思を奪われていたと思いますか？」

紗英は即座にこたえた。

「何かをキーワードとした後催眠だったのだと思いますが、その場合、心神喪失というほど意識をなくすことはなかったと思います」

鈴木係長が言った。

「佐原は、事件の夜の記憶が、しばらく途絶えていると証言しています。眠っていたようだと……。白井も同様の証言をしています。事件のことを覚えていないんです。これは、心神喪失状態と言えるのではないですか？」

「これは、何度も言ったことですが、どんなに催眠術が巧みでも、被術者が望まないことを実行させることはできないのです。自殺した二人も、人を殺した二人も、実行したときは強い衝動を持っていたはずです。つまり、術者は、その衝動に対する抑制を取り除いたに過ぎないのです」

田端課長が尋ねた。

「じゃあ、どうして二人は記憶がないのでしょうね？」

「それも後催眠の可能性があります。恐ろしいことはすべて忘れるように、という暗示をかけられていたのかもしれません」

「では、殺人をした二人には、殺意はあったのだ、と……」

紗英は、きっぱりとうなずいた。

「殺意はあったはずです。ただ……」

「ただ？」

「普通の状態では、その殺意が実行に移されることはなかったでしょう」

田端課長と鈴木係長は、顔を見合わせた。二人とも難しい顔をしていた。

鈴木係長が言った。

「もし、催眠術をかけられた者が殺意を持っていたとして、心神喪失ではなく、心神耗弱だったとしたら、実行犯の罪も問えることになりますね」

「そうだな。だが、その場合は犯罪は成立するが、量刑はずいぶんと軽くなるだろう。そして、催眠術をかけたやつは、間接正犯ではなく、教唆犯ということになる」

「それでも、持田を引っぱることはできますね」

田端課長が、さらに難しい顔になった。

「そう。間接正犯でも教唆犯でも、罪に問うことはできる。ただし、持田が七人に催眠術をかけたということが実証されれば、の話だ」

鈴木係長が、腕組みをして低くうなった。

「たしかに、佐原も白井も、催眠術をかけられたとは思っていないようです」

碓氷は言った。

「俺も、藤森心理調査官に言われるまでは、まったく気づかなかったんです」

田端課長が碓氷に言った。

「だが、かけられたことは間違いないんだな？」

「それは、自分にではなく、心理調査官にお訊きになったほうが……」

田端課長は、紗英を見て言った。

「どうです？」

紗英は言った。

「間違いありません」

「では、それを証明する方法は……？」

「防犯カメラなどに、その瞬間が映っていなければ、証明することは難しいと思います」

鈴木が田端課長に言った。

「身柄を取ってきて、自白を取りますか」

「自白すると思うかい？」

「手持ちの札を全部ぶつけてやれば……」

「口は割らないだろうなあ……。こっちに証拠がないことを、向こうは知っているはずだ」

「ダメモトで、クリニックに、防犯カメラの映像を提供してもらうよう頼んでみますか」

「それはやるべきだろうな。いざとなりゃ捜索・差押えの令状を取るさ」

碓氷は言った。

「動機は何でしょうね」

「それは……」

鈴木係長が言った。「院長への復讐じゃないのか?」

「復讐……」

「だって、そうだろう。持田は院長に騙されたようなものだ。医大の附属病院で充実した仕事をしていたのに、うまいこと言われて、今は事務処理とかスケジュール管理の仕事をやらされている。得意の臨床心理学も活かせない」

碓氷は首をひねった。

「たしかに、クライエントの二人が自殺、二人が殺人犯、そしてさらに性的な犯罪者が三人となると、院長の評判は落ちるでしょうが……。復讐するなら、もっとストレートな手段がいくらでもあるんじゃないですか?」

鈴木がさらに言う。

「持田は、自分の能力を誇示したかったのかもしれない」

「でも、自殺者や犯罪者に催眠術をかけたのが、持田だということを、院長は知らないんじゃないですか? だとしたら、復讐にはなりませんよ」

「院長が、困り果てていく様子を見るだけで、充分に満足できるかもしれない。あるいは、院長は、知っているのかもしれない。持田が催眠術をかけたということを……」

「もし、その証言が取れれば、大きな材料になりますね」

二人のやり取りを聞いて、田端課長が言った。

「ウスやん、もう一度院長に会いに行ってくれ。クリニックには持田がいて何かとやりにくいだろうから、自宅を訪ねちゃどうだろう」

「了解しました」

22

張り込みをしている高木たちと連絡を取り、院長がクリニックを出たら教えてもらうことにした。

その知らせが入ったのは、午後八時過ぎのことだった。

碓氷は、電話の向こうの高木に言った。

「院長は、自宅に戻りそうか？」

「そんなこと、俺にはわからん。だが、少なくともクリニックを出たときは一人だった」

「わかった。とにかく、自宅を訪ねてみる」

水沢院長は、代々木上原のマンションに住んでいた。碓氷は、紗英と二人でそのマンションを訪れた。

オートロックなので、玄関からインターホン脇にあるテンキーで部屋番号を押した。

返事がなかった。

紗英が言った。

「まだ、帰っていないのかもしれませんね」

「あるいは、どこかに寄っているか……」

「こういう場合、刑事さんはどうするんです?」

「ひたすら待つんだよ」

だが、その必要はなかった。ほどなく、水沢院長がやってきたのだ。手にビニール袋をぶら下げている。スーパーかコンビニに寄ってきたのだろう。

「あら、刑事さん……」

水沢院長は、いつもの驚いた顔を見せた。「どうしたんですか?」

「また、ちょっとうかがいたいことが出て来まして……」

「じゃあ、部屋にどうぞ。散らかってますけど……」

院長の部屋は、彼女の言葉とは裏腹に、ずいぶんときれいに片づいていた。

リビングには二人用のカウチしかなく、碓氷と紗英は、ダイニングテーブルの椅子に座るように言われた。

「今、お茶をいれます。紅茶でいいかしら」

院長に言われて、碓氷はこたえた。

「どうぞ、お構いなく。すぐに失礼しますから」

「私がお茶を飲みたいんです。ちょっと待っててくださいね」

紅茶の用意を済ませると、院長はようやく腰を下ろした。ダイニングテーブルを挟んで、碓氷の向かい側だった。

彼女は、おいしそうに紅茶を飲んだ。

「いただきます」

碓氷も一口すすった。なるほど、うまい紅茶だった。

「それで、訊きたいことというのは何です？」

「持田さんのことなんです」

「持田の……？」

「彼女が催眠術を使えるのをご存じですね？」

「ええ。知っています。前にいた大学の附属病院でも、自己暗示のやり方なんかを指導していたようですね」

「あなたのクリニックで、持田さんが、クライエントに催眠術をかけたことはありますか？」

「ありません。クリニックで治療やカウンセリングをするのは私だけですし……」

「何というか、たてまえではそうでしょう。でも、非公式に、というか……」

「そんなことは、決してないと思います」

「実は、この私が、持田さんに催眠術をかけられたようなんです」

水沢院長が驚いた様子で言う。

「あなたが……」

「はい」

「いつのことです？」

「今日の午後、クリニックにうかがったときに、です」

「あなたが、それを依頼されたのですか？」

「いえ、そうではありません。持田さんは、私をコントロールしようとしたのだと思います」

「何のために……」

ここは、言葉を濁したほうがいいと、碓氷は判断した。

「私が、クリニックのことや院長のことを、いろいろと嗅ぎ回っているので、持田さんは腹を立てたのかもしれません」

「そんなことって……」

水沢院長は、心底戸惑っている様子だった。

「私は、ほとんど一瞬にして催眠術をかけられたようです。持田さんには、それだけの技術がおありなのですね」

「ええ、催眠術に関してはかなりの腕だと聞いています」

「私は、自分が催眠術をかけられたことに気づきませんでした。ここにいる、藤森心理調査官に指摘されて、ようやく気づいたのです」

水沢院長が、紗英を見た。何か質問したそうにしていたが、結局何も言わなかった。

碓氷は続けて言った。

「ですから、ひょっとしたら、クライエントにも、そうやって催眠術をかけられている方がおられるのではないかと思いまして……」

水沢院長の顔色が悪くなってきた。

碓氷が何を言いたいかを理解したのだ。

「あの……」

彼女は言った。「それは、瀬川さんや、原田君、佐原さんや白井君が、彼女に催眠術をかけられたのではないか、ということですね？」

こういう場合は、肯定も否定もしないほうがいい。

「持田さんほどの催眠術の技術があれば、それは可能でしょう。あなたは、何かご存じなのではないですか？」

水沢院長は、本当に戸惑っている様子だった。彼女は、碓氷の隣にいる紗英を見て言った。

紗英がこたえた。

「催眠術で、自殺や殺人をさせることが可能かどうか、話し合ったことがありましたね」

「はい。そして、私は、それはおそらく可能だろうと言いました」

「じゃあ、持田が自殺や殺人をやらせたということなんですか？」

碓氷は畳みかけようと思った。あまり考える暇を与えずに質問をぶつけるのも、刑事の尋問のテクニックの一つだ。

「持田さんが、クライエントに催眠術をかけたかどうか、あなたはご存じですか？」

「いいえ、そんなことがあるはずはないと思います」

碓氷は、小さく何度もうなずいて言った。

「実は、こちらも確証があるわけではありません。私が催眠術をかけられたというのも、今のところ、証明はできません。あくまでも、そういう可能性があるという話なのです」

「持田がそんなことをしたなんて、とても考えられません」

「クリニックの中に防犯カメラはありますか？」

「ありますが……」

「その映像を提供していただけませんか？」

水沢は眉をひそめた。

「映像には、クライエントの方も映っています。守秘義務に反することになります」

「重大な犯罪の手がかりになるかもしれないんです」

水沢院長は、しばらく考えてから言った。

「いいえ。やはり、そういう映像を任意で提出するわけにはいきません」

「そうですか。そうなると、強制捜査になるかもしれません」

「弁護士に相談します」

「わかりました」

碓氷は紗英に尋ねた。

「何か、質問は……？」

すると、紗英が水沢院長に言った。

「不躾《ぶしつけ》な質問ですが、最近、津本さんとの関係はいかがですか？」

これまた、直球勝負だな、と碓氷は思った。まあ、いずれは尋ねなければならない事柄だった。

水沢院長は、表情を曇らせた。

「別に変わったことはありませんが……」

「津本さんと持田さんが頻繁に会われているようなのですが、それについて、どうお考えですか?」

「ああ、事務的な話で会っているのでしょう。そういう手続きは、すべて持田に任せてありますから……」

「それを気にされることはないですか?」

「別に気にしてはいません」

「津本さんは、そのせいで、あなたとの関係がぎくしゃくしているとおっしゃっていたのですが……」

「え……」

水沢院長は、目を丸くした。「関係がぎくしゃくしている? 津本がそんなことを言ったのですか?」

「ええ。そうではないのですか?」

「少なくとも、私はそうは感じていませんね」

「お付き合いは順調だ、と……」

「ええ。私はそう思っています。私自身は何の問題も感じていません」

持田も、二人の不仲は否定していた。

「では、津本さんの誤解ということになりますね」

「誤解というか……。なぜ津本がそんなことを言ったのか、私には理解できませんね」

「持田さんとの関係はどうですか？」

「どうって……」

「持田さんは、医大の附属病院で臨床心理士として働いておられました。ですが、今はあなたの助手で、事務的な仕事とかスケジュール管理をなさっています。不満が溜まっているのではないでしょうか？」

「持田がそんなことを言ったのですか？」

「いいえ、そうではありません。彼女は、あなたのお仕事を見るだけでも勉強になるとおっしゃいました。個人医院なので、事務的な仕事をするのは当たり前だとも……」

「彼女は、医大附属病院の仕事で、ほとほと疲れ果てていたんです。そこの仕事は半年契約で一度は更新したが、もう次の契約をする気はないと、彼女は言っていました。それで、私はクリニックを開く計画があるので、助手として働いてくれないかと持ちかけたんです。彼女は大喜びでした。今の仕事のほうが、彼女にとって、ずっとやりやすいはずです」

「でも、やり甲斐は、前の仕事のほうがあったのではないでしょうか」

水沢院長は、ふたたび表情を曇らせた。

「そんなこと、考えたこともありませんでした。彼女も一言も言いませんでしたし……。今のほうが半年契約の仕事よりもずっと安定しているし、収入も多いはずですから……」

「でも、彼女の技術や能力を活かしているとは言えませんよね？」

水沢院長は、はっとした様子で言った。

「もしかしたら、その不満が、クライエントに催眠術をかけた理由なんですか？」

碓氷は、きっぱりと言った。

「まだ、持田さんがクライエントに催眠術をかけたことが確かめられたわけじゃないんです。だから、仮定の話はできません」

「でも、もし彼女が強い不満を持っているのだとしたら、動機にはなり得ますよね？」

碓氷はこたえないことにした。こういう場合の発言には注意する必要がある。代わりに紗英が言った。

「持田さんは不満をお持ちだったのでしょうか。それを感じたことはありませんか？」

水沢院長は考え込んだ。やがて、彼女は言った。

「そんなことは考えたこともありませんでした。私は無頓着過ぎたかもしれません。もし、持田が、クライエントに催眠術をかけたのだとしたら、私の責任かもしれません」

「あなたが責任を感じることはありません」

「いいえ、私のクリニックで起きたことは、すべて私の責任です。もし、本当に持田が催眠術をかけて、瀬川さんや原田君が自殺し、佐原さんや白井君が人を殺したのだとしたら、私は何らかの責任を負わねばなりません」

すかさず、碓氷は言った。

「そうお考えなのでしたら、防犯カメラの映像を提供していただけませんか」

水沢院長は、また長い時間考え込んでいた。やがて、彼女は言った。

「刑法一三四条の秘密を侵す罪に問われて捕まることになっても、私は責任を果たすべきでしょうね」

碓氷は言った。

「秘密を侵す罪は、正当な理由がない場合に限られます。警察の捜査に協力することは、正当な理由になると判断されるでしょう」

「わかりました。防犯カメラの映像を提供しましょう。しかし、一つ問題があります」

「何でしょう？」

「防犯カメラの映像も、持田が管理しているのです」

「保管場所はご存じですか？」

「事務所のパソコンに保管されています」

「では、彼女がいない間に入手すべきですね。これから我々がクリニックに向かいます。立ち会っていただけますか？」

時計を見ると、九時四十五分だ。これからクリニックに同行させるのは気の毒だが、そうは言っていられない。やるべきことはやらなければならない。

碓氷はタクシーを拾い、紗英、水沢院長とともに『アクア・メンタルクリニック』に向かった。

タクシーの中から、映像データを入手できる旨を鈴木係長に知らせた。

クリニックに到着すると、碓氷は事務所のパソコンを院長に起動してもらい、防犯カメラの映像データのありかを確認した。

パソコンにつながった外付けハードディスクに入っていたので、それを押収することにした。

データのコピーは証拠能力が落ちるので、一次データが記録された機材ごと押収する必要がある。

デジタルならコピーも原本も同じだが、法がそれに追いついていない。それに、二次データ、三次データは、改竄《かいざん》を疑われる。

ハードディスクを押収されたりすると、クリニックの業務に支障をきたす恐れがあるが、水沢院長は拒否しなかった。

持田がクライエントに催眠術をかけたのかもしれないという話が、よほど衝撃だったのだろう。

碓氷は、なるべく早く返却すると約束して、『アクア・メンタルクリニック』をあとにした。

特命班室に戻ろうと思っているところへ、鈴木係長から電話が来た。

「データをすぐにＳＳＢＣに届けるようにと、田端課長が言っている。本部庁舎に向かってくれ」

「警視庁本部ですか……」

ＳＳＢＣは、不眠不休なのだろうか。ふと、そんなことを思った。他の部署と同様、当番がいるのだろう。

「ああ。受付で担当者が待っているということだ」

「了解しました」

　碓氷は、紗英を連れて警視庁本部に向かった。


　無事にハードディスクをＳＳＢＣの係員に渡すと、碓氷は急に疲れを感じた。午後十一時になろうとしている。だが、まだ休むわけにはいかない。

　碓氷は、特命班室に戻り、鈴木係長に報告した。

「映像データをＳＳＢＣに届けてきました」

「ごくろうさま」

「持田を張り込んでいる高木たちは……？」

「梅原たちと交代した」

「自分も交代要員に入りましょう」

「いや、ウッさんたちには聞き込みを続けてもらう。持田のほうは、高木や梅原たちで何とか回す。津本のほうは、梨田班と檜山班だ」

「津本のほう？　津本にも張り付いているんですね」

「当然そうすべきだろう」

　鈴木係長が言うとおりだ。

「明日には……、いや、早ければ今日中にも動きがあるかもしれません」

「水沢院長に、持田が催眠術を使ったかもしれないという話、したんだな？」

「はい」

「では、知らせを待つとするか……」

紗英が、不思議そうな顔で碓氷に尋ねた。

「今日中にも動きがあるというのは、どういうことです？」

「こちらが駒を進めたんでね。今度は、向こうが駒を動かす番なんだ」

「どういうことです？」

「水沢院長がどう動くか、だな。彼女が俺たちの話を聞いて何を考え、どう行動するかにかかってくる。おそらく、じっとしていられないはずだ」

「持田に会いに行くと……？」

「あるいは、津本に会いに……」

鈴木係長が補足するように言った。

「水沢院長が、二人のどちらかを呼び出すということも考えられる」

「なるほど……。こちらが聞き込みをすることで、次々と状況が変わっていくんですね」

「そう」

碓氷は言った。「次の一手をどう打つか……。将棋と同じで、何手か先を読まなければならない」

「じゃあ、水沢院長はどう動くと思いますか？」

「心理調査官殿は、どう思う？」

「そうですね……。水沢院長の気持ちを考えると……」

しばらく考えてから、彼女はこたえた。「おそらく、津本と会いたがるでしょうね」

「俺の読みと同じだ。参考までに聞かせてくれ。どうして、そう思うんだ？」

「水沢院長は、持田がクリニックの中で催眠術を使い、それによって事件が起きたかもしれないという話を聞いて、本当にショックを受けた様子でした。一人ではとても処理しきれず、誰かに相談したいと考えているはずです」

「持田を呼びつけて責めるとは思わないのか？」

「まだその余裕がないと思います。真実を知りたいが知るのが恐ろしいという心理状態のはずです。今は、頼れる人に話を聞いてもらいたい。そう考えるはずです。そして、その相手は津本が最もふさわしいと思います。それに……」

「二人の関係がぎくしゃくしていると、津本が言ったことを知った院長は、なぜ彼がそんなことを言ったのか、その理由を知りたいと思っている……。そうだな？」

「はい」

「そこで、さらに次の一手だ」

「次の一手？」

「そう。水沢院長から連絡を受けた津本は、持田に連絡をするかもしれない。そうなれば、持田も動きだす」

「津本が持田と連絡を……？」

「そう。津本は、明らかに持田と親しい関係にある」

「本人は男女の仲であることを否定していました」

「そいつは嘘だな。嘘じゃないとしても、そうなることを狙っているに違いない。だからこそ、彼は持田と頻繁に会っていたんだ」

「そうかもしれません」

「そして、持田がクリニック内で催眠術を使ったことを、津本が知っている可能性もある」

鈴木係長がそれを聞いて言った。

「もし、そうだとしたら、津本から証言を取るという手もある」

さらに紗英が、思いついたように言った。

「そして、持田の動機も明らかになるかもしれません」

鈴木係長が尋ねる。

「持田の動機？　どういうことです、心理調査官」

「持田は、津本に利用されていたのかもしれません」

「利用されていた？　どういうふうに……」

「それはわかりませんが、そう考えれば、津本が、水沢院長との関係がうまくいっていないという嘘を言ったり、持田との関係をごまかしたりする理由がわかるような気がします」

「どういうことでしょう？」

「水沢院長を排除する目的があるのではないでしょうか」

　碓氷は尋ねた。

「排除？　つまり、『アクア・メンタルクリニック』から追い出すということか？」

「二人の自殺者、二人の殺人者、さらに三人の性的な犯罪者を同時に出したとなれば、水沢院長の責任が問われることになるでしょう」

「本人もそう言っていたな」

「津本は、ドライな実業家です。水沢院長の夢のために投資するなんてことをするタイプとは思えません。メンタルクリニックを開業するに当たっては、彼なりの目論見《もくろみ》があったはずです。でも、水沢院長はその目論見どおりにクリニックの運営をしようとはしなかった……。つまり、津本は水沢院長を利用しようとしてうまくいかなかったのです。そして、次に持田を利用しようと考えたのではないでしょうか」

　碓氷は言った。

「津本は持田の実力を高く評価していると言っていたな……」

「それは本当のことだと思います。問題は、実業家の津本が、メンタルクリニックを利用して何をしようとしていたかなのですが……」

　鈴木係長の電話が振動した。鈴木が電話に出て、碓氷たちに告げた。

「二人の読みどおりだ。津本がホテルを出た。タクシーに乗って都心方向に向かった。今、梨田班が追尾している」

「行き先は、おそらく水沢院長の自宅でしょう。じきに持田も動きはじめるはずです」

碓氷は言った。

彼は、すでに疲れを忘れていた。紗英も同様だった。

今日は長い一日だった。だが、まだ終わりそうにない。さらに長い夜になりそうだ。碓氷はそう思っていた。

23

零時二十分頃、梨田から鈴木係長に電話があった。津本が水沢院長の自宅マンションを訪ねたのを確認したという。

持田奈緒子を張っている梅原班からは、まだ連絡がない。

鈴木係長が、碓氷に言った。

「しばらく様子を見るしかないな」

碓氷はうなずいた。

「そうですね。持田が動きだすのは、まだ先のことかもしれません」

鈴木係長が紗英を見て言った。

「今のうちに仮眠を取られてはいかがですか。女性警察官の休憩室があります」

「いえ、私はだいじょうぶです。考えなければならないことがたくさんあります」

碓氷は尋ねた。

「例えば今は、何を考えていた？」

「持田が、どうしてあのタイミングで、碓氷さんに後催眠をかけたのだろうと……」

碓氷は不思議に思った。

「俺を誘導するためだろう。持田を弁護するように……」

「それが、どの程度意味があったでしょう。事実、碓氷さんは持田を弁護するようなことをおっしゃいましたが、鈴木係長はそれをあまり重要視しなかったように思います」

鈴木係長が言った。

「重要視しなかったわけじゃありません。ただ、急に言うことが変わったなという違和感はありましたね」

「そう。私も違和感を覚えました。だから、碓氷さんが後催眠をかけられたとわかったのです」

「そうだな……」

碓氷も考えてみた。「追い詰められた持田が、あせってやったことじゃないのか?」

「彼女は、それほど追い詰められてはいなかったはずです。彼女が七人のクライエントに催眠術をかけたという証拠を突きつけたわけじゃないのですから……」

「でも、持田は最初から俺を誘導するつもりだったんだろう?」

「そう。当初から、いつかは後催眠をかけようと考えていたはずです。でも、あのタイミングを選択するのは、彼女にとって得策じゃないような気がします」

「そうだな。心理学のプロがいっしょだったんだからな」

鈴木係長が碓氷に言った。

「事実、心理調査官は、後催眠を見破った」

紗英が言った。

「それがばれたら、自分が何らかの罪に問われるということはわかっているはずです」

碓氷はさらに考えた。

「そこまで考えが及ばなかったのかもしれない」

紗英はかぶりを振った。

「彼女は、最初に碓氷さんに会ったときから誘導しようとしていたんです」

「うーん、わからなくなったな……」

碓氷が唸ると、紗英が言った。

「彼女は、衝動的に何かをするタイプではありません。必ず何かの目的や計画があるはずです」

鈴木係長が言った。

「ウっさんに後催眠をかけることで、彼女に対する疑いが決定的になった。つまり、彼女は自分自身で犯罪者だと白状したようなものだ」

紗英は、その言葉に、はっと顔を上げた。碓氷は尋ねた。

「どうした?」

「彼女は、白状したのかもしれません」

「どういうことだ?」

「犯罪者心理の一つです。警察には捕まりたくないと思いながら、早くケリをつけたいと願うのです」

「彼女は、この件にケリをつけたかったというのか？」

「もし、碓氷さんに後催眠をかけることが、自白の代わりだったとしたら、彼女は……」

碓氷と鈴木係長は顔を見合わせた。係長が、携帯電話を取り出してかけた。

「梅原か？　持田の自宅のそばにいるな？　彼女の様子を見てきてくれ」

そこでいったん言葉を切る。そして、さらに言った。「緊急だ。急いでくれ」

ひとまず電話を切って返事を待つ。誰も口を開かなかった。

鈴木係長の携帯電話が振動した。電話に出た鈴木がつぶやいた。

「手首を切っている……」

碓氷と紗英は顔を見合わせた。やはり、思ったとおりだったと、碓氷は思った。紗英も同様に考えているのだろう。

電話を切ると、鈴木係長が言った。

「インターホンのボタンを押しても、ノックをしても返事がないので、妙だと思ったと、梅原は言っていた。ドアに鍵がかかっていないことに気づいて、様子を見てみることにしたということだ。すると、持田が手首を切ってぐったりしていた……」

碓氷は尋ねた。

「それで、容体は？」

「すぐに救急車を呼んだと言っていた。つまり、まだ生きているということだ。また連絡があるだろう」

紗英が苦しげに言った。

「私がもっと早く気づいていれば……」

碓氷はかぶりを振った。

「おまえさんの責任じゃない」

鈴木係長が言う。

「そう。我々も、もっとちゃんと考えるべきでした」

碓氷は鈴木に尋ねた。

「俺も病院に行って様子を見てきましょうか？」

「いや、そっちは梅原たちに任せよう。津本と院長が気になる」

碓氷はうなずいた。

「わかりました」

鈴木係長が、紗英に尋ねた。

「自殺を図ったということは、すべて自分がやったことだと認めたという意味でしょうか？」

「普通はそうではありません。自殺というのは、デモンストレーションの一面があります。言い換えれば当てつけです」

「当てつけですか？」

「自分が死ぬことで、誰かが傷ついてほしい。そういう思いがあるのです。よく、追い詰められて自殺するとか、責任を取って自殺するという言い方をしますが、実はそういう単純な思いで実行されることは、あまりありません。自分が犠牲者であると訴えたい気持ちが強くあるものです」

「持田は、誰に当てつけたいと考えたのでしょう？」

「普通に考えれば、津本でしょう。持田は、自分が津本に利用された犠牲者だと訴えたかったのだと思います」

「津本が黒幕だということですね？」

「通常ならそう考えることができます」

碓氷は言った。

「気になる言い方だな……」

紗英が、碓氷のほうを見た。

「いえ、それで間違いないと思うのですが……」

「が……？」

「何となくすっきりしないんです。何かがひっかかっているんですが、それが何かわからなくて……」

碓氷は鈴木係長に言った。

「こうなったら、津本の身柄を引っぱって話を聞いたらどうです？」

鈴木は、しばらく考えてから言った。

「いや、もう少し様子を見よう」

「津本が黒幕だとしたら、水沢院長の身に危険が及ぶかもしれません」

「梨田班が見張っているんだ。彼らからの連絡を待とう」

それからしばらく、また沈黙が続いた。紗英は、何事かしきりに考えている様子だ。係長も考え事をしている。

碓氷は、時計を見た。一時半になろうとしている。津本が水沢院長の自宅マンションを訪ねてから一時間以上経った。

彼らは、何を話しているのだろう。水沢院長は無事だろうか。それが気になった。

鈴木係長にまた電話がかかってきた。鈴木は相手の話を聞き、「そうか、ごくろう」と言って電話を切った。

そして、碓氷と紗英に言った。

「持田は、命には別状ないそうだ。救急隊員によると、比較的傷は浅いらしい」

碓氷は言った。

「最悪の事態は避けられたってことですね」

紗英は、ほっとしているだろう。そう思って碓氷が見ると、彼女はなぜかさらに深刻な表情になっていた。

何かがひっかかっていると言っていた。それについて考えているのだろうか。碓氷が紗英に話しかけようとしたとき、携帯電話が振動した。登録されていない番号だった。

「はい、碓氷」

「水沢です」

「水沢院長ですか？」

碓氷は、そう言って鈴木係長に目配せした。

「すいません。こんな時間に……。でも、重要なことだと思ったので……」

「かまいませんよ。刑事に時間は関係ありません。何です、重要なことというのは……」

「あの……。もしよければ、会ってお話ししたいのですが……」

「実は、おたくのマンションのそばに捜査員がおります。もし、よければ彼らにお部屋を訪ねさせますが……」

「いえ、碓氷さんと藤森さんに話を聞いていただきたいんです」

「わかりました。すぐに向かいます」

碓氷は、電話を切ると、鈴木係長に言った。

「俺と藤森心理調査官に話があると言っています」

鈴木係長はうなずいた。

紗英は、すでに立ち上がっていた。碓氷は特命班室を出た。


水沢院長のマンションの前でタクシーを降りると、すぐに梨田たちが駆け寄ってきた。

「水沢院長からウっさんに連絡が入ったんですって？」

「ああ、俺と心理調査官に話があるということだ。持田の件は聞いたか？」

「係長から連絡がありました。命に別状はないそうですね」

「今病院にいるはずだ。梅原たちが張り付いているだろう」

「自分らは、引き続きここで待機しています」

「じゃあ、行ってくる」

碓氷はオートロックの玄関から水沢の部屋と連絡を取り、先に進んだ。部屋のドアチャイムのボタンを押すと、すぐにドアが開いた。

水沢は、厳しい表情だった。

「何がありました？」

碓氷が尋ねると、水沢が言った。

「とにかく、お入りください」

リビングルームに行くと、津本が二人用のカウチに、ぼうっとした表情で座っていた。前日ホテルで会ったときとは、まったく印象が違う。あのときの津本は、もっと自信にあふれているように見えた。

今は、まるで魂が抜けてしまったように見える。あるいは、何かに衝撃を受けているのだろうか。

碓氷たちを見ても、あまり反応がない。

「どうぞ、こちらへ」

水沢に言われて、さきほどと同様にダイニングテーブルに向かって座った。今度は、紅茶は出てこなかった。

どうやら、津本は会話には参加する気がないらしい。カウチから動こうとしなかった。

碓氷は水沢に尋ねた。

「津本さんとは何を話されたのですか?」

「いったい、何がどうなっているのかと尋ねました」

「何がどうなっているのか……」

「津本が持田と会っていることは知っていました。でも、それは事務的な話をするためだと思っていました。だから、別に私は気にしていませんでした」

「なるほど……」

「私との関係がうまくいっていないと、津本が言ったそうですね。そして、それは持田と頻繁に会っていることについて、私が腹を立てているからだと……」

「そううかがいました」

「私には、それがどうしても納得できませんでした。二人が付き合っている事実を私に隠していたのかとも思いました。だとしたら、ひどい話です」

「たしかに、そうですね」

「でも、もしそれが事実なら、何か思い当たる節があるはずです。今考えれば、あれはそういうことだったのか、というような……」

「巧妙に振る舞っていたのかもしれません」

水沢はかぶりを振った。

「どう思い返してみても、そういう出来事が思いつかないんです。私がよっぽど鈍いのではないかとお思いでしょうが、私も心理学者です。人の心の動きには敏感です」

碓氷は紗英を見た。どうも、男と女の話は苦手だ。紗英は、じっと水沢を見つめ、話に耳を傾けている。

水沢が続けて言った。

「もう一度確認しますが、持田と頻繁に会っていることに、私が腹を立てていることが、関係がぎくしゃくしている原因だと津本は言ったのですね?」

「はい」

「そんな事実はまったくないんです。私は腹を立てていませんし、津本との関係がうまくいっていないとも思っていません」

「津本さんのほうが、一方的にそう感じていたのではないですか?」

水沢が何を言いたいのかを把握できぬまま、碓氷は言った。これではまるで、恋愛相談を受けに来たようなものだ。

「そう感じる要素なんてないはずです。少なくとも、私はそう思っています」

そのとき、紗英が言った。

「つまり、あなたは、津本さんの言われたことに、強い違和感を抱いておられるのですね?」

違和感。その言葉に大きな意味があるように、碓氷は感じた。

水沢が紗英を見て言った。

「はい。そうなんです。それで気づきました」

紗英が尋ねる。

「何に気づかれたのですか？」

「津本が、持田にコントロールされていることに……」

碓氷は一瞬、水沢の言ったことが理解できず、頭の中で何度か反芻《はんすう》してみた。

紗英も、言葉を失い、しばらく沈黙が続いた。その沈黙を破ったのは、紗英だった。

「持田さんが、津本さんを誘導していたというのですね？」

水沢がうなずいた。

「もし、あなたたちから、持田が後催眠をかけた、という話を聞いていなければ、気づかなかったでしょう」

紗英がさらに尋ねる。

「津本さんに、そういう様子があるかどうか、確かめられたわけですね？」

「はい。慎重に話を聞き、その痕跡を洗い出してみました。津本は、怒りを利用されていました」

「怒りを……？」

「若い頃に、起業して、それがうまくいきませんでした。原因はいろいろあったでしょうが、もちろん津本自身の未熟さも原因の一つでした。津本は、それを自覚していたので、今の成功があるんです」

「そうなんです……」

津本の声がした。碓氷と紗英は、同時に彼のほうを見た。津本は、碓氷たちに言った。「たしかに、状況も悪かった。景気が冷え込んでいたので、銀行の貸し渋りもありました。政府の規制も多かった。でも、やはり、私自身の未熟さが問題だったんです。それがよくわかっていたから、心機一転シンガポールでやり直そうと決意したんです」

紗英が言った。

「そして、成功された」

「そう」

津本がうなずいた。「今ではいろいろな人に感謝しているし、感謝もされています。銀行の貸し渋りや政府の規制なんて、昔の話で、今は何とも思っていないはずでした」

水沢が言った。

「でも、その悔しさを完全に忘れたわけではありません。持田は、それを利用したのです。小さな熾火《おきび》を吹いて勢いをつけ、次々と薪に燃え移らせるように……」

津本が言った。

「いつしか私は、その怒りに呑み込まれてしまったようです。すると、何もかもが腹立たしく思えてきました。今まで、それほど気にしていなかった、水沢とのすれ違いにも腹が立ってきました」

「そこに、持田はうまくつけ込んだのでしょう」

「まったく……」

津本はかぶりを振った。「私は、いつしか持田と関係を持つことを熱望するようになっていました」

碓氷は尋ねた。

「関係を持ったことは？」

津本はきっぱりと言った。

「ない。もともとそんな気はないんです」

水沢は小さく溜め息をついた。

「まったくその気がないのに誘導なんてできないんですよ。それは藤森さんもよくご存じのはず」

津本は慌てた様子で言った。

「いや、そんな心理の奥底のことを言われても……」

水沢は、かすかにほほえんで言った。

「深層心理のことはよくわかっている。雄なら、すべての若い雌に関心を持つのは当たり前のことだから、別に責めているわけじゃないわ」

紗英が水沢に尋ねた。

「それで、津本さんにかけられていた暗示や誘導を、院長が解かれたわけですね？」

「はい。私にもそれくらいの心得はありますから」

「たしかに……」

碓氷は言った。「ホテルでお会いしたときとは、ずいぶんと印象が違う気がします」

津本が尋ねた。

「私は、どんな印象だったんでしょう?」

「そう……。自信満々で、藤森心理調査官に言わせると、支配欲が強いタイプだ、と……」

肩をすくめて、津本が言った。

「まあ、支配者になりたいと願ったこともありますがね」

水沢が言う。

「そういう願望が、すべて利用されたのよ」

「でも、結局、俺はそういうタイプじゃない」

「一つ、いいことを教えてあげましょうか?」

「何だ?」

「人間は、思い描いたとおりの人間になるべく、無意識に行動するという理論があるの」

「いや、俺はどんなに望んでも支配者タイプにはなれないよ」

碓氷は、この津本の変わりようを、不思議な思いで見ていた。おそらく、水沢が長年付き合って知っている津本は、今の彼なのだろう。

紗英が言った。

「私たちは、あなたが持田さんを利用して、何かをやろうとしているのだと思っていました」

　碓氷がそれを補った。

「津本さんが、持田さんと組んで、院長をクリニックから追い出そうとしているのではないかと、我々は考えていたのです」

「そんなこと、考えたこともありません……」

　そこまで言って、津本はふと考え込み、眼を伏せて言った。「いや、今ではそう断言できるかどうか自信がありません」

　紗英が言った。

「すべては持田さんが目論んだことのようですね」

　碓氷は言った。

「彼女が何を目的としていたのか、それが知りたい」

24

その碓氷の問いに、まずこたえたのは水沢だった。

「津本がまだ、コントロールされている状態のとき、こんなことを言いました。持田君なら、他人を自由に操ることができるはずだ。そして、その能力を手に入れたら、人間は万能になれる、と……」

碓氷はうなずいた。

「その言葉は、我々の考えと一致しています。津本さんに、そのような考えがあったとしたら、持田さんを利用することにも納得できます」

津本が言った。

「どうやら私は、本気でそう信じ込まされていたようです」

紗英が津本に尋ねた。

「あなたが、持田さんに命じて、クライエントに催眠術をかけさせたのですか?」

これは重要な質問だ。もし、そうなら、誘導されていたとはいえ、津本も何らかの罪に問われることになる。

津本は激しく首を横に振った。

「私は、そんなことを命じたことは一度もありません」

水沢が言った。

「その点については、私も追及しました。津本は嘘を言っていないと思います」

碓氷の観察眼に照らしても、水沢の言うとおりだと思った。津本は嘘は言っていない。紗英もそう感じたようだ。

「それが持田さんの目論見だったのですね」

紗英が言った。「つまり、自分があたかも津本さんに利用されているように思わせたかった……」

碓氷が尋ねた。

「誰に思わせたかったんだ？」

「警察に、そして、津本さんご本人にも……」

津本は、自信がなさそうな顔になった。

「私は、本当に持田を利用しているような気持ちになっていました」

紗英が言った。

「そう誘導されていたんです」

碓氷は言った。

「お二人の話が、どういう展開になるかわからなかったので、これは今まで伏せていたのですが

「……」

碓氷の口調から何かを感じ取ったらしく、水沢が眉をひそめた。

「何ですか……？」

「持田さんが、自殺を図って病院に運ばれました」

水沢が驚愕に目を見開いた。津本が立ち上がった。

水沢が言う。

「それで……あの……」

「だいじょうぶです。命に別状はありません。駆けつけた救急隊員によると、傷は比較的浅かったようです」

水沢は、取りあえずほっとした様子だった。津本が碓氷に尋ねた。

「病院はどこですか？」

「そちらには捜査員が行っておりますので……」

そこまで碓氷が言ったとき、紗英が小さく息を呑んだ。

碓氷は尋ねた。

「どうした……？」

「今すぐ、持田さんの所在を確認してください」

「何だ？　どういうことなんだ？」

「ずっと何かが気になっていたんです」

「ああ、そう言ってたな」

「梅原さんたちが持田さんの様子を見に行ったとき、部屋の鍵が開いていたんですよね？」

「そうだった」

「そして、救急隊員が、傷は浅かったと言いました」

「そうだ」

「狂言自殺だと思います」

「何だって？」

碓氷は、携帯電話を取り出し、梅原にかけた。

「はい、梅原」

「持田は、まだ病院にいるのか？」

「いるはずです。処置室で治療を受けていました」

「所在確認してくれ」

「え？　どういうことです？」

「いいから、所在を確認するんだ」

「待ってください」

電話がつながったままだった。向こうの話し声や物音がかすかに聞こえてくる。

やがて、梅原が言った。

「姿が見えません。病院を抜けだしたようです」

「係長に報告して、緊配《きんぱい》を要請しろ」

「了解」

電話を切ると、碓氷は言った。

「持田さんがこっそり病院を抜けだしたようです。藤森心理調査官が言ったとおり、狂言自殺だったようですね」

津本が驚いた表情で言った。

「警察の人が見張っていたんじゃないんですか？」

「ええ、そうです。でも、その隙を衝かれました」

紗英が言った。

「持田さんは、心理学のエキスパートです。心理的な隙を衝くのが得意なのです」

津本が碓氷に尋ねた。

「狂言自殺をしたのは、逃走するためなんですね？」

「はい。彼女は警察の監視がついていることに気づいていたのです。その監視を逃れるために、一芝居打ったというわけです」

水沢院長が、辛そうに言った。

「いったい、どうして彼女は、そんな恐ろしいことを……」

紗英が言った。

「やはり、自分の能力を充分に活かせていないことに不満を持っていたのでしょうね。でも、それはきっかけに過ぎないと思います」

「きっかけ……」

「津本さんは、持田さんに誘導されたとき、きわめて支配欲が強いタイプになっていました。それは、もともと津本さんの潜在意識にある欲求だったのです。そして、同時に、持田さんの欲求でもありました。だからこそ、津本さんは共感し、うまく誘導されてしまったのです」

水沢院長が言った。

「持田に強い支配欲が……？　まったくそういうタイプではないと思っていました」

「もしかしたら本人も気づいていなかったかもしれません。人間の本質というのは、しばしば隠されていることがあります」

水沢院長がうなずいた。

「そうですね。それはよくわかります。本来持っている資質が、環境によって変えられるのはよくあることです」

「持田さんは、津本さんを誘導することで、そのことに気づき、支配欲に目覚めたのかもしれません」

碓氷は、ふと思いついて言った。

「あらためてうかがいます。午後十一時という時刻に、何か心当たりはありませんか？」

水沢院長が言った。

「二件の自殺と、二件の殺人が同じ日の午後十一時頃に起きたのでしたね」

「ええ。もともとそれが不自然だということで、我々は捜査を始めたのです」

水沢院長が考え込んだ。

「先日おこたえしたとおり、特に心当たりは……」

二日前、正確に言うと日付が変わっているので三日前の日曜日のことだ。あのときは、院長を疑っていた。だから、白《しら》を切っているのかもしれないと思っていた。

今あらためて聞くと、印象が違う。これも、先入観のせいだろうか。思いこみというのは危険だと、碓氷は思った。

「もしかしたら……」

津本が言った。「私のせいかもしれません」

碓氷は津本を見た。

「あなたの……？」

津本は、カウチに再び腰を下ろした。

「ええ。彼女と食事をしているときに、何かの拍子に犯罪の話になりましてね……。そのとき、私が、殺人事件は、午後十一時から午前一時までが発生のピークだ、という話をしたんです」

碓氷は言った。

「まあ、それは事実ですね」

「彼女は、その午後十一時という時刻にこだわったんじゃないでしょうか」

紗英が言う。

「犯罪の話題など、食事にはふさわしくないような気がしますね」

「まったくです」

津本が言った。「今考えると、何であんな話をしていたんだろうと思います」

「おそらく、その頃から誘導が始まっていたのでしょう。彼女は、あなたに自分の力を証明したかったに違いありません。あなたに自分をさらに評価させるために……」

碓氷は紗英に言った。

「まったく同じ時刻に、複数の事件を起こさせれば、誰がやったことなのか、証明しやすいからな」

津本は、慌てた様子で言った。

「でも、私は彼女からそのことを知らされていなかったんですよ……」

紗英が津本に言った。

「警察の動きの早さが計算外だったのだと思います。それで、彼女の計画が狂わされていったのでしょう」

碓氷は吐息を洩らしてから言った。

「たいていの犯罪者は警察の捜査能力を見くびっています。だから、捕まるんです」

紗英が水沢院長に言った。

「あなたが、責任を感じることはありません。持田さんが、自分の中にある支配欲に負けたのです」

水沢院長が言った。

「誰でも犯罪者になり得るということが、よくわかりました」

紗英がうなずく。

「そう。犯罪者とそうでない人の差など、ほんのわずかなものでしかないのです」

碓氷は水沢と津本に言った。

「こんな時間に申し訳ないのですが、署においでいただいて、今の話をもう一度うかがいたいのですが……」

調書にしておかなければならない。すでに午前三時だが、明日まで待つというわけにはいかない。

水沢が言った。

「わかりました。どうせ、眠れそうにありませんから……」

それを聞いた津本もうなずいた。

碓氷は、梨田たちの車で、二人の身柄を新宿署に運び、自分たちはタクシーで戻った。


「持田の所在は？」

碓氷は、特命班室に戻ると、まず鈴木係長に尋ねた。

「まだ見つかっていない」

「この時間だと、移動はタクシーでしょう」

「もちろん、タクシー会社に情報提供を要請している」

「救急搬送されたということは、所持品はほとんどないはずです。自宅に戻る可能性が高いですね」

「梅原たちを持田の自宅のほうに回した。ウっさんは、水沢院長から事情を聞いてくれ。津本さんは、梨田にやってもらおう」

「わかりました」

水沢と津本は、刑事課の大部屋で待たせていた。梨田たちが応対している。

部屋を出ると、紗英がついてきて碓氷に言った。

「すいません……」

「何を謝っているんだ？」

「私のせいで、一度は津本さんを疑うことになってしまいました」

「津本」から「津本さん」に戻っていた。

「気にすることはない。誘導されていた津本は、疑われても仕方がない状態だったんだ」

「それを見破るのが私の役目だと思います」

「あんたは、俺が後催眠をかけられたことを見破った」

「それに、私は持田の自殺を示唆して、結果的に彼女の狂言自殺の手助けをしてしまいました。彼女が逃走した責任は私にもあります」

「心理戦なんだ。勝つこともあれば負ける瞬間だってある。そうだろう」

「でも……」

「あんたがいなければ、持田の計画については何もわからなかっただろう。あんたは立派に役目を果たしたんだ」

「そう言っていただくと、気が楽になります」

「本音だよ。あんたはよくやってくれた。後は俺たち刑事の仕事だ」

「持田の身柄確保が先決ですね」

「そういうことだ」

「持田を起訴できるでしょうか」

「そのために、水沢院長と津本さんから供述を取るんだ」

「確実な証拠が必要ですね」

「ＳＳＢＣが何とかしてくれるといいんだがな……。さあ、早いとこ調書を済ませてしまいたい。あんたは、休むといい」

「はい」

碓氷と梨田は、刑事課の空いている席を使って、水沢と津本の調書を作成した。一時間ほどで話を聞き終え、書類にすることができた。

水沢院長が碓氷に言った。

「こんな事件を起こしてしまって、もうクリニックを続けていくことはできません」

「藤森心理調査官も言っていました。あなたの責任ではありません」

「クライエントの足も遠のくでしょう」

「何事も常に順風満帆とはいきません。辛いことも起きます。それを乗り越えていかなければなりません。あなたは、多くのクライエントを救ってきたはずです。今は、ご自分を救う時です。一人では難しいでしょうが、きっと津本さんが力になってくれるでしょう」

梨田といっしょに津本が近づいてきた。梨田が言った。

「お二人をお送りしましょう。津本さんはホテルに戻られますか？」

津本は、ちょっと迷ってから言った。

「いや、二人とも水沢のマンションのほうでいいです」

碓氷はうなずいた。

「お二人とも、お疲れのところ、ご協力ありがとうございました」

梨田班が二人を連れてその場を去って行った。

碓氷は、水沢と津本が刑事課を出て行くまで、その後ろ姿を見送っていた。


碓氷が特命班室に戻ると、鈴木係長が言った。

「タクシー会社から連絡があった。持田らしい客を、病院の近くから恵比寿駅のそばまで乗せたということだ」

「恵比寿というと、持田の自宅のそばですね」

「梅原班に加えて、高木班も持田の自宅に向かわせた。渋谷東署にも協力を要請している」

「俺も行きましょうか?」

「いや、ウっさんはここにいてくれ。身柄を確保したときに、取り調べをやってほしい」

「わかりました」

紗英の姿がない。碓氷は尋ねた。「心理調査官は?」

「ああ、仮眠を取ってもらっている。持田の身柄確保までここにいたいと言っていたが、いつになるかわからないと言って、無理やり休んでもらった」

それを聞いて、碓氷はほっとしていた。紗英は疲れ果てているに違いない。それでもがんばろうとするから体が心配だったのだ。

碓氷自身も疲れていた。だが、被疑者確保が近いという高揚感のほうが勝っていた。おそらく、鈴木係長も同じだろう。刑事というのはそういうものだ。

それから約三十分後、鈴木係長の携帯電話が振動した。鈴木はすぐに出た。

「そうか。ごくろう」

電話を切ると、鈴木が言った。

「梅原たちが持田の身柄を確保した。やはり、一度自宅に戻ろうとしたようだ。すぐに身柄を運んでくる」

「せっかく休んでいる心理調査官を起こさなければならないようですね」

「その必要はありません」

戸口で紗英の声がした。碓氷は言った。

「なんだ……。寝てたんじゃないのか？」

「一度は休憩室に行きましたが、どうしても気になって戻ってきたんです。被疑者確保ですね？」

碓氷はうなずいた。

「取り調べに、あなたの協力が必要です」

「わかりました」

紗英が力強くうなずいた。

25

持田奈緒子の身柄が、新宿署に到着したのが、午前五時半だった。すぐに取り調べを始めた。

碓氷と紗英が担当する。梨田が記録係をやってくれた。

手首の包帯に血が滲んでいる。だが、それほど大きなシミではない。出血はすでに止まっているようだ。狂言自殺のための浅い傷だ。

碓氷は、持田奈緒子の正面に座っている。碓氷の左横に紗英がいた。

まず、氏名、年齢、住所、職業を確認する。持田はそこまでは素直に応じた。だが、それからは何もこたえようとしなかった。

視線を碓氷の頭の上に向けて、背筋を伸ばしたまま口を結んでいる。

「瀬川一巳、原田悟、佐原順一、白井稔。あんたは、この四人に後催眠をかけたな?」

碓氷はそう尋ねたが、持田奈緒子の表情はまったく変わらなかった。クリニックの受付で見たときとはまるで別人のようだ。

あのときは、笑顔が魅力的だった。今は、氷のように冷ややかな印象があった。

「あんたには、その技術があった。俺に後催眠をかけることで、あんたはそれを証明してしまったんだ」

　碓氷がそう言っても、持田奈緒子の表情に変化はない。

「あんたは、最初に俺に会ったときから、俺を誘導していたんだろう。あんたの笑顔はたしかに魅力的だった。俺はこんな冴えないおっさんだから、若い女性から笑顔を向けられることなんてあまりない。だから、まんまと誘導されてしまったよ」

　沈黙。

「津本を誘導するときは、そんなに簡単じゃなかっただろうな。彼は、水沢院長との付き合いに不満を感じていなかった。だが、人間、まったく不満がないわけじゃない。どんなに仲のいいカップルだって、必ず多少の不満はある。あんたは、そこを攻めたわけだ。水沢院長が、それに気づいたんだ」

　持田奈緒子の視線が動いた。彼女は、碓氷を見つめた。その視線は碓氷を落ち着かない気分にさせたが、負けじと見返した。

「水沢院長は言ってたよ。あんたは、津本の怒りを利用したんだって……」

　持田奈緒子が、ようやく口を開いた。

「先ほどから、何の話をされているのか、まったくわかりません」

「あんたがやったことについて話をしているんだ」

「私は保護されたんですよね？　逮捕されたわけではないのでしょう？　こんな尋問を受ける理由はありません」

「不可解な事件の謎を解きたいのさ。二件の自殺、二件の殺人、そして、二件の強姦未遂と盗撮事件。それが同じ日のほぼ同じ時刻に起きた。自殺者と犯人すべてが『アクア・メンタルクリニック』のクライエントだった。彼らは誘導されたとしか思えない。そんなことができるのは、あんたしかいないんだ」

「私にだって、そんなことはできません。催眠術だって、人が望まないことをやらせることはできないんですよ。ましてや命に関わることなら、人間は本能的に危機を回避しようとします」

碓氷は紗英を見た。助け船を出してほしかった。

紗英が言った。

「それについては、水沢院長とも話し合いました。そして、私自身いろいろと調べて、考えてみました。その結果、命に関わることであっても誘導は可能だという結論に達しました」

持田は、紗英を見た。

「どうすればそんなことが可能だとおっしゃるのですか?」

「ご指摘のとおり、催眠術で無理やり自殺や殺人を実行させることはできません。でも、人間の潜在意識には何が潜んでいるかわからない。強い自殺や殺人の願望を隠し持っている場合もあります。たしかに、それを忌避するメカニズムがあります。しかし、それは実は潜在意識の範囲の広さとエネルギーの強さに比べれば、とても弱い装置なのです。その忌避の装置を取り去ることで、自殺や殺人に誘導することは可能だと思います」

「理屈だけなら、何とでも言えます」

「あなたが、実際にやられたことでしょう。私がそれに気づいたのは、三件の性的な犯罪です。強姦や盗撮といった性的な事柄に対する衝動は、男性なら多かれ少なかれ、誰でも持っているものです。しかし、多くの場合それは理性や社会性によってコントロールされています。あなたは、それを取り去ったのです」

持田は、何も言わず紗英の言葉を待っていた。紗英は続けて言った。

「あなたが、後催眠をかけたとき、犯罪の種類を特定したわけではないでしょう」

犯罪の種類を特定したわけではない。それはどういうことだろうと、碓氷は思い、紗英の言葉に耳を傾けていた。

紗英の言葉がさらに続いた。

「あなたは、単に衝動を押し止めている心理的なストッパーを取り去っただけなのです。七人のクライエントに同様のことをなさった……。そして、その七人の衝動はそれぞれ違っていたので、ある人たちは自殺し、ある人たちは殺人を犯し、そして、ある人たちは性的な犯罪に及ぶという結果になったのです。そうですね」

持田が落ち着いた口調で紗英に尋ねた。

「あなたは、心理学の専門家なんですよね？」

「そうです」

「ならば、今あなたがおっしゃったことを、あなた自身も実践できるということですね？」

紗英がかぶりを振った。

「いいえ。私にはできません。それだけの催眠術の技術がありません」

「では、催眠術を学べばできると……」

「はい。技術さえあれば可能だと思います。しかし、私はそれを実行しようとは思いません」

持田がかすかに笑みを浮かべた。

「今あなたがおっしゃったようなことを、私が実行したと、あなたは実証できますか？」

紗英はこたえなかった。

たしかに今は実証できない。だから、持田の自白が必要なのだ。碓氷が後催眠をかけられたというのは事実であり、紗英や鈴木係長はそれを認識しているが、それを説明したところで、検察官を納得させることはできないだろうし、ましてや裁判での証拠能力はない。

碓氷は時計を見た。

朝の六時を過ぎた。ひどく疲れていた。おそらく、紗英も同じだろう。

碓氷は言った。

「取りあえず、ここまでにしよう。時間を置いて調べを再開する」

廊下に出ると、碓氷は紗英と梨田に言った。

「少しでもいいから仮眠を取ろう。頭をすっきりさせる必要がある」

梨田は、救われたような顔をした。

紗英も異議を唱えなかった。やはり、彼女も疲れ果てているのだ。

紗英は、女性警察官の休憩室に向かった。碓氷と梨田は、それぞれ休める場所を探した。碓氷は、刑事課のソファを見つけてそこに横になった。

おそらく宿直の署員もそこで仮眠を取るのだろう。ソファは汗の臭いがした。

どんな臭いがしようが関係なかった。碓氷は、たちまち眠りに落ちた。

人の話し声で目が覚めた。

いつの間にか、周囲に人が増えている。日勤の刑事たちが出勤してきたのだ。誰もソファで寝ている碓氷を気にしていない様子だ。

誰かが仮眠を取っているのは、刑事課ではよくあることなのだ。二時間くらい眠ったことになる。熟睡したので、気分はかなり軽くなっていた。

特命班室には、半分ほどの係員しかいなかった。交代で仮眠を取っているらしい。鈴木係長がいたので、碓氷は言った。

「休まなくてだいじょうぶですか?」

「俺も仮眠を取ったよ。心配するな。持田奈緒子は落ちそうか?」

ここで弱音を吐くわけにはいかない。

「何としても落としますよ。ただ……」

「ただ……?」

「そのためには、何か証拠が必要ですね」

「証拠か……」

鈴木係長にもそれは痛いほどわかっているはずだ。係長は、続けて言った。「いつまでも身柄を拘束しておくわけにはいかない。あくまでも、持田はまだ保護されたという立場だ」

だから彼女は、留置場ではなく保護室にいる。保護室は、いわゆるトラ箱と呼ばれる施設だ。現在は、任意の取り調べなので、本人が帰りたいと言ったら、拘束しておくわけにはいかなくなる。

確かな証拠があれば、その時点で正式に逮捕できる。あとは、自白があろうがなかろうが、四十八時間以内に送検だ。

その後、検察官が勾留請求をすれば、じっくりと取り調べをすることができる。今が一番危うい状態だ。このまま、何か証拠が出るか、持田奈緒子が自白をしない限り、彼女の身柄を解放しなければならない。

そこに紗英がやってきた。まだ眼は赤いが、仮眠の効果があったらしく、彼女の顔色もずいぶんよくなったように見える。

碓氷は紗英に尋ねた。

「頭は働きそうか？」

「もちろん、だいじょうぶです」

碓氷は、携帯電話を取り出して、梨田にかけた。呼び出し音五回で出た。

「はい、梨田」

寝起きの声だ。

「持田奈緒子の調べを再開するぞ。取調室に呼んでおいてくれ」

「了解しました。準備ができたら連絡します」

それから、十分後に、梨田が電話をかけてきて、持田奈緒子を連れて行った取調室の番号を告げた。

碓氷は、紗英に言った。

「さあ、行こうか」


持田奈緒子は、先ほどと変わらず、無表情だった。

碓氷は言った。

「あんたがやったことは、もう明白なんだ。俺もこの身をもって体験した。それに、ここにいる心理調査官が気づいた。そして、水沢院長も知っている。今さら言い逃れはできないんだ。もう認めるしかないんだよ」

持田は、碓氷の眼を見た。

「帰らせてください」

碓氷は、短く息を吐いた。

「あんたは、保護されているんだ。今自由にしたら、また自殺を図るかもしれない。だから、帰すわけにはいかない」

「これは、任意の取り調べなんでしょう？　帰りたいと言ったら、いつでも帰れるはずです」

恐れていた事態だ。

任意でも、取調室に連れて来られた一般人の多くは、「帰りたい」とは言わない。こちらの用事が済むまで警察にいなければならないと、漠然と思ってくれるのだ。

本来は、逮捕されない限りは身柄を拘束されることはない。

それを知っている一般人は面倒だ。

「帰ったからといって、逃げられるわけではないんだよ」

「逃げたりはしません。私は、罪を犯したわけではありませんので……」

紗英が言った。

「人の心をコントロールするのは、立派な罪だと思います」

持田の表情が変化した。彼女は、ほほえんだのだ。

「誰もが、他人の心をコントロールしたいと考えているんじゃないですか？　会社では、上司が部下に好かれようとしている。学校では、先生が生徒に言うことを聞かせようとしている。政治家は有権者に、自分に投票させようとする。そういうのって、心をコントロールしようとしているということでしょう？」

「心理学というのは、すべてが程度問題だということをご存じでしょう。人間の心理というのは、白黒がはっきりするものではありません。どの程度白に近いか、あるいは黒に近いかで論じるものです。あなたのやられたことは、今あなたが言われた日常的なコントロールとは、明らかに次元が違います。きわめて危険な行為です」

「私が何をやったというのです」

「何度も申し上げています。後催眠によって、潜在意識の中にある強い欲求を解放してしまったのです。その結果、二人が自殺し、五人が犯罪者となったのです」

「とても興味深いお話ですけど、あなたたちはそれを実証することができないんですよね」

紗英はそれにはこたえなかった。

持田が言った。

「では、私は帰らせていただきます」

ここで彼女を解放してしまったら、高飛びをされてしまう恐れがある。あるいは、今度は本当に自殺を試みるかもしれない。

いずれにしろ、帰すわけにはいかない。だが、碓氷には、もうそのための手札がない。

万事休すか……。

碓氷がそう思ったときに、戸をノックする音が聞こえた。記録係の梨田が席を立って引き戸を開けた。

梨田がやってきて、碓氷に耳打ちした。

「係長が、すぐに来てくれと言っているそうです」

碓氷は、持田に言った。

「しばらく休憩だ」

「私は帰らせていただきます」

「そのためにも手続きが必要だ。待っていてもらいましょう」

碓氷は、紗英に無言で合図をして、二人で取調室を出た。


紗英とともに特命班室に戻った碓氷は、見知らぬ男がいるのに気づいた。

鈴木係長が言った。

「ウっさん。こちらSSBCの坂田《さかた》さんだ。わざわざデータを持ってきてくれた」

碓氷は、坂田と紹介された男と、鈴木係長の顔を交互に見ながら尋ねた。

「……つまり、証拠が見つかったということですか？」

坂田がこたえた。

「『アクア・メンタルクリニック』から押収したパソコンのハードディスクを解析しました。残念ながら、防犯カメラの映像には、持田奈緒子が患者さんに何かをしたような場面は、映っていませんでした」

碓氷は落胆した。防犯カメラの映像が最後の望みだと思っていたのだ。

坂田の言葉が続いた。

「ハードディスクに保存されていた防犯カメラの映像には、一部削除された痕跡がありました。明らかに意図的なものです」

碓氷は言った。

「おそらく、持田が削除したんだ。防犯カメラの映像の管理は持田がしていた」

坂田はうなずいた。

「我々もそう考えました」

「削除されたビデオ映像の復元は……？」

坂田がかぶりを振る。

「復元はできませんでした」

「じゃあ、いったい何のデータを持ってきたというんだ？」

「あのパソコンには、ある映像再生ソフトがインストールされていまして……。このソフトの特徴の一つに、クラウド領域を確保してあって、新たに保存された映像ファイルを自動的に、そのクラウドにも保存するという機能があるんです」

碓氷は、坂田が何を言っているのかよくわからなかった。

「つまり、それはどういうことなんだ？」

「ハードディスクに記録された映像ファイルが、別のところにも保存されていた、ということです」

碓氷は一瞬にして血が熱くなるのを感じた。

「映像が残っていたんだな？」

「はい。持田は、ハードディスクの映像は削除しましたが、クラウドのことは頭になかったようですね。持田奈緒子が、七人の患者の額に手を当てて、がくんと相手をのけぞらせるような仕草が、はっきりと映っていました。その映像を持ってきました」

鈴木係長が言った。

「その七人の中に、瀬川、原田、佐原、白井の四人がいることを確認した」

坂田がタブレット端末を差し出した。

「この中に映像が入っています」

碓氷は、紗英の顔を見た。紗英は、力強くうなずいた。

鈴木が言った。

「今、逮捕状を請求しに、梅原たちが裁判所に行っている」

「罪状は？」

「自殺教唆と、殺人の間接正犯だ。間接正犯が認められない場合でも、殺人の教唆犯にはなるはずだ」

「了解しました」

タブレットを受け取り、急いで取調室に戻る。紗英が小走りについてきた。

碓氷たちが部屋に入っていくと、持田奈緒子が眉をひそめた。勢いづいた碓氷の様子を訝しく思ったのだろう。

「証拠を出せと言ったな」

碓氷は、坂田が持ってきた映像を再生し、そのタブレットを机の上の、持田から見える位置に置いた。

持田は、タブレットの画面を冷ややかに眺めていたが、やがて、その表情が変わった。顔色が失せていった。

映像再生が終わっても、持田は画面を見つめたままだった。

「何をやっていたかは明白だ」

碓氷は言った。

持田奈緒子は、凍り付いたように動かない。碓氷はさらに言った。

「もうじき逮捕状が届く。これで、帰すわけにはいかなくなった」

それから、しばらく沈黙が続いた。

空気の漏れるような音が聞こえた。碓氷には馴染みの音だ。被疑者が落ちるとき、たいてい大きく息を吐く。その音だった。

持田は、眼を上げて、まっすぐに碓氷を見ると言った。

「この映像をどこから入手したのですか？」

「クラウドだかに残っていたんだそうだ」

持田は、もう一度大きく息を吐き出した。自分の落ち度を悔いているのかもしれない。

「さあ、話してもらおうか」

持田奈緒子はしばらくうなだれていたが、やがて、覚悟を決めたように話しだした。

26

彼女の供述は、これまでに、碓氷が知り得た事実、あるいは推理していた内容とほぼ一致していた。

梨田がノートパソコンのキーを打つ音が背後から聞こえてくる。

彼女は、七人のクライエントに後催眠をかけていた。その結果、二人が自殺し、二人が殺人事件を起こし、二人が強姦未遂をやり、一人が盗撮をした。

「なぜ、そんなことをしたのか」という碓氷の問いに、持田がこたえた。

「目的は二つありました。その一つは、実験です。私は、そちらの心理調査官が言われたように、潜在意識に閉じ込められている強い願望を解放することが可能だと思っていました」

碓氷が尋ねる。

「催眠術によって？」

「はい」

「もう一つの目的は？」

「私の実力を津本にわからせたかったんです」

「津本さんを誘導していたね？」

「はい。それも私の実験の一環です。理論どおりにやれば、どんな相手でもコントロールできるということを確かめたかったのです」

「それだけではないでしょう」

紗英が言った。持田が紗英を見る。その眼差しは、不思議なほど穏やかだった。

「どういうことでしょう……」

「あなたは、『アクア・メンタルクリニック』から水沢院長を追い出したかったのではないですか？」

「たしかにそのとおりです。私は、津本を奪い、水沢を追い払いたかった……」

「津本さんを好きになったのですね？」

碓氷は、その紗英の言葉に驚いた。そんなことは、考えたこともなかった。

持田は静かにうなずいた。

「それがすべてのきっかけでした。報われぬ想いというのは辛いものです。私は、その苦しみから抜けだそうと必死でした。そして、その方策を考えだそうとしました」

「それまでは、クリニックで、院長の助手をやることに不満はなかったのですね？」

「はい。不満などありませんでした。でも、津本さんに強く惹かれるようになってから、すべてが変わってしまいました」

碓氷は言った。

「その結果、四人もの人が死んだんだ」

持田は何も言わなかった。だが、反省している様子ではなかった。むしろ勝ち誇ったような表情に見えた。

紗英が尋ねた。

「午後十一時にこだわったのはなぜですか?」

「津本と、犯罪の話をしたことがあります。午後十一時から殺人などの犯罪が急に増えるという話を聞いたのです。話題となったその時刻に、いくつかの出来事が重なれば、私のやったことを証明しやすい。そう考えて、すべての犯行が午後十一時になるよう暗示をかけました」

これは津本が言ったことと一致する。

持田が、ぽつりと付け加えた。

「津本と話し合ったことは、どんなことでも、私にとっては大切でした」

ノックの音。

引き戸が開き、梅原が顔を出した。

「逮捕状です」

碓氷は席を立ち、受け取った。そして、持田奈緒子に対して、逮捕状を執行した。

田端課長が言った。

「いやあ、ウスやん、ごくろうだったな。まったく奇妙なヤマだったぜ」

碓氷と紗英は、鈴木係長とともに、本部庁舎にいる田端課長に報告に来ていた。送検を終えて、新宿署の特命班室は引き払っていた。

碓氷は言った。

「課長の慧眼《けいがん》のお陰です」

「よせやい。ほぼ同時に四件もの出来事があれば、誰だって妙だと思うだろう」

それに気づくのは、やはり都内全域で起きる事件に眼を光らせている捜査一課長だからだろうと、碓氷は思った。

所轄の捜査員は、自分が担当する事案のことしか考えない。だからこそ、警察本部の役割があるのだ。

碓氷はさらに言った。

「そして、心理調査官の協力がなければ、真相にたどり着くことはできなかったと思います」

田端課長が、うなずいてから、紗英に言った。

「藤森さんよ。また助けられたな」

紗英は、困ったような顔で言った。

「助けられたのは、私のほうです」

「そりゃ、どういうこったい？」

「私は、今回、何度も間違った判断をしました。そのつど、碓氷さんが修正してくれたのです」

碓氷は言った。

「いや、そんなことはありません。大筋では、心理調査官の考えは間違っていませんでした」

田端課長はにっと笑った。

「いいコンビじゃねえか。なあ、係長」

鈴木係長は、にこりともせずにこたえた。

「まったくです」

碓氷は、「いいコンビ」という田端課長の言葉に戸惑っていた。

実際、紗英はよくやってくれた。田端課長に言ったとおり、彼女のアドバイスがなければ、事件は解明できなかっただろう。

鈴木係長が田端課長に言った。

「送検の際の罪状は、自殺教唆と殺人の間接正犯なんですが、それで起訴できますかね……」

田端課長が言った。

「前にも話し合ったことがあるが、後催眠をかけられた人物が、心神喪失だったか心神耗弱だったかによって罪状は変わってくるだろう。心神喪失ならば、殺人の間接正犯は成立する。だが、心神耗弱ならば、教唆犯ということになるだろう」

「検察の判断次第ということですね」

「いずれにしろ持田を罪に問えることは間違いない」

鈴木係長が気がかりな様子で言う。

「殺人や、強姦未遂、盗撮の実行犯は、どうなります？　操られていたんだとしたら、罪に問えるのでしょうか……」

「実行犯は実行犯だからな……。そのへん、どう思う？」

田端課長は思案顔で、紗英に尋ねた。

紗英は落ち着いてこたえた。

「持田が、実行犯たちを操っていたというのは、正確な言い方ではありません。あくまでも、強い願望を押し止めていた理性とか社会性、言い換えれば、自我や超自我を取り去っただけなのです。その結果、意識の奥底にあった強い欲望が解放されて、犯人たちは犯罪を実行したということなのです。この原始的な強い欲望をフロイト心理学ではイドと言いますが……」

「つまり、こういうことかい」

田端課長が言った。「佐原や白井は、もともと殺人の強い衝動を持っていたと……」

「はい。強い憎しみがあったと思います」

鈴木係長が言った。

「たしかに、二人とも動機はありますね」

碓氷は言った。

「しかし、持田の誘導がなければ、その衝動は心理調査官の言う自我や超自我によって、抑えられていたはずです」

紗英がうなずいた。

「そうですね。イドが解放されるきっかけになったのは、間違いなく持田の後催眠だったはずです」

田端課長が言った。

「つまり、殺人犯たちも強姦未遂や盗撮の犯人たちも、罪には問えるが、情状酌量の余地はある、ということだな」

紗英がこたえた。

「そういう判断が妥当だと思います」

「では、検察官にもそのように伝えよう」

三人は、礼をして捜査一課長室を出た。

鈴木は、自分の席に戻る。紗英は、警察庁に引きあげるというので、エレベーターまで送ることにした。

歩きながら、碓氷は言った。

「今回も、世話になったな」

「こちらこそ……」

「最初に会ったときは、あんたはずいぶんと頼りない感じだった」

「そうだったと思います。ずいぶんご迷惑をおかけしたと思っています」

「正直、どうやってお守りしようかと思ったよ」

「すいません」

「だが、今回はまったく違った。あんたはずいぶんと頼もしくなった」

「そう言ってくださるとうれしいんですが、まだそんな自覚はありません」

「自信を持つことだ」

エレベーターの前にやってきた。二人は立ち止まった。エレベーターが来るまで、何を話そうかと、碓氷は思っていた。

紗英が言った。

「碓氷さんは、不思議な方ですね」

「俺が……？　何が不思議なんだ？」

「碓氷さんがいてくれなかったら、私は自由な発想ができなかったかもしれません」

「俺は何もしていない」

「それが不思議なんです」

エレベーターがやってきた。紗英が礼をした。

「では、失礼します」

「ああ、また何かあったら、助けてくれ」

「喜んで」

エレベーターのドアが閉じる直前、紗英の笑顔が見えた。

今までに見たことがない笑顔だった。親しみがこもっており、なおかつ自信を感じさせる独特の笑顔だった。

閉じたエレベーターのドアをしばらく見つめて立ち尽くしていた。踵《きびす》を返して捜査一課に向かった。

俺が不思議だって……。

碓氷は思った。そんなことを思うやつのほうが不思議だ。

廊下の角で、誰かとぶつかりそうになった。

「おっと……」

碓氷は思わず声を出して、相手を見た。

梨田だった。

「どうした、梨田。何をそんなに慌てているんだ？」

「いや、別に慌ててなんかいません」

そうか……。

碓氷は、思わずにやりとしそうになった。

「あ、いや、別に俺は……」

「心理調査官なら、つい今しがた、警察庁に戻ったぞ」

「ちゃんと挨拶ができなかったんだな？」

梨田は、反論しようとして、言葉を呑み込んだ。そして、あらためて碓氷を見て言った。

「そうなんです。挨拶くらいはしようかと思ったんですが……」

「だいじょうぶだ」

「は……？」

「また、いつか近いうちに会えるさ」

「はあ……」

碓氷は歩き出した。

また、近いうちに会える。本当にそんな気がしていた。だから、まったく淋しくはなかった。


久しぶりに、定時に警視庁を出て、まっすぐ帰宅した。

七時前に自宅に着くと、妻の喜子が驚いた顔をした。

「あら、珍しく早いのね」

「事案が片づいた直後くらいは、定時に上がるさ」

「夕食は？」

「もちろん、まだだ」

「わかった。用意する」

碓氷は、寝室に行って着替えた。自宅にいるときは、いつもスウェットの上下かジャージを着ている。

これは若い頃、警察の待機寮にいた頃からの習慣だ。結婚して子供ができても、そういう習慣はなかなか変わらない。

背広をハンガーにかけて、クローゼットに吊るし、ジャージを身につけた。

これから、家族といっしょに夕食だ。

本来、楽しいはずの団欒が、なんだかちょっと気詰まりだった。家族の中に、自分の居場所はあるだろうか。そんなことを考えてしまったのだ。

子供たちとは、ずいぶん話をしていないような気がする。実際、帰宅する頃には彼らは寝ているし、朝は碓氷のほうが早く出かけるので、顔を合わせる機会があまりない。

土日も、事件で呼び出されることもあるし、捜査本部に詰めていることもある。

娘の春菜は、小学校の高学年、息子の祥一は中学年だ。春菜は、そろそろ難しい年齢になってくる。

子供たちのことは、妻に任せっきりだ。その妻とも最近、あまり会話はない。

家族全員が無言で、もそもそと食事をする光景が頭をよぎる。あるいは、子供たちが親といっしょに食事をするのを嫌がって、部屋から出てこないことだってあり得る。

碓氷は、一つ溜め息をついた。

気が重いからといって、寝室に籠もっているわけにもいかないし、出かけることもできない。

食卓に向かうしかないのだ。

寝室を出て、ダイニングテーブルにやってきた。子供たちの姿がない。先に食事を済ませてしまったのかもしれない。

「春菜と祥一は？」

碓氷は、喜子に尋ねた。

「また、部屋でゲームでもやっているんじゃない？　あなた、呼んできてよ」

「俺がか？」

「お父さんでしょう」

碓氷は、立ち上がり、子供部屋に向かった。今は、一部屋をいっしょに使っているが、春菜が中学生になったら別に一部屋必要になる。そんなことを思いながら、碓氷はドアの外から声をかけた。

「おい、ご飯だぞ」

返事がない。やはり、普段顔を合わさない父親の呼びかけには応じないのだろうか……。

もう一度、声をかける。

「ご飯だ。出てきなさい」

突然ドアが開いて、碓氷はびっくりした。

祥一が言った。

「あ、お父さんだ」

すぐに春菜が顔を出して言う。

「マジ……」

碓氷が二人に言った。

「どうして、すぐに出てこなかったんだ？」

「ゲームやってて、聞こえなかったんだよ」

家族全員でテーブルを囲んだ。

碓氷は何を話していいのかわからないので、黙っていた。テレビでもつけようかと思ったとき、祥一が言った。

「事件、解決したの？」

碓氷はこたえた。

「ああ。解決したよ」

「お父さんが犯人を捕まえたの？」

「みんなで捕まえたんだ」

春菜が言った。

「テレビのニュースで見たけど、マインドコントロールがどうのって……」

マスコミ向けの発表では、誤解を生じやすい催眠術などの言葉は使っていない。曖昧なマインドコントロールという言葉で、事実をオブラートに包んだ。

相手が家族であっても、罪が確定するまでは情報を洩らすことはできない。それを説明しなければならなかった。

「これまでに何度か言ったかもしれないけど、そういう話をすると、父さんはクビになるかもしれないんだ」

祥一が目を丸くする。

「へえ……。厳しいんだ」

「そう。厳しいんだよ」

春菜が言う。

「事件が解決しても話せないの？」

「どこまでしゃべっていいかは、父さんには判断できない。マスコミに発表する内容は、もっと偉い人が決めるんだ」

「そうなんだ」

「それより、学校のほうはどうなんだ？」

春菜は肩をすくめる。

「別に……。普通だよ」

祥一も同じように言う。

「そう。普通だよ」

「そうか。まあ、普通が何よりだ」

思ったよりも話がはずんだ。碓氷はほっとしていた。

食事が終わっても、子供たちは部屋に引きあげずに、リビングルームでテレビを観ていた。

十時過ぎにようやく彼らは子供部屋に行った。喜子が片づけを終えてソファに腰を下ろす。

「夕食のときに、子供たちがあんなにしゃべったのは久しぶりよ」

「そうなのか？　俺は、家庭内に自分の居場所がないんじゃないかと恐れていたんだがな……」

「それ、何の冗談？」

「本気だよ。おまえとも話をしていないし」

「何年夫婦をやってんのよ。今さらいちいち話をしなくたっていいわよ」

「そう言われると、気が楽になる」

「あなたって、不思議な人ね」

「なぜだ？」

「こっちが考えてもいないことを、一人で悩んでいる」

「気はつかうさ」

「子供たちは、それを感じ取るのね。だからあなたといるとよくしゃべる」

碓氷はしばらく考えてから言った。

「俺は不思議だと、別の人にも言われた。自分ではいたって普通だと思うんだがな……」

「そういうことは、自覚がないほうがいいのよ」

「一言、言っておきたいことがあった」

「なあに？」

「家や子供のことを任せっきりで申し訳ないと、常々思っていた」

「だから、不思議だって言うの」

「なぜだ？」

「家や子供のことは私の仕事。今さら、当たり前のこと、言わないでよ」

「そうか……」

つい、取り越し苦労をしてしまう。見るからにずうずうしそうな見かけをしていながら、そんなことを考えてしまうので、「不思議だ」などと言われるのかもしれない。

妻が言った。

「ねえ、事件のこと、私にも話せないの？」

「話せない」

碓氷はそこまで言って考えた。「本来ならな。だが、おまえの口が固いというのなら、差し障りのない範囲で話してもいい」

「口は固いわよ」

「いいだろう」

碓氷は、奇妙な事件のあらましを語りはじめた。

妻は、話に聞き入っている。

話しながら、ああ、ようやく事案が終わったのだなと、碓氷は実感していた。


〈完〉

初出　『中央公論』二〇一四年三月号〜二〇一五年三月号

装幀　盛川和洋
写真　Getty Images

今野 敏

一九五五年、北海道三笠市生まれ。七八年「怪物が街にやってくる」で問題小説新人賞を受賞しデビュー。以後旺盛な創作活動を続け、執筆範囲は警察・サスペンス・アクション・伝奇・ＳＦ小説など幅広い。二〇〇六年『隠蔽捜査』で吉川英治文学新人賞、〇八年には『果断 隠蔽捜査２』で山本周五郎賞と日本推理作家協会賞をダブル受賞した。空手の源流を追求する、「空手道今野塾」を主宰する。
今野 敏・公式ＨＰ　http://www.age.ne.jp/x/b-konno/

マインド

2015年5月25日　初版発行

著　者　今《こん》 野《の》 敏《びん》
発行者　大橋 善光
発行所　中央公論新社
〒100-8152　東京都千代田区大手町1-7-1
電話　販売 03-5299-1730　編集 03-5299-1930
URL http://www.chuko.co.jp/

ＤＴＰ　嵐下英治
印　刷　大日本印刷
製　本　大日本印刷

©2015 Bin KONNO
Published by CHUOKORON-SHINSHA, INC.
Printed in Japan　ISBN978-4-12-004722-0 C0093
定価はカバーに表示してあります。落丁本・乱丁本はお手数ですが小社販売部宛お送り下さい。送料小社負担にてお取り替えいたします。

●本書の無断複製(コピー)は著作権法上での例外を除き禁じられています。また、代行業者等に依頼してスキャンやデジタル化を行うことは、たとえ個人や家庭内の利用を目的とする場合でも著作権法違反です。

―今野 敏の中公文庫人気シリーズ―

虎の道 龍の門（上）

極限の貧困ゆえ、自身の強靭さを武器に一攫千金を夢みる青年・南雲凱。一方、空手道場に通う麻生英治郎は流派への違和感の中で空手の真の姿を探し始める。

虎の道 龍の門（中）

空手を極めるため道場を開く英治郎。その矢先、黒沢は帰らぬ人に。一方、凱の圧倒的な強さは自らの目算を外れさせ続ける……。ついに動き出す運命の歯車。

虎の道 龍の門（下）

「不敗神話」の中、虚しさに豪遊を繰り返す凱。「常勝軍団の総帥」に祭り上げられ苦悩する英治郎。その二人が誇りを賭けた対決に臨む！〈解説〉関口苑生

復讐　孤拳伝1

九龍城砦のスラムで死んだ母の復讐を誓った少年・剛は苛酷な労役に耐え日本へ密航。暗黒街で体得した拳を武器に仇に闘いを挑む。本格拳法アクション。

漆黒　孤拳伝2

松任組が仕切る秘密の格闘技興行への誘いに乗った剛は、賭け金の舞う流血の真剣勝負に挑む。非情に徹し、邪拳の様相を帯びる剛の拳が呼ぶものとは！

群雄　孤拳伝3

修行の旅の途中、神戸で偶然救った女実業家に雇われ、暴力団との抗争に身を投じた剛は、戦いの真の意味を見出せず、いつしか自分を見失っていく……。

覚醒　孤拳伝4

迷いの中、空手発祥の地・沖縄に向かう剛。偶然出会った老空手家の生き方に光を見る。剛は「本当の強さ」を見つける事ができるのか——感動の終幕！

今野 敏の中公文庫

「警視庁捜査一課・碓氷弘一」シリーズ

触発
自衛隊の爆弾エキスパート

アキハバラ
外国人スパイとパソコンマニア

パラレル
少年課の巡査部長

エチュード
美人心理調査官

ペトロ
外国人考古学者

ノンキャリア・叩き上げの中年刑事が
相棒《エキスパート》と組んで謎を解く！